LA CHICA DEL
Zodiaco

IZQUIERDO

PRIMERA PARTE

LA CHICA DEL
Zodiaco

LIBRA • ESCORPIO • SAGITARIO • CAPRICORNIO

Obra editada en colaboración con Editorial Planeta – España

© 2022, Andrea Izquierdo

© 2022, Editorial Planeta S.A.– Barcelona, España

Derechos reservados

© 2022, Editorial Planeta Mexicana, S.A. de C.V.
Bajo el sello editorial PLANETA M.R.
Avenida Presidente Masarik núm. 111,
Piso 2, Polanco V Sección, Miguel Hidalgo
C.P. 11560, Ciudad de México
www.planetadelibros.com.mx

Ilustraciones del interior: © Lookatcia

Primera edición impresa en España: junio de 2022
ISBN: 978-84-08-25891-9

Primera edición impresa en México: noviembre de 2022
ISBN Obra Completa: 978-607-07-9474-2
ISBN Volumen I: 978-607-07-9475-9

Impreso en los talleres de Litográfica Ingramex, S.A. de C.V.
Centeno núm. 162-1, colonia Granjas Esmeralda, Ciudad de México
Impreso en México –*Printed in Mexico*

PRIMERA PARTE

Libra

CAPÍTULO 1

⁀

EL DE LA BODA

En cuanto apoyo el zapato de tacón blanco en el suelo de la iglesia, soy consciente de que, cuando salga de ahí, mi vida nunca será la misma.

Me he estado preparando para este momento desde que la palabra «boda» salió de los labios de Carlos. En los últimos meses, he visualizado mil veces el DVD de la ceremonia en la que se casaron mis padres, que tenía una calidad tan baja que apenas se distinguía la cara de los invitados. Después, la de mi hermana y Gaston, mucho más pomposa que esta. Incluso recuerdo la de Daniela como si hubiera sido ayer. También me he cruzado con miles de vídeos en internet en los que el novio se echa a llorar en cuanto ve a la que va a convertirse en su mujer y tú lloras también, pensando que algún día te pasará algo así. Bueno, pues este es el día en el que todo eso me va a suceder a mí.

Sin embargo, a pesar de todas las emociones que las pantallas me han logrado transmitir, en cuanto pongo el pie en la iglesia me invade una sensación de terror. Un centenar de caras se giran para verme, como si fuera un objeto extraño traído de un país a miles de kilómetros de aquí. Al fin y al cabo, no es lo normal que la novia camine sola hacia el altar. Pero así es la vida, supongo. Me siento incómoda en mi propio vestido... y eso que al final lo pude elegir yo. Esos pequeños segundos que tardo en recorrer el pasillo han supuesto meses de planificación. Casi un año. Y aquí estoy yo, aterrada, luchando contra el tic de mi ojo izquierdo. No puedo salir mal en las fotos, de modo que me lo toco con cuidado para mitigarlo. Aun así, la gente lo interpreta al revés y suspiran al creer que me estoy emocionando. Porque estoy emocionada, ¿no?

¿Lo estoy?

Durante todo este tiempo, ni siquiera me he fijado en que Carlos ya está en el altar, como manda la tradición, esperándome. Nuestras miradas se cruzan un momento y me doy cuenta de que está llorando de emoción. Se le han puesto rojas las orejas y una arruga le cruza toda la frente, como si estuviera intentando contenerse para no sollozar. Este es el momento que nos enseñan a todas las mujeres a esperar en algún punto de nuestra vida. Sonrío sin querer y me paro, preparándome para subir los tres escalones que me separan de él. La música sigue sonando y lo agradezco, porque mi tripa acaba de rugir. Ahora me arrepiento de no haber comido nada.

La ceremonia comienza y todos nos sentamos. La he ensayado tantas veces que me siento como un robot, repitiendo las frases y los movimientos que he repasado en estos últimos meses. Intento girarme en un par de ocasiones para observar a Carlos, pero las horquillas que me sujetan el velo me tiran tanto que me resulta casi imposible mover el cuello. Aun así, lo miro de reojo. Ahora que nos hemos sentado, se nota que estamos casi a la misma altura. Abre mucho los ojos, como si no quisiera perder detalle. Observo sus labios, sus facciones... Imagino a mis hijos con un perfil muy parecido al suyo. La verdad es que nunca me ha gustado el puente de su nariz, pero no me considero una persona superficial, así que no me preocupa. Lo realmente importante aquí es que sea un gran padre y que tengamos una vida feliz juntos.

Nos ponemos de pie unos instantes y luego nos volvemos a

sentar. Noto que el corazón se me acelera. Se está acercando el momento. Ya ha pasado casi media hora y sé que no falta mucho para decir *las* palabras. Ya escucho a mi madre sonarse la nariz en primera fila y me digo que Lucía estará igual.

Me imagino cómo va a cambiar mi vida a partir de ahora. Mi mente viaja hasta llegar a mi hermana Martina. Situada en la primera fila, sin saber que estoy pensando en ella ahora mismo, se encuentra a punto de llorar de emoción. Ella siempre dice que el día de su boda fue el mejor de su vida, que no lo cambiaría por nada. Ojalá, a veces, me pudiera sentir también así. Pero creo que, si me esfuerzo, lo puedo lograr. Al fin y al cabo, en eso consiste, ¿no? En las clases de preparación para la vida matrimonial que mi madre me había regalado siempre decían que el matrimonio consistía en ceder y en buscar los pequeños momentos felices.

Sin embargo, con cada día que ha pasado no he podido evitar que me asalten las dudas. ¿Cómo voy a acallar esos pensamientos si cada vez que veo a Valeria recuerdo el día que volví a casa y estaban en nuestra habitación? Entre risas y nervios, me aseguraron que estaban ultimando los preparativos de la boda y una sorpresa que me querían dar, pero la sorpresa de verdad ya me la habían dado al pillarlos de improviso. A partir de entonces, los mensajes que recibía de madrugada y los días que salía de fiesta sin subir *stories* se volvieron diferentes.

El cura nos invita a ponernos de pie y lo escucho de milagro.

¿Y si soy demasiado joven para casarme?

—Carlos Avellí, ¿quieres recibir a Anna Ferrer como esposa...

¿Y si me estoy precipitando?

—... y prometes serle fiel...

Ay, después de lo que pasó con Valeria...

—... en la prosperidad y en la adversidad, en la salud y en la enfermedad...

Me estoy mareando.

—... y, así, amarla y respetarla...

Lo va a decir. Lo va a decir ahora.

—... todos los días de tu vida?

Carlos ha estado carraspeando varias veces durante la pregunta del sacerdote para asegurarse de que no le falle la voz. Tan típico de él...

—Sí, quiero.

Un suspiro se cuela entre la multitud que tengo a mi izquierda. Vale, me toca. Es mi momento. Dos palabras y todo irá mejor. Dos palabras y mi familia estará feliz, nos compraremos una casa a las afueras de Valencia, adoptaremos a nuestros hijos y ya no seré el bicho raro entre mis amigas.

El sacerdote repite la fórmula del matrimonio, esta vez personalizada con mi nombre. De pronto, siento que pagaría todo el dinero del mundo por tener una máquina del tiempo. Lo que no sé es si iría hacia delante para ver mi futuro a su lado... o al pasado para cambiarlo todo.

Agito la cabeza levemente y trago saliva.

¿Por qué estoy pensando en esto ahora?

—¿... y, así, amarlo y respetarlo todos los días de tu vida?

Se queda en silencio, esperando mi respuesta.

Carlos me mira con una expresión radiante. Abro la boca para culminar ese momento que tanto he ensayado y me quedo clavada. Los segundos se hacen eternos y siento que el sacerdote se mueve nervioso a mi derecha. A Carlos se le congela la sonrisa en los labios.

—Yo... no...

Trago saliva, recordando el encontronazo con Carlos y Valeria en mi propia habitación. Me llevo la mano al estómago de forma involuntaria. Siento cientos de ojos fijos en mí. Intento buscar unos que no tengan una mirada de compasión o de enfado, pero no los encuentro.

Pero ¿qué estoy haciendo?

—Necesito... —balbuceo, señalando hacia la puerta, y me agarro el vestido para bajar la escalera.

A continuación, todo sucede tan deprisa que no soy consciente de lo que está pasando. Atravieso el pasillo, sin correr, pero a una velocidad más rápida de lo que debería con la ropa que llevo. Escucho murmullos y preguntas, pero sigo mirando hacia delante, caminando directa al baño. Sé perfectamente dónde está porque me he pegado quince minutos encerrada en él antes de que empezara la ceremonia, para finalmente salir pensando en que la próxima vez que hiciera pis estaría casada. Agarro el pomo con fuerza y doy un tirón, escondiéndome en el primer sitio que veo. Pocos segundos después, la puerta se abre de nuevo.

—¡Anna! —La primera en llegar, por supuesto, es Martina. Detrás, aparece la cara de nuestra madre.

—¿Estás bien, Anna? ¿Te han entrado náuseas?

Mi hermana la mira con severidad y se acerca hacia donde estoy.

—¿Qué ha pasado? ¿Te sucede algo?

Abro la boca para explicarles que no, pero no puedo decir nada. Ni siquiera puedo llorar, y eso que me esfuerzo por soltar la rabia que llevo dentro. Me arden los ojos. Martina se sienta en el suelo, a mi lado, y me pone la mano en el hombro. Soy incapaz de articular una palabra hasta que mi madre dice que va a llamar a emergencias y suelto un grito para evitarlo.

—¡No me pasa nada! —bramo, y me pongo a llorar.

Ni siquiera sé con exactitud por qué me encuentro así, temblando y llorando en los baños de la iglesia. Pero estoy segura de que no son nervios por la ceremonia, ni estrés, ni ansiedad.

—No te preocupes, Anna. Esperamos un ratito aquí y cuando estés preparada volvemos, ¿vale?

Niego con la cabeza.

13

—¿Cómo que no? —pregunta mi madre, apretando los dientes—. Cariño, ahí fuera hay más de cien personas esperando a que termine todo esto para ir al banquete.

—Mamá, déjanos solas, por favor —le pide Martina. Aunque, más que una petición, es una orden.

Nuestra madre nos mira como si estuviéramos tramando algo, pero decide que lo mejor es esperar fuera hasta que se calme un poco el ambiente.

—¿Qué quieres que haga? —me pregunta Martina, una vez que mi madre abandona el servicio.

Yo la miro a los ojos, intentando decirle algo que no quiero verbalizar.

—Anna... —me suplica ella. A pesar de los kilos de maquillaje que lleva en la cara, puedo distinguir su expresión de preocupación.

¿Qué hago yo?

—No lo sé, ¡no lo sé!

Me empiezo a morder las uñas, pero entonces recuerdo que las llevo recién pintadas de ayer por la noche.

—Joder.

—¿Qué quieres que haga? —repite histérica.

Bufo, enterrando la cara entre las manos.

—No quiero, Martina. No quiero salir ahí.

Ella me mira con una expresión de pánico. No sé si ha entendido lo que quiero decir.

—A ver... Solo tienes que caminar hasta el altar de nuevo, repetir la fórmula completa hasta el final y punto. Y te prometo que a partir de entonces empieza lo divertido. El banquete, la fiesta... Bueno, las fotos son un poco pelmazo, no te lo voy a negar. ¡Pero ya no te queda nada, tonta! Además, piensa en cómo lo tiene que estar pasando Carlos ahora mismo. Va a pensar que te estás planteando cancelar la boda o algo así.

Saco la cabeza de su escondite y la miro con los ojos muy abiertos. Martina lo capta enseguida y se muerde el labio.

—¿Qué pasaría si...? —empiezo, pero ni siquiera sé lo que voy a preguntarle.

El silencio del baño termina la frase por mí.

—¿Estás... segura, Anna? —replica mi hermana—. Oye, es normal tener dudas. Todas las novias las tenemos antes de la boda. Son momentos muy estresantes para los que nadie te prepara. Queremos que salga todo perfecto y...

—Pero es que yo no quiero que salga todo perfecto —le rebato—. Simplemente... no quiero que salga. No puedo volver ahí, Martina. Es como si...

Ella me deja unos instantes para que termine la frase.

—Es como si lo mirara a los ojos y de pronto me diera cuenta de que, a pesar de todo lo que hemos vivido, no siento lo que se supone que debería sentir. No hay mariposas, no hay emoción, no hay nervios de los buenos... Solo hay ganas de desaparecer, de echar marcha atrás, de darme otra oportunidad, de cambiar de aires...

Martina me mira como si estuviera hablando en otro idioma.

—Anna... —Niega con la cabeza—. ¿No será todo esto por lo que pasó con Valeria?

Sí, pero no.

—No —digo, y no miento. Simplemente es uno de los muchos motivos que se han ido sedimentando en mi cabeza en los últimos meses.

Estaba dispuesta a perdonar una infidelidad, incluso con una chica de mi grupo de amigas, solo con que Carlos la admitiera. Pero todas las discusiones, las veces en las que yo le había tenido que pedir perdón aunque no tuviera la culpa..., habían ido dejando mella.

—No me digas que estás pensando otra vez en eso, Anna, por Dios. Creía que ya había quedado claro que no pasó nada entre ellos dos, que solo estaban en tu casa y ya. ¡Es tu amiga! ¿Cómo iba a hacerte eso? ¿No crees que estás un poco... paranoica?

—Estaban en mi habitación, Martina —recalqué.

—¡Porque Valeria se había tirado una copa de vino por encima y fue al baño a lavarse!

—¿¡Y quién bebe vino con el novio de su amiga en su casa mientras se supone que estoy trabajando unos días en Londres!? ¿Te tengo que recordar que si los pillé fue porque volví un día antes para darle una sorpresa a Carlos?

Martina resopla, harta de escuchar la misma historia una y otra vez. Se muerde el labio. Seguramente estará pensando en qué habrá hecho mal para tener una hermana como yo.

—¿Qué hago? —le suplico, dejando atrás el tema de Valeria y mi casi marido.

—¿Me lo preguntas a mí? ¿Por qué no lo has dicho antes? ¿Cuánto tiempo llevas pensando en esto?

—¡Nada! ¡Ha sido el momento!

Y no estoy mintiendo.

Mi hermana suspira con resignación.

—¡Te lo prometo! —insisto—. Martina, por favor, ayúdame. No sé qué hacer, pero estoy segura de que no quiero pasar por esto.

Me señalo, con el vestido de novia ensuciándose en el suelo del baño.

—Entonces, ¿qué hacemos? ¿Cancelamos la boda? Anna, sabes que esto es muy fuerte y que tienes que estar absolutamente segura. ¿Lo estás?

Trago saliva. El estómago me duele tanto que siento que me va a explotar en cualquier momento.

—Sí, lo estoy.

CAPÍTULO 2

⚖

EL DE LAS AMIGAS DE MIERDA

A partir del tercer día sin salir de mi habitación, pierdo la noción del tiempo. El calor de septiembre sigue agobiándome y muchas veces, al mirar por la ventana, no sé decir si son las doce del mediodía o las seis de la tarde.

Si he estado comiendo de forma más o menos ordenada ha sido gracias a mi hermana, y las únicas interacciones que he tenido han sido las estrictamente necesarias. A veces, espero a que el salón esté vacío para ir al baño y no cruzarme con nadie. No quiero que me vean ni que me hagan preguntas.

Volver al piso alquilado en el que vivíamos Carlos y yo no es una opción, así que decido quedarme en casa de mis padres, en mi antigua habitación, hasta que resuelva qué hacer con mi vida.

El teléfono no ha dejado de sonar desde el sábado. Al principio, espiaba todas las llamadas que respondía mi madre, por si llamaba Carlos. No quería que me localizara, pero al mismo tiempo intentaba saber si quería contactar conmigo. Mi móvil lleva apagado desde la mañana de la boda, así que no le queda otra que llamar o venir a casa. Sin embargo, no ha aparecido por aquí.

Solo he hablado con Lucía un par de veces. Está preocupada por mí, pero intenta no hacer las típicas preguntas que estos días me repite todo el mundo. Que cómo estoy, si me siento mal, si estoy arrepentida, que qué voy a hacer ahora, si he intentado hablar con él o he ido a verle... Trato de no pensar en ello, pero la misma nube de preguntas me acecha cada vez que me quedo sin pantallas con las que distraerme. En tres días, ya he visto todas las películas de Marvel y de Harry Potter. He tenido que saltar la escena de la boda de Bill y Fleur por motivos obvios.

Aun así, por mucho que lo intento, cada día me pregunto si he tomado una mala decisión. En lo más profundo de mi corazón sé que casarme con Carlos no es lo que quiero. O, por lo menos, así lo sentí en el momento de dar el «sí, quiero». Lo que pasa es que podría haberme dado cuenta antes. Ya no solo por la escena que monté, o por el daño que les habré hecho a él y a su familia, sino también por todo el dinero que hemos tirado a la basura por mi culpa.

A veces me da miedo arrepentirme. Tengo pánico de descubrir que lo mejor para mí habría sido seguir adelante con el matrimonio. Quizá no habría sido la persona más feliz sobre la faz de la Tierra, pero habría ahorrado mucho sufrimiento a todo el mundo... y a mí misma.

Por eso, cuando veo la cara de Lucía aparecer por la puerta de mi habitación, no me enfado con mi madre por haberla dejado pasar sin mi permiso. Verla es justo lo que necesitaba.

—Hola, reina. ¿Cómo estás? —pregunta, recogiéndose el pelo oscuro detrás de la oreja.

Me encojo de hombros como respuesta. Creo que mis pintas hablan por sí solas: pijama viejo, un peinado que pide a gritos que me lave el pelo urgentemente y ojeras. A mi alrededor hay un ordenador portátil permanentemente conectado al cargador, botellas de agua vacías y restos de comida de ayer.

Lucía se sienta en el borde de la cama y estudia mi antigua habitación.

—Creo que nunca había venido a esta casa. ¿Estabas aquí todavía cuando empezamos la uni?

—Ajá. —Agradezco que Lucía no saque «el tema» así de primeras—. No me independicé hasta cuarto, y porque mi hermana dejaba su piso, que estaba a muy buen precio, cuando se casó con Gaston.

—¿Su marido se llama Gaston? ¿Es francés?

Asentí.

—Se conocieron cuando Martina se fue de Erasmus a París. Estuvieron dos años en una relación a distancia y, cuando él terminó el máster, se mudó a España. Entonces Martina se fue del piso en el que estaba y me lo dejó a mí. Y ese es el piso que conoces.

—No sabía que tenía toda esa historia.

—Ya ves, a algunas les va bien en el amor —suelto sin pensarlo.

Lucía se mordió el labio.

—¿Has hablado con...? —empieza a preguntarme.

—No.

Nos quedamos las dos en silencio.

—Pero ¿ha intentado ponerse en contacto contigo? Porque no has vuelto al piso, ¿no?

—No estoy segura —reconozco—. Todas las llamadas las coge mi madre y le he pedido que no me pase ninguna de él. Pero he estado escuchando y no me ha parecido que haya llamado. De todas formas, no me preocupa eso...

—¿Y qué te preocupa? Si quieres hablar de ello, claro.

—Pfff, por dónde empiezo. Podría hacer una lista interminable. —Me levanto para cerrar la puerta porque no quiero que nadie más escuche esta conversación. Creo que es la primera vez que abandono mi cama para hacer algo que no sea ir al baño—. Estoy preocupada porque no sé si he tomado la decisión correcta. Carlos es tan buen chico... Lo que quiero decir es que nunca me ha dado motivos para dejarlo, y mucho menos para plantarlo en el altar, pero es que... Algo dentro de mí me decía que no iba a funcionar. Es como que me siento liberada por haber tomado esa decisión, pero al mismo tiempo me da pánico haber echado a perder la mejor oportunidad de mi vida para ser feliz. Estoy muerta de miedo, Lu. Nunca me había sentido tan segura e insegura al mismo tiempo.

Lucía no parece seguirme.

—Pero ¿tú eras feliz con él?

El hecho de que me pare a pensar en la respuesta es un no.

—Con él estaba contenta. Quedarme con Carlos ha sido siempre la opción fácil, ¿sabes? Lo que mis padres querrían, lo más parecido a lo que tienen mi hermana y las chicas...

—Pero, Anna —me corta con suavidad—, a ti nadie te ha presionado para casarte con él.

—Ya lo sé, ya lo sé —reconozco enseguida—. Si, en realidad, creo que la que me he puesto esa presión he sido yo. Pero es que no te puedes ni imaginar la cara de felicidad que pusieron mis padres cuando les dije que Carlos y yo estábamos pensando en casarnos. ¡Mi madre se echó a llorar! —exclamo. Bajo el tono justo después, para que nadie pueda escucharme—. Mi hermana me miró con una expresión en la cara que nunca había visto. Era como si... estuviera orgullosa de mí, ¿sabes? Y con las chicas por fin tenía algo en común de lo que hablar. De pronto, sentí que encajaba, que todo era más sencillo y que no tenía que luchar contra nada y contra nadie. Solo me tenía que casar... y ya.

Lucía se moja los labios.

—Pero yo no estoy casada... y nadie me dice nada.

—Ya, pero tú estás prometida, que es casi lo mismo. Y, además, con Santi es diferente. Lo conocemos desde el primer día de universidad, como a ti. Es uno más, no sé, es distinto.

Mi amiga no parece entender muy bien a lo que me refiero,

pero yo lo veo muy claro. Santi siempre ha formado parte de nuestro grupo de amigos. Tanto él como Lucía, Valeria, Alba, Daniela y yo nos conocimos en la facultad, junto a otros chicos más, y desde entonces nos habíamos vuelto inseparables. Estudiar Traducción es mucho más difícil de lo que parece y en los malos momentos siempre nos hemos apoyado, aunque a veces hubiera roces dentro del grupo.

—No te preocupes, da igual —digo, intentando quitarle importancia—. Lo hecho, hecho está. Ahora lo único que me preocupa es cómo resolver todo esto. Quiero decir, el piso que tenemos alquilado a medias. ¿Qué hago, rompemos el contrato? ¿Le digo que me lo quedo yo y que se vaya? La verdad, no creo que esté en condiciones de hacer esto último.

—Justo te lo iba a decir. Creo que lo mejor es que hables con él, Anna. No lo evites más.

Suspiro. Mi amiga tiene razón.

—Todavía no estoy preparada —insisto.

—Ya, pero Carlos ahora mismo estará histérico pensando en qué va a ser de él. Piensa que a él no solo lo han plantado en el altar, sino que no puede contactar contigo y debe de sentirse como una mierda sin tener ninguna explicación sobre por qué te fuiste, sobre qué va a pasar con el piso... Igual él ni siquiera está ahí, pensando en que tú puedes haberte refugiado en él, para no molestarte. Quizá él también ha regresado a casa de sus padres o se ha ido a la de algún amigo.

Rompo a llorar en cuanto escucho esas palabras de la boca de mi amiga. No había sido consciente de eso hasta ahora. ¿Cómo he podido ser tan egoísta? Por lo menos podía haberle escrito.

En fin, otra muestra más de lo idiota que puedo llegar a ser a veces. Por si últimamente no lo había probado lo suficiente.

—No, no, Anna, no llores, por favor.

Lucía se acerca corriendo hacia mí.

—No quería que te disgustaras —reconoce.

—Es que tienes toda la razón, por eso lloro, ¿sabes? —Sollozo, con la nariz taponada—. Porque ni siquiera me había parado a pensar en lo del piso y me hace sentir fatal, porque ahora mismo tengo un agujero tremendo en el pecho que no se va. Y sé el daño que le he hecho a Carlos, pero es que... más daño le habría hecho casándome con él y dejándolo después, ¿no?

Lucía no responde, así que lloro en su hombro hasta que recobro la compostura.

—¿Sabes lo que creo que te iría bien? Salir un poco de casa.

Me niego en redondo.

—Ni loca, Lu.

—Que sí, de verdad. Escucha, mañana vamos a tomar unas cañas las chicas. Solo nosotras. ¿Por qué no te vienes? Será solo un ratito y, si te sientes incómoda, te puedes marchar cuando quieras.

La proposición de Lucía se quedó en mi mente durante toda la noche. Ayer me fui a dormir pensando en que era una idea horrible, pero esta mañana no lo veo tan mal, por lo que acepto. Aunque, como tengo pánico de encender mi móvil, le pido a Martina el suyo para llamar a Lucía y preguntarle el lugar y la hora. Unas horas después, tras una ducha y cambiarme de ropa varias veces, me siento con ellas en una terraza.

Durante los primeros minutos, nadie saca el tema del momento y me siento bien. Me dedico a observarlas mientras pedimos unas cañas, todas excepto Alba, que está embarazada. Todavía no se le nota la tripa, pero la pelirroja se muere de ganas de poder sacarse la típica foto para anunciar su embarazo en Instagram. Daniela, para variar, se mantiene en silencio, sonriendo con timidez y sin meterse en la conversación. Se muerde las uñas constantemente y me dan ganas de hacerlo a mí también, aunque se me estropee la manicura de la boda.

Valeria, por su parte, no calla ni debajo del agua. Está enseñando en su móvil todas las fotos de los muebles que su marido ha estado construyendo durante el verano. Al parecer, este año decidieron invertir el dinero de sus vacaciones en remodelar la que va a ser su próxima casa y prepararla para el bebé que muy pronto estará de camino.

Las miro a todas mientras nos sirven las bebidas. ¿En qué momento nos hemos convertido en esto? Hace unos años éramos unas universitarias estresadas y nuestra única preocupación era aprobar, pasarlo bien y no pensar mucho en el futuro, que pintaba mal para los estudiantes de Traducción. Pero, desde que terminamos, parece que cada año que yo vivo cuenta por tres en la vida de mis amigas. Todas se han ido a vivir con sus parejas, todas menos Lucía ya se han casado, y Alba ya está embarazada. ¿Y qué había hecho yo? Intentar seguirlas, porque nunca me he parado a pensar en qué es lo que me gustaría hacer, sino en lo que tendría que hacer con veintiocho años.

—¿Y ya sabes si es chica o chico?

—Tanto María como yo preferimos mantenerlo en secreto, incluso para nosotras mismas. No queremos saberlo hasta que nazca, porque, la verdad, nos da igual. Además, queremos evitar los típicos regalos rosas si es niña o azules si es niño...

—Menuda tontería —dice Valeria—. Pobre criatura.

Alba hace como que no la oye. Todas estamos acostumbradas a la actitud de Valeria. En realidad, nunca hace sus comentarios con malas intenciones. Simplemente no filtra a la hora de hablar y tiene unas ideas un poco antiguas.

—Oye, Anna, he visto que ha venido tu hermano, ¿no? —ataca de nuevo Valeria—. ¿Y si le presentamos a Daniela? Lleva años coladita por él y me he fijado en que le da «me gusta» a todas sus fotos de Instagram. Como se entere su marido...

—¡No es cierto! —intenta defenderse, pero ya es tarde. La

broma de juntar a mi hermano con ella la llevamos arrastrando desde hace años.

—Ahora en serio, tu hermano está buenísimo, Anna —me insiste Valeria—. ¿Es por eso por lo que Raül está soltero? ¿Para vivir la vida?

Me encojo de hombros.

—La verdad es que no tengo tanta relación con él como con Martina. Se marchó a Madrid en cuanto cumplió los dieciocho y, como ahora está en Los Ángeles con sus movidas de discográficas y eso, no hablamos mucho. De hecho, apenas lo hacemos. Si este año lo llamé por su cumpleaños es porque se me pasó la fecha por completo y al día siguiente me parecía mal mandarle un wasap, así que lo llamé...

—Sí que se ha mazado, sí —añade Alba, repasando sus últimas fotos de Instagram.

—Otra ronda, porfa —le pide Valeria al camarero.

—La mía sin alcohol —insiste Alba.

Intento quejarme, pero ya es tarde. No tengo muchas ganas de quedarme aquí, aunque tampoco me apetece meterme de nuevo en la cama, así que me resigno. Media hora después, Valeria insiste en que nos vayamos a tomar una copa.

—Va, es solo una copita, nada más. ¡Te va a venir muy bien, Anna!

—Yo me voy para casa, chicas, que estoy muerta —dice Alba.

Como está embarazada, nadie la cuestiona, pero a mí me insisten hasta que casi tienen que arrastrarme al bar. Lucía me mira con compasión y asiente con la cabeza, lo que yo interpreto como un «venga, va».

—Bueno... —cedo, aunque si hubiera dicho que no, me habrían llevado igual.

El ambiente del bar me descoloca. Las luces están tan bajas que casi me tropiezo con el escalón de la entrada. En los enormes altavoces suena una canción que nunca he escuchado y las voces de la gente me abruman.

Por suerte, nos sentamos en una mesa que está en una esquina, un poco apartada. Me pido un mojito por ir a lo fácil. No me apetece mirar la carta de cócteles. Lucía se coloca a mi lado y, a pesar de que intento evitarlo, finalmente sale el tema de conversación que todas están esperando, sobre todo Valeria. Estoy segura de que ella lo va a disfrutar de lo lindo.

—Por cierto, Anna, ¿has hablado con Carlos desde el sábado? —Me extraña que sea Daniela quien me haga la pregunta.

Solo con escuchar su nombre, mis hombros se ponen en tensión. Además, me doy cuenta de que Daniela ha evitado por todos los medios utilizar la palabra prohibida: boda.

—No.

Cruzo los dedos para que no haya más preguntas, pero ya es tarde.

—Es que..., bueno, esta mañana me he encontrado a su madre en la frutería. No sé si quieres que te hable de ello o no, es que he pensado que... querrías saberlo.

Por un momento, deseo que mi boca diga que no, que prefiero vivir en la ignorancia. Pero me quedo en silencio y asiento.

—Pues nada, la madre estaba destrozada, pero en su línea. Diciendo que cómo le han podido hacer eso a su hijo. Que se siente avergonzada del plantón en el altar. Y que Carlos ha debido de estar bastante mal.

—¡Sí, ya! ¡Ja! —exclama Valeria, cortando a Daniela—. Menudo imbécil mentiroso.

Frunzo el ceño.

—¿Qué quieres decir? —le pregunto.

—Nada, nada —se escabulle—. No sé por qué he...

Es demasiado tarde para rectificar. Miro a Lucía. Su cara de pánico me confirma que ha pasado algo. Me giro de nuevo hacia mi amiga.

—¿Qué ha sucedido con Carlos? ¿Qué es lo que te ha dicho su madre?

—No, nada más. Solo me ha dicho eso, te lo prometo.

Daniela da un sorbo de su ron cola, intentando desviar la conversación, pero ya me he dado cuenta de que me ocultan algo.

—¿Qué ha pasado? —pregunto de nuevo. Me giro hacia mi mejor amiga dentro del grupo como última baza—. ¿Lucía?

Ella lanza una mirada asesina a Valeria y se inclina en el asiento.

—No queríamos decírtelo todavía, pero bueno... Ayer Carlos salió de fiesta, no sabemos por dónde. Lo puso todo en sus historias de Instagram.

—Vale. ¿Y qué pasa? —Intento adivinar qué es lo que me están ocultando, pero no veo nada de malo en eso. Es más, me alegro de que haya salido porque me hace sentir un poquito menos culpable.

—Pues que se puso bastante mal. Por lo que vimos, cogió un pedo importante y... y subió un par de fotos en las que se le ve...

Espero a que Lucía termine la frase.

—Digamos que... besándose con una chica. Que no sabemos quién es.

Me quedo de piedra. Mi cerebro tarda varios segundos en procesar lo que acabo de escuchar.

—¿Estáis seguras de que...?

No puedo terminar la pregunta, pero ellas asienten, mirándome con cara de pena.

Otra vez esa expresión. Es como si me persiguiera. Ahora entiendo el despecho de Valeria cuando Daniela ha sacado el tema. Todo encaja en mi cabeza: Carlos me ponía los cuernos con Valeria, pero al parecer ella no era la única chica que tenía por ahí, pululando. Joder. No sé si estoy más aliviada por que mi teoría se haya demostrado o más histérica de lo que ya estaba hace un minuto.

—Y eso no es todo. Bueno, sí, pero el caso es que las historias las subió hacia las tres de la mañana o así, pero luego a las once ya no estaban disponibles —explica Lucía—. Es decir, yo creo que las subió sin saber ni cómo se llamaba por todo lo que habría bebido, y luego al despertarse se dio cuenta e intentó borrarlo para que no lo viera mucha gente. Pero a mí me dio tiempo.

—Y a mí —reconoce Valeria.

Las tres miramos a Daniela, que asiente.

—Vale —medito—. Pues... da igual, no me voy a rayar.

La música se cuela en nuestro silencio. Doy un sorbo de mi bebida, que está más cargada de lo que me gustaría.

—Pero ¿sabéis qué es lo que más me jode? —grito en la calle, dos mojitos y un chupito de tequila más tarde. Lucía ya se ha marchado a casa y solo quedamos Daniela, Valeria y yo—. Que ni siquiera nos hemos enterado de esto porque se le veía de fondo en la foto de otra persona o algo así. ¡Ha sido él! Él quería restregarme por la cara que puede tener a quien quiera.

—Chicas, yo me marcho ya, nos vemos —se despide Daniela en mitad de mi rabieta.

—¿Quién se cree que es? Además, ¡todavía seguimos juntos! O sea, sí, me he rajado en el altar, pero... ¿en qué momento hemos cortado? ¡Es que literalmente me ha puesto los cuernos! Y ahora todo el mundo lo ha visto. ¿O me vas a negar que Carlos y tú tuvisteis algo el día que os pillé?

Espero una respuesta por parte de Valeria. Sin embargo, lo único que obtengo a cambio es su silencio. La miro llena de rabia mientras ella se muerde el labio, como un niño pequeño cuando lo pillan haciendo una travesura.

Estoy tan enfurecida que ya nada ni nadie me puede hacer callar esta acusación que llevo tantos días guardando como una idiota. Haciéndome la tonta y disimulando que no sé nada de lo que está pasando, aunque Martina diga que son paranoias mías.

—Bueno, también todo el mundo se ha enterado de que lo has plantado. Delante de toda su familia, amigos... O sea, que tampoco vayas de víctima —suelta Valeria—. ¿Sabes la cara que se le quedó a Carlos cuando te fuiste? ¿Y a su hermano? ¿Y a mí? Me gasté ciento cuarenta euros en mi vestido y cien en tu regalo, guapa. Me he tenido que pedir vacaciones, he pasado días organizando unas actuaciones para después del banquete... ¡Hasta he viajado desde Madrid, que los trenes están carísimos! Podías haberlo pensado dos veces antes de cancelar la boda. Él se habrá besado con otra, pero por lo menos no te ha dejado en ridículo delante de todo el mundo.

Las palabras de Valeria me duelen como cuchillos. En parte, porque en algunas cosas tiene razón. Pero también se ha pasado.

Ya solo quedamos ella y yo en la calle y el bus nocturno que la lleva a su casa está a punto de pasar. A lo lejos, ya se ven los faros.

—Tía, perdona, no quería sonar así de borde —se atreve a decir Valeria, después del veneno que ha soltado—. No quiero que nos enfademos y menos por un hombre. ¿Sabes lo que pasa? Que hay relaciones que están destinadas a fracasar, como la tuya con Carlos, y punto. Está escrito y no pasa nada. Si es que estaba claro desde el principio que lo vuestro no iba a funcionar, Anna. De hecho, fue lo primero que pensé en cuanto vi que empezabais a salir... Cariño, es lo que pasa cuando eres aries y te vas con un libra.

El bus frena justo a nuestra altura y se abren las puertas. Sin decir nada más, Valeria se sube, dejándome sola en mitad de la calle.

Intento concentrarme para volver a casa, pero la rabia me ciega. No puedo evitar imaginarme a Carlos besándose con una desconocida pocos días después de la no boda. Ya había tenido que lidiar con ello una vez y no estaba dispuesta a que hubiera una segunda. ¿Quién sería? ¿La conocería? ¿Sabría lo que acababa de pasar en la vida de Carlos? Ojalá Lucía estuviera ahora conmigo para poder desahogarme.

Sin embargo, aquí no hay nadie más que yo y mis pensamientos. Y una frase que, a cada paso que doy, se repite en mi mente como un martilleo constante.

«Es lo que pasa cuando eres aries y te vas con un libra».

CAPÍTULO 3

♎

EL DE LAS REVISTAS DE ADOLESCENTES

No sé en qué momento llego a casa sana y salva en el coche de Martina. Supongo que haberla llamado sollozando a las tres de la mañana desde un bar y darle un susto de muerte ha tenido algo que ver. Con las pocas fuerzas que me quedan, mascullo un «gracias» y me voy directa a la cama. Tengo la boca pastosa. Intento mantener la mente en blanco para dormirme antes de que todo empiece a darme vueltas..., pero ya es tarde.

Como si me hubiera dado un calambre, me incorporo en la cama, sentándome en la esquina inferior derecha del colchón. En mi cabeza aparece la cara de Valeria y me da un ataque de rabia. ¿Por qué tiene que ser tan bocazas? Cuando ella la caga nunca decimos nada que pueda herirla, pero cuando las demás la liamos, ahí está, lista para soltar veneno.

Me pongo de pie con dificultad. Eructo por lo bajo y la boca se me llena de sabor a tequila. Por favor, que no me dé una arcada. Estoy preparada para salir corriendo al baño, pero parece que se me va pasando, así que camino en dirección a mi escritorio. ¡Cuántas horas he pasado aquí sentada estudiando! Cojo un mechero que Carlos se debió de dejar aquí la última vez que vino, es el único que fuma en esta casa, y lo tiro a la papelera que hay junto a la silla del escritorio. Sobre esta mesa han ocurrido tantas cosas que tendría que haberlas anotado todas para que no se me olvidaran. Aquí es donde me enteré del primer suspenso de mi vida, donde Carlos y yo estudiábamos, él Periodismo y yo Traducción. Y donde tantas veces hemos discutido, ya fuera en persona, por teléfono o por videollamada.

¿Es que realmente somos tan incompatibles y nunca nos hemos dado cuenta?

Niego con la cabeza, intentando alejar esos pensamientos. Odio a Valeria por elevar a la enésima potencia mis inseguridades. No, eso del Zodiaco es una chorrada. No tiene nada que ver con la realidad.

Aunque...

Abro de un tirón el último cajón del escritorio. Hace siglos que no lo toco. Aquí hay tantas cosas de mi adolescencia y de mi juventud que me da hasta grima pensar en lo que pueda encontrar dentro. Desde el papel de un chicle de mi primera cita con Carlos hasta nuestras cartas, postales y demás recuerdos de antes de la boda. Cuando estábamos enamorados. ¿Lo estuvimos alguna vez, realmente? ¿O simplemente nos sentíamos cómodos el uno con el otro y teníamos encuentros sexuales esporádicos y ya está?

Hago un par de viajes a la cama y vacío todo el contenido del cajón. Sonrío cuando distingo enseguida lo que estoy buscando. No sé en qué momento la Anna adolescente decidió guardar todas estas revistas, pero aquí están.

Las caras de Miley Cyrus, Katy Perry y Mario Casas me devuelven la mirada y me doy cuenta de que los años parecen no haber pasado para ellos. Ignoro todos los reportajes, los test para saber si tu compañera de pupitre será tu mejor amiga para siempre jamás, y voy directa al final. Alucino cuando me topo con los anuncios de politonos para el móvil. Doy marcha atrás y enseguida lo encuentro: el horóscopo.

ARIES (21 de marzo - 20 de abril)

Amor: es un mal momento para adentrarse en una relación a largo plazo. No te precipites, aries, que nos conocemos.

Trabajo: en los próximos días recibirás una noticia que dará un vuelco a tu vida laboral. Actualiza con frecuencia la bandeja de entrada de Hotmail y la de spam por si acaso.

Amistad: una persona que hace tiempo que no ves regresará a tu vida. Aprovecha para revivir los buenos momentos del pasado y desconecta.

Lo releo dos veces. Es bastante escueto. Mis ojos recorren la página para buscar la columna de Libra.

LIBRA (23 de septiembre - 22 de octubre)

Amor: se acerca una época de paz y tranquilidad. Quizá sea un buen momento para estar solo y dejar que todo fluya, sin provocarlo. Olvídate de Tuenti durante estos días.

Trabajo: hacia el final de la semana las cosas se irán torciendo. No tengas miedo de apoyarte en tus compañeros en los momentos más estresantes y todo saldrá bien.

Amistad: un amigo cercano puede estar pasando una mala racha y no te lo ha dicho porque no quiere molestarte. No te sientas culpable por ello y déjale espacio hasta que se sienta seguro para contártelo.

Exhalo indignada aire por la nariz. Son cosas tan corrientes que le pueden pasar a cualquiera. Cierro la revista con un gesto de furia y miro la fecha por curiosidad.

30 de noviembre de 2009.

Se me para el corazón por unos instantes. Ahora entiendo por qué guardé la revista: era del día que Carlos y yo comenzamos a salir juntos.

Lo recuerdo a la perfección. Acabábamos de comenzar el

curso y se acercaban las vacaciones de Navidad. Yo empezaba cuarto de ESO y Carlos, primero de Bachillerato. Todavía me acuerdo de lo alucinante que me parecía, en ese momento, estar saliendo con un chico mayor que yo. Iba al colegio emocionada, esperando encontrármelo por los pasillos entre clase y clase. Me aprendí todo su horario de memoria para saber dónde estaba en cada momento y así ir a buscarlo para besarnos en los pasillos delante de todos nuestros amigos. En aquel momento me sentía la chica más popular y afortunada... Me pregunto dónde habrá quedado todo eso.

Vuelvo a mirar la fecha y releo el horóscopo. Y entonces, me doy cuenta. Mi texto, el correspondiente a mi signo, había dicho justo aquel día que se trataba de un mal momento para iniciar una relación. Y el de Carlos tampoco era un buen augurio. El corazón se me acelera. ¿Y si Valeria tiene razón?

No, no puede ser. El horóscopo es un invento, un copia y pega que se repite con el tiempo...

¿No?

Aparto la revista y empiezo a rebuscar en la siguiente. Antes de abrirla, miro la fecha y me doy cuenta de que todas marcan un momento especial de mi relación con Carlos.

7 de marzo de 2010. La fecha de la primera vez que nos acostamos.

Empiezo a pasar páginas como una loca y me paro unos segundos antes de llegar al final. ¿Qué es lo que espero encontrarme? La impaciencia puede conmigo y busco mi signo entre los doce del Zodiaco. Ni siquiera me molesto en mirar la parte de amistad y trabajo.

ARIES (21 de marzo - 20 de abril)
Amor: si te has equivocado, aprende a pedir perdón a tu pareja y dar el primer paso para reconciliaros. No seas cabezota.

Vale, no tiene nada que ver con lo que sucedió. Aun así, miro el de Carlos.

LIBRA (23 de septiembre - 22 de octubre)
Amor: no te olvides de que el amor propio siempre tiene que estar por delante de todo. Si estás agobiado o necesitas un descanso, no te sientas mal por dar un paso atrás.

De nuevo, nada que ver con lo que pasó aquella noche. Suspiro, no sé si de alivio o de enfado. ¿Qué es lo que realmente quiero leer? ¿Que era una mala decisión, igual que empezar a salir juntos el 30 de noviembre? Ya no quedan más revistas, solo algunos recortes de fotos de famosos, un montón de pósteres y un periódico. Este último recuerdo perfectamente por qué lo guardé: era la fecha en la que Carlos me había pedido que me casara con él. Han pasado ya dos años.

Miro la fecha para comprobarlo.

20 de abril de 2020.

En plena pandemia, cuando el mundo se desmoronaba, Carlos me pidió que me casara con él una noche, en el salón de nuestro piso, a la luz de las velas. Tenía el anillo desde antes del confinamiento y el encierro le había chafado los planes, pero no podía aguantar más y me lo pidió en casa. No sé por qué guardé en su momento este periódico. ¿Tendrá también una sección dedicada al horóscopo? Lo abro por el final y decido comprobarlo..., y ahí está.

Tomo aire, antes de leerlo por última vez.

ARIES: no te precipites a la hora de tomar decisiones con tu pareja. Aprovecha estos días para hablar con ella, contarle tus temores e ir poco a poco.

Noto algo raro en el estómago. No, no puede ser. No quiero seguir leyendo.

LIBRA: es el momento de centrarte en el trabajo y de dejar a un lado el romance y la pasión. Si tienes pensamientos impulsivos, trata de reprimirlos como siempre haces, porque a veces las cosas no son como parecen y se pueden volver en tu contra.

Doblo el periódico con sumo cuidado y lo devuelvo a su sitio, como si no hubiera pasado nada. Cierro el cajón con un golpe, pensando en la tonta de Valeria. ¿Por qué ha tenido que decir eso?

Cabreada, me acerco el portátil y empiezo a teclear como loca. Hago varias búsquedas sobre mi signo y el de Carlos y al final termino escribiendo: «Compatibilidad Aries y Libra». Abro el primer enlace de los cientos de resultados que me ofrece Google.

«Aries es un signo de fuego, mientras que Libra es de aire. Esto significa que se trata de signos opuestos. Al inicio de la relación, estas diferencias pueden resultar buenas, por lo que se dice siempre de que "los polos opuestos se atraen". Sin embargo, con el paso del tiempo, cuando se supera la fase conocida como "luna de miel", pueden surgir muchos conflictos. La pareja aries-libra se encontrará con diferencias en sus formas de pensar y de establecer una relación. En muchas ocasiones no lograrán alcanzar un acuerdo, por lo que uno de los dos tendrá que ceder. El problema está en que siempre terminará cediendo el mismo.

»El perfil de aries se caracteriza por tomar decisiones con diligencia y rapidez, mientras que libra será todo lo contrario. Se tomará su tiempo para analizar todas las perspectivas, sacando de sus casillas a la pareja aries.

»Una relación aries-libra puede funcionar si hay mucha comunicación, amor, pasión y compromiso por ambas partes. No obstante, si se enfría, no habrá marcha atrás: los dos se convertirán en amantes completamente incompatibles».

No me puedo creer que con veintiocho años esté mirando esto a las cuatro de la mañana. Pero parece tan real que ahora no puedo olvidar todo lo que he leído. ¿Y si Valeria tenía razón? ¿Va en serio toda esa mierda del Zodiaco?

Me empiezo a morder las uñas. Para cuando me doy cuenta, me he destrozado parte de la manicura de la boda, así que ya no me corto.

No, no puede ser. Me niego a que todo esto sea cierto. Joder. ¿Por qué lo habré mirado? Lo peor de todo es que no sé si me arrepiento o si me alegro.

Si cualquiera de mis amigas me viera, no me reconocería. Ni yo misma lo hago ahora, todavía con el maquillaje corrido por las mejillas de llorar en silencio en el coche de Martina.

Si me liara con otro chico libra..., ¿tendría las mismas características que Carlos? ¿Seríamos incompatibles de verdad o todo es una farsa?

Solo hay una manera de averiguarlo.

Me levanto y voy directa hacia el baño, donde me quedo mirando mi reflejo durante unos segundos. Apenas me reconozco. Y no lo digo por los restos de maquillaje que han quedado en mi cara, dándome un aspecto de loca. Me siento como si estuviera observando a una extraña que me he cruzado en el metro, alguien a quien no he visto en mi vida. Una incógnita con patas.

Es en ese mismo instante cuando algo hace clic en mi cabeza. Lo que ha sucedido en los últimos días ha sido por algo. La boda, el comentario de Valeria, lo del Zodiaco..., todo ha sido una señal. O, más bien, una alarma que me ha hecho despertar con un sobresalto.

Me empiezo a desmaquillar con la mente en blanco, pero mojo la ropa por error y decido terminar en la ducha, sintiendo cómo el agua se cuela por cada rincón de mi cuerpo. El frío todavía no ha llegado, pero me reconforta el agua caliente. Me enjabono los brazos y las piernas y cierro los ojos, inspirando el olor a naranja del champú. Es increíble como algo tan sencillo como ducharse puede relajarte y hacerte desconectar durante unos instantes. Me doy la vuelta, con cuidado para no resbalar. Todavía siento el sabor del alcohol en mis labios. Subo un poquito más la temperatura del agua y cojo el mango de la ducha.

¿Y si...?

Hace un montón de tiempo que no me doy un capricho. Estaba esperando a la noche de bodas para hacer alguna cosa especial. Quizá probar algo nuevo. Pero, desde que todo se ha torcido, ni siquiera me he tocado.

Como si fuera una adolescente que hace algo ilegal, compruebo que el cerrojo de la puerta del baño está echado. Entonces, ajusto la presión del agua en el punto exacto y guío el chorro entre mis piernas. Hago unos pequeños círculos antes de ir poco a poco buscando el clítoris.

Al principio siento una sensación extraña, como si me molestara, y lo aparto. Lo vuelvo a intentar, esta vez con más calma. Aumento un poquito más la presión y relajo los hombros. Empiezo a notar un calor que me sube por el cuerpo y que no tiene nada que ver con el alcohol. Sin prisa, voy moviendo el chorro de agua, evitando repeticiones e improvisando. Un escalofrío me recorre el cuerpo y entonces noto que el placer crece cada vez más. No me detengo. Lo acerco un poco más, para notar la presión de lleno en mi clítoris, hasta que me empiezo a correr. Tengo que morderme el labio para no hacer ningún ruido, a pesar de que todo el mundo está durmiendo y de que no creo que nadie me haya escuchado entrar en la ducha. Aguanto unos segundos más en los que mi mente desconecta y se me arquea la espalda, hasta que el corazón se me acelera y termino, apartando la alcachofa de la ducha. Tengo que recuperar la respiración durante un momento antes de volver a colocarla en su sitio.

Me río sola, de alivio, como si hubiera realizado una travesura que nadie descubrirá jamás, y termino de ducharme. Cuando salgo, me miro al espejo como no lo he hecho nunca.

En mi cara ya no hay rastros de maquillaje. Y, lo más importante, en mi mente no hay dudas.

No sé si he estado desperdiciando casi la mitad de mi vida con un solo hombre. Pero lo que sí tengo claro es que, ahora que he dado el primer paso, tengo ganas de correr una maratón. Y no se me ocurre mejor manera que demostrando que lo que ha dicho Valeria es completamente falso.

De pronto, todo cobra sentido en mi cabeza y las piezas del puzle encajan por fin.

Doce signos del Zodiaco.

Doce meses.

Doce hombres distintos.

Una oportunidad para cambiar mi vida, conocerme a mí misma y, sobre todo, demostrar que el amor no tiene nada que ver con las malditas constelaciones.

CAPÍTULO 4

♎

EL DEL VIAJE A UN DESTINO ALEATORIO

Doy, por lo menos, treinta vueltas al salón hasta que llega el taxi. He pasado toda la noche preparando la maleta y sin dormir de los nervios, y ahora me estoy arrepintiendo. Pero, bueno, ya descansaré en el avión.

Despedirme de mi familia es más complicado de lo que esperaba. Obviamente, no porque me dé pena salir de ahí. Todo lo contrario: necesito escaparme de Valencia lo antes posible; aunque adore la ciudad, ahora mismo no tengo nada que hacer aquí. Lo realmente difícil es aguantar la cara de decepción de mi madre cuando me dice adiós y me da un abrazo soso. Es como si ya no me reconociera como su propia hija. Creo que le habría sentado mejor que le dijera que no quería estudiar en la universidad antes que cancelar la boda. Pero aquí estamos, hay cosas que ya no tienen marcha atrás. Y menos mal.

Sin embargo, cuando mi madre se despide de Raül, la cara le cambia. Está orgullosa de su hijo pequeño y de todo lo que ha conseguido. Hace unos años, Raül era un macarra que pasaba de todo y se pegaba horas en su habitación montando canciones cutres. Ahora, sigue haciendo más o menos lo mismo, pero en Los Ángeles y ganando mucho dinero, rodeado de famosos, por lo que para mi madre ya ha triunfado en la vida. No ha conseguido casarlo como a Martina, pero por lo menos se ha forrado, que para mi madre es casi lo mismo.

39

Veo tantos sentimientos cruzarse por la cara de mi madre que me siento más hermana mediana que nunca. Por fin, el besamanos se acaba y podemos coger el taxi. Huele a rancio, pero para mí ya es lo más salvaje y alocado que he hecho en mucho tiempo: montarme en un coche de camino al aeropuerto, donde cogeré un avión al primer destino que se me cruce por delante.

A ver, en el fondo, sí que tengo algunos lugares en la mente. Al final no puedo dejar de intentar controlarlo todo, pero trato de no hacerlo porque precisamente ese es el motivo del viaje. No lo quiero llamar «huida» porque realmente es un paso hacia delante. O eso intento hacerme creer.

El vehículo arranca y yo lo vivo como si mi vida estuviera a punto de cambiar mientras que Raül bosteza, estirándose y ajustándose el cinturón. A él es como si todo le diera igual. No vive las cosas con tanta intensidad, sino que se limita a que todo suceda como tenga que suceder y poco más.

—¿Cuánta gente te ha dicho ya si puede recuperar el dinero del regalo de bodas?

Raül es así: directo y sin filtros. A veces me recuerda a Valeria.

—Solo un par, pero seguro que lo están pensando todos los invitados —le respondo, de mala gana. Lo último que quiero en este momento es que me estén recordando mi boda fallida. Necesito energía positiva, joder.

—El mío te lo puedes quedar, si quieres. Cómprate algo chulo allá adonde vayas.

Me tengo que morder la lengua para no contestarle una bordería. No quiero su dinero como si se tratara de una limosna que me ofrece porque le doy pena. Aunque, pensándolo bien, un poco de pena sí que doy ahora mismo. Voy a viajar sola a un lugar desconocido. Mi única compañía va a ser una maleta de cabina que ha recibido más golpes en la vida que la batería de Raül. En una de las mitades de la maleta me cabe ropa para poco más de cuatro días, y en la otra he metido a presión todo lo que voy a necesitar para teletrabajar desde donde quiera que esté. Mientras haya wifi, ahí me acomodaré, como una parásita.

—Menos mal que no hay atasco —comento. Al final, vamos a llegar con demasiado tiempo al aeropuerto, pero mejor esperar ahí que en casa.

Miro a Raül para que me conteste, pero mi hermano ya está en otra dimensión. Se ha puesto los cascos y es como si no existiera. Pongo los ojos en blanco y cabeceo hasta que salimos a la carretera y comienzan a aparecer los primeros carteles que indican el camino al aeropuerto. El taxi nos deja en la terminal de salidas. No es muy grande para ser Valencia, pero siempre me trae buenos recuerdos. Excepto ahora.

Mi hermano busca su vuelo en las pantallas mientras yo observo todos los destinos que salen en las próximas horas, intentando quedarme con uno.

Edimburgo. No, demasiado frío y mucha lluvia. Conociéndome, no saldré del hotel, del piso o de donde quiera que me vaya a caer muerta.

Düsseldorf. Uff, qué nombre tan raro. A ver, no puedo descartar una ciudad por su nombre, pero es que... Mejor miro la siguiente.

Ámsterdam. Me gusta, podría ser una candidata. Aunque todo el mundo pensará que me he ido por los porros, pero... Ay, no, no puedo pensar así, me tiene que dar igual lo que piense la gente. Vale, Ámsterdam es una candidata.

Zúrich. No, muy caro. Hay que ahorrar.

Londres. Un clásico y ya he estado una vez.

París. También muy caro.

Roma. Podría ser también una opción, aunque conducen fatal y yo soy muy distraída, lo mismo me atropellan. Madre mía, menudas excusas de mierda me pongo a mí misma.

Bolonia. Muy pequeña.

Budapest. Meh. No sé, ni siquiera hablo el idioma.

Berlín. Lo mismo que Zúrich.

Ya he revisado todos los vuelos que salen hoy. Hay otros destinos dentro de España, pero mi idea es salir del país, aunque luego me queje de que no hablo el idioma. Vuelvo a revisarlos todos, pensando en los pros y en los contras de cada ciudad.

—Bueno, yo te dejo aquí, Anna —me dice Raül, quitándose los cascos.

Si fuera él, yo también me iría. Se ha comprado el billete en primera clase, tanto en el avión que va a Londres como en el que coge después para ir a Los Ángeles. Me imagino lo ligeras que se le tienen que hacer las escalas en vuelos tan largos cuando puedes hacer tiempo en una sala con comida y bebida gratis.

—Vale —respondo.

De pronto, es como si todas mis capacidades sociales se hubieran anulado.

—Que tengas buen viaje. Ya me dirás finalmente adónde te has ido cuando tengas wifi.

Asiento. No tengo mucha intención de mirar el móvil en mi viaje, ya que está lleno de recuerdos: conversaciones por WhatsApp con Carlos y algunos de sus familiares, fotos de cada momento que hemos compartido juntos, juegos online a los que nos enganchábamos hasta las tantas de la madrugada...

—Igualmente. Que te dé cagalera la comida de la sala vip —le deseo, dándole un incómodo abrazo de despedida.

—Ahora no me entra ni un vaso de agua, pero ya me tomaré un cóctel de gambas a tu salud en el aeropuerto de Londres mientras espero mi conexión.

—Mejor un *fish and chips*—le respondo, sacándole la lengua.

Su vuelo a Londres embarca dentro de cuarenta minutos.

Lo veo alejarse de camino a la seguridad, que está prácticamente vacía, y yo me quedo como una tonta mirando de nuevo las pantallas, como si no encontrara mi vuelo.

Muchas personas pasan a mi alrededor, las consultan unos segundos y van directas hacia su mostrador para facturar las maletas. Analizo a la gente que acude a cada destino. Hay de todo: grupos de amigos, familias, parejas, gente que viaja sola... Veo la emoción en los ojos de una chica que va de la mano de su novio. No tendrá más de veinte años y se aferra a él como si fuera un trofeo. La verdad es que el chico es guapísimo.

Los minutos siguen pasando. Cambio el peso de una pierna a otra varias veces mientras la palabra Ámsterdam me suena cada vez mejor. Justo en ese preciso instante, el estado del vuelo cambia a «embarcando» y lo tomo como una señal.

—Ámsterdam, entonces —murmuro.

Cruzo los dedos para que me dé tiempo a acercarme al mostrador de la compañía, compro un billete con todos los ahorros que me quedan en metálico y atravieso la seguridad en cuestión de minutos. Menos mal que el aeropuerto de Valencia es pequeñito. Si no, no habría pillado el avión ni de coña. Aun así, corro por si acaso hacia la puerta, donde ya todos parecen haber embarcado.

—Buenos días, billete y pasaporte, por favor.

Se lo entrego al hombre que controla el acceso con el corazón en un puño. Ya lo he hecho, estoy a un paso de cambiar mi vida para siempre. Tomo aire con fuerza, mirando el pasillo que recorreré en cuestión de segundos y que me separa del avión..., hasta que todo se tuerce.

—Lo siento, señorita, va a tener que facturar la maleta. Supera las medidas máximas que se permiten en cabina en la compañía.

Cuando escucho esas palabras, no me las puedo creer. Es como si sonaran en un mundo paralelo, como si fuera un mal sueño. Desde luego, el destino se ha empeñado en ponérmelo difícil.

—¿Cómo que no? Acabo de comprar este billete en el mostrador hace menos de diez minutos y no me han puesto ningún problema —me defiendo.

¿Es que la señora que me ha atendido no tenía ojos? ¿No me ha visto llegar ahí con una maleta?

—Lo sentimos, esta maleta no cumple con las medidas máximas que se permiten en la...

—¿Y dónde están escritas esas medidas, si se puede saber? —le corto, levantando el tono. No estoy para tonterías. Me acabo de dejar una pasta en este billete y necesito meter la maleta como sea.

El señor levanta la mano, indicándome el poste que tenemos a unos metros de distancia. Abajo hay una pequeña jaula donde tienen que encajar todas las maletas que viajen gratis en la cabina.

Hecha una furia, me acerco a ella y estampo mi maleta dentro. Y, de pronto, me doy cuenta de que el señor tiene razón. No cabe ni de coña. Pero, aun así, la empujo con todas mis fuerzas.

—Señorita... —intenta advertirme el de la aerolínea.

Hago como que no lo escucho y, con el talón, comienzo a enterrar mi maleta entre los cuatro hierros que me van a amargar el viaje.

—Que sí que entra, ya verás —replico.

A nuestro alrededor, varios curiosos que están esperando a que embarque su vuelo ya nos están mirando. No hay nada más que hacer en ese pasillo lleno de sillas y ahora tienen espectáculo.

—Señorita —insiste de nuevo—. Lo siento, va a tener que facturarla. Si quiere, le puedo realizar la facturación desde aquí, aunque tendrá un sobrecoste de ochenta euros por llevarse a cabo en la puerta de embarque.

—¿Ochenta euros? —grito.

Ahora sí que se gira todo el aeropuerto.

—La otra opción es que regrese a la zona de salidas, pase por el mostrador y la facture ahí, mostrando su billete, si le hacen el favor. Pero no sé si le dará tiempo. La puerta de embarque cerrará dentro de diez minutos.

Ni siquiera me quedo ahí para darle las gracias. Arranco mi maleta y salgo disparada hacia la seguridad, atravesándola en dirección contraria. Los trabajadores de seguridad me paran enseguida y de pronto, sin darme cuenta, me rodean cuatro policías. No, cinco. Uno de ellos habla por un *walkie-talkie* mientras los otros me hacen preguntas: que si adónde voy, que si viajo sola, que por qué estoy corriendo por el aeropuerto y cruzando la seguridad al revés...

La cabeza me empieza a dar vueltas y se me atropellan todas las palabras en la punta de la lengua. Estoy a punto de soltar cualquier tontada cuando escucho la voz de mi hermano hablando con los policías. Como si yo fuera la hermana pequeña, y no él, dejo que me defienda y explique lo que ha pasado. Al parecer, la sala vip da a la puerta de embarque donde me he peleado con el trabajador del aeropuerto, y ha tenido un primer plano de todo el espectáculo que he montado.

Pocos minutos después, mi hermano parece arreglarse con los policías y me dejan marcharme con él.

—¿Qué les has dicho? —le pregunto cuando ya nos separamos de ellos.

—Que te vienes conmigo a Los Ángeles —me responde con toda la tranquilidad del mundo.

—¿Cómo?

Él se encoge de hombros.

—¡Acabo de gastarme una pasta en este billete! —le grito, agitándolo en el cielo. Está arrugado, como si hubiera pasado por varias manos.

45

—Pues no te va a servir para nada. El embarque acaba de cerrar.

Y es verdad. A lo lejos, veo que el hombre con el que me he enfrentado antes ya no está en su puesto. Solo ha quedado el maldito poste de la compañía que mide las maletas y que me ha provocado un trauma para toda la vida.

—Estás de coña... —murmuro.

—No te rayes —me dice mi hermano—. Yo te compro ahora por internet el billete. Considéralo como tu regalo de no boda...

Le lanzo una mirada llena de odio a Raül, pero en el fondo me siento mucho más aliviada.

—¿Adónde vas a ir si no? Coger sola un avión aleatorio no te alejará de tus pensamientos, sino todo lo contrario. Van a ser tu única compañía.

Sus palabras me calan mucho más hondo de lo que mi hermano se podría imaginar. Relajo los hombros y me dedico a seguirlo como un pingüino por el aeropuerto.

Dejo que todo suceda a mi alrededor sin intervenir. Parece que soy la espectadora de una película que no tiene nada que ver conmigo, pero lo que está sucediendo es mi vida. Y estoy aterrorizada, pero supongo que es así como comienzan las mejores historias que contaré a mis nietos, o a mis siete gatos, cuando tenga ochenta años más y cinco dientes menos.

No sé cómo consigo contener las lágrimas mientras el avión despega en dirección a Londres. Lo único que sé es que, en cuanto alcanzamos bastante altura, voy al baño y me paso por lo menos quince minutos sollozando.

CAPÍTULO 5

⏜

EL DE LA MANSIÓN SORPRESA

Me siento el personaje principal de una novela juvenil cuando bajo del avión en Gatwick y voy directa a la puerta de embarque del vuelo a Los Ángeles. Mi hermano sigue zumbado con el *jet lag*, a pesar de que ha estado varios días en Valencia, y yo rezo para poder pegar ojo en el avión, aunque sean quince minutos. Raül embarca primero, con los de primera clase, y a mí no me toca hasta el final. Pero no me quejo: por lo menos, viajo gratis.

Me doy cuenta de que no puedo quitarme de la cabeza al maldito horóscopo en cuanto me quedo casi doce horas sin internet en el portátil. Ahora quiero mirarlo todo. No me ha bastado con rebuscar en las revistas que tenía de adolescente, necesito abrir Google y empezar a saberlo todo sobre cada uno de los signos. ¿Cuál sería el de mi hermano? ¿Y el de mi madre? ¿Explicaría por qué ella prefería a Martina antes que a mí? ¿Serían sus signos más compatibles? ¿O eso de la compatibilidad solo sirve para las relaciones amorosas?

Cambio de postura por cuarta vez en cinco minutos. El avión va casi lleno, así que me tengo que conformar con un asiento al final de la cabina mientras mi hermano se estará hinchando a cócteles en primera clase. En fin, tampoco me voy a quejar. Ahora mismo no me apetece tener once horas y media de conversación con él.

A pesar de que la cartelera es la misma todo el rato, vuelvo

47

a consultarla en la pantalla que hay justo frente a mí, por si acaso he pasado por alto alguna película interesante, pero no hay nada diferente. Historias de amor que terminan bien, la mayoría de ellas en boda. Ni siquiera una boda como la de *Mamma Mia!* podría animarme ahora mismo. Y eso que me he aprendido todas las canciones de memoria, con cada segunda voz, cada coro, etc.

Paso a la sección de películas navideñas que están todas cortadas por el mismo patrón: parejas blancas vestidas de rojo y verde, historias que hablan de la importancia de la familia y del amor. Ya, claro. Eso no se lo cree nadie, ni siquiera el propio director. Las cenas de Navidad, si se caracterizan por algo, es por discutir de política, por ver quién presume más del dinero que ha ganado ese año o del ascenso en su trabajo y por escuchar barbaridades de tu tía abuela homófoba que dice que el único gay que soporta es Jorge Javier Vázquez.

Por algún milagro divino, caigo rendida y me ahorro ocho horas de sufrimiento, encerrada con mis propios pensamientos. Sueño algo que no consigo recordar y cuando me despierto no puedo creer que ya hayamos sobrevolado todo el Atlántico y estemos a un par de horas de nuestro destino. Intento echar otra cabezadita, pero el olor a *croissant* rancio mantiene despierto mi estómago. Me distraigo desayunando, si es que se puede llamar así a lo que me han servido, hasta que por fin aterrizamos en Los Ángeles.

Ya no sé ni qué hora es al otro lado. El cielo está oscuro, pero no tengo ni idea de si acaba de anochecer o son, digamos, las cinco de la mañana. La gente se pone nerviosa por bajar mientras yo sigo en mi nube, creyéndome el personaje principal de mi propia serie. ¿Y si me reinvento en Los Ángeles? Aquí no me conoce nadie. Podría ser cualquiera: Anna Ferrer, la coleccionista de arenas de las playas más lujosas del mundo. O la detective secreta que más casos ha resuelto en el último año.

También puedo ser, simplemente, una chica misteriosa que busca demostrar que el Zodiaco es una mierda.

Me reúno con Raül en las cintas de recogida de maletas. Las luces del aeropuerto parecen no tener en cuenta que fuera todavía es de noche: hay focos por todas partes, *banners* de colores dándote la bienvenida a Los Ángeles y buscando captar turistas para un montón de servicios, desde rutas turísticas por la ciudad hasta alquiler de coches.

—Vamos, por aquí —me indica mi hermano.

Pienso que se va a poner en la fila de los taxis, como está haciendo todo el mundo, pero veo que se hace a un lado y cambia de dirección. Un Land Rover negro con las ventanas tintadas lo espera con el motor en marcha y el maletero abierto.

Nos espera.

Un chico de la edad de mi hermano baja del coche y lo saluda con la mano en alto.

—¿Qué pasa, Connor?

Chocan la mano en una especie de saludo oficial supersecreto y después se dan un abrazo, como si hubieran estado cinco años sin verse. Apenas me da tiempo a verle la cara. Tiene el pelo castaño y rizado, rapado al uno o al dos por los lados. Se nota que ha aprovechado el verano para tomar el sol. Viste con unos pantalones de chándal grises y una camiseta blanca lisa, con un pequeño bolsillo a un lado del pecho. ¡Y chanclas! No me puedo creer que haya venido conduciendo con eso en los pies.

—Espero que me descuentes del alquiler el servicio de chófer nocturno, que mañana empiezo a trabajar a las nueve —le dice Connor a Raül.

—No me seas tacaño —le responde mi hermano, mientras llena el maletero con sus cosas.

Yo hago lo mismo. Estoy demasiado sobada para presentarme, pero no quiero parecer borde nada más conocer a su compañero de piso.

—Hola, yo soy Anna. Encantada. —Primera frase que digo en inglés, mi nuevo idioma por defecto a partir de ahora. Por suerte, todas las horas de estudio en la universidad, las series que he visto en versión original y las conversaciones en inglés que me he montado en mi cabeza van a dar sus frutos.

Los formalismos nunca han sido lo mío, así que voy a lo básico. Extiendo la mano para que me la estreche, pero él la ignora y me mira de arriba abajo, sonriendo. Después se ríe y me la aprieta en un gesto rápido, volviendo al coche.

—¿Qué le pasa a este? —le pregunto a Raül mosqueada.

Mi hermano se encoge de hombros.

—Es idiota, no le hagas caso —me responde.

Nos sentamos en el coche. Paso a la parte trasera, justo detrás de mi hermano, y analizo a Connor mientras quita el freno de mano.

—Veo que no has perdido el tiempo en España. —Connor le da un codazo a Raül mientras abandonan la terminal de llegadas del aeropuerto de Los Ángeles.

—¡Es mi hermana, estúpido! —le responde Raül.

Pero Connor parece estar pasándoselo genial.

—¿Y qué hace aquí? —suelta, como si yo no existiera. Como si no estuviera escuchándolos hablar de mí desde el asiento de atrás de un coche de un desconocido en una ciudad nueva para mí.

—No preguntes —le advierte mi hermano—. Y, ahora, cuéntame todo lo que ha pasado estos días. Vi en Snapchat que montaste una fiesta en casa. Dime, ¿cuántas cosas se han roto o nos han robado?

Raül y Connor se enfrascan en una conversación que no me interesa lo más mínimo, así que durante el resto del viaje me dedico a mirar por la ventana hasta que me quedo dormida. Me despierto cuando escucho el pitido de los sensores del coche mientras Connor aparca.

Me quedo con la boca abierta en cuanto veo la mansión en la que, aparentemente, vive mi hermano. ¿Por qué yo no estaba enterada de esto? Cuando mencionó que vivía en Los Ángeles y a las afueras, compartiendo piso, me imaginé una habitación de cinco metros cuadrados con un salón que se fusionaba con la cocina. Sin embargo, la casa que tengo delante no tiene nada que ver con mis suposiciones.

—Pero ¿qué narices...? —mascullo en español, mientras observo la casa. No puede ser. Incluso en la penumbra es impresionante. Tiene tres plantas y la de arriba es abuhardillada. En la parte de delante hay un jardín digno de la entrada al hotel más pijo de España. Está iluminado con farolillos que marcan el camino hacia una enorme puerta de madera, custodiada por dos enormes cipreses, uno a cada lado.

—¿Sabe mamá que vives aquí? —le pregunto, mientras él baja nuestras maletas y las coloca sobre el suelo de gravilla.

—Más o menos —responde, sin aclararme nada más.

Connor echa a andar y mi hermano lo sigue. Yo hago lo mismo, luchando por que las ganas de irme a dormir contrarresten lo impresionada que estoy. Quizá me encuentro demasiado cansada y mi cerebro me está jugando una mala pasada. Sin embargo, en cuanto entramos al *hall*, estoy segura de que no se trata de un sueño.

—Tu habitación está por aquí.

Mi hermano me guía por una escalinata que conecta la planta baja con el primer piso, atravesamos un pasillo enorme y me abre la puerta de la que va a ser mi nueva morada durante los próximos días hasta que encuentre otro sitio para instalarme. Me cuesta articular una frase por culpa del *shock*.

—Estás de co-ña —le digo, muy lento, mientras mis ojos se paran en cada detalle del cuarto. Es tan impresionante que me dan ganas de hacerle una foto y mandársela a Lucía, hasta que recuerdo que ni siquiera tengo móvil para enviarla. Dios mío, nadie va a creer que yo he estado aquí—. ¿Y los papás saben esto? ¿Y Martina?

Raül por fin parece querer contestar a mi pregunta.

—No, y prefiero que siga así —me pide mi hermano.

—¿Por?

—Mañana hablamos, que ya es muy tarde. Descansa. Tienes tu propio baño, lo han limpiado esta misma tarde.

Lo han limpiado. Tercera persona del plural.

Y, sin decir una palabra más, Raül me deja sola, hecha un manojo de nervios y sueño, mientras los pensamientos negativos se empiezan a acumular en mi cabeza. El techo de la habitación es tan alto que no llegaría a tocarlo ni con un palo de escoba. ¿Raül habrá comprado esta casa o será de alquiler? La verdad es que no quiero saber la respuesta. Las paredes están pintadas de un blanco hueso, una de ellas la han forrado con un papel de pared rugoso al tacto. Menos mal que no es gotelé. La cama parece recién sacada de un hotel y me aventuro a apostar que mide, por lo menos, uno sesenta de largo. Sobre ella hay una colcha amarilla con rayas moradas, una elección un tanto extraña, pero tampoco me voy a quejar. No hay muchos más muebles, además de un pequeño escritorio con una silla de madera y un perchero. El armario, eso sí, tiene pinta de ser gigante. Está empotrado en la pared del fondo de la habitación.

Estoy tan cansada que decido deshacer la maleta al día siguiente, cuando tenga tiempo y ganas de asimilar todo lo que está sucediendo a mi alrededor. Pongo el piloto automático y voy al baño, me lavo la cara, hago pis y me dejo caer sobre la cama con la misma ropa con la que he sobrevivido durante todo el día. No tengo fuerzas para hacer mucho más que cerrar los ojos y empezar a darles vueltas a mis pensamientos.

¿Qué es todo esto?

¿Qué pinto yo aquí?

¿Me he precipitado al tomar esta decisión?

CAPÍTULO 6

≏

EL DE LA AGENDA DE LOS SIGNOS DEL ZODIACO

A la mañana siguiente, lo primero que veo es el altísimo techo sobre mi cabeza, recordándome que todo lo que sucedió la noche anterior no fue un sueño. Las sábanas moradas y amarillas también siguen ahí. Las aparto de un manotazo, me doy la vuelta, apoyando la cara contra la almohada, y me quedo así un rato hasta que mi vejiga decide que no puede más y me obliga a levantarme. No sé de dónde saco fuerzas para darme una ducha y ponerme ropa limpia. ¿Quizá es porque no me he cambiado desde que salí de casa de mis padres y huelo un poco mal? Sí, eso puede influir. Necesito un desodorante urgentemente.

Pongo el agua caliente a tope mientras sigo asumiendo que estoy en Los Ángeles. Ni siquiera me planteo la hora que es hasta que, quince minutos después, con el pelo chorreando en mi camiseta color lavanda, bajo al jardín y me doy cuenta de que está amaneciendo.

Ya está aquí el llamado *jet lag*, mi nuevo mejor amigo durante los próximos días.

Piso la hierba con las chanclas, esperando que no se considere un delito en esta ciudad, y paseo hasta la otra punta del jardín. Rodeo la piscina, pensando en la última vez que me bañé en una. No me cuesta mucho recordarlo: fue con Carlos y sus amigos, a quienes yo apenas conocía incluso tras varios

53

años de relación. Mis ganas de socializar duraron lo mismo que su amabilidad hacia mí. Al final, me limité a ser una simple oyente de sus conversaciones banales sobre fútbol y sobre quién trabajaba más y mejor que el resto.

Desde el otro lado del jardín, la casa es todavía más espectacular que desde su fachada principal. Tiene, en total, tres pisos de altura. Y, visto lo visto, no he visitado ni un tercio de la mansión. Una enorme zona de sofás, mesas bajas y antorchas dan un ambiente selvático a la entrada que conecta la planta baja con el jardín. Parecen recién sacados de un catálogo de decoración de exteriores. Entre los sofás y la piscina, mi hermano se ha montado un set gigante de DJ. Me da pánico ver tantos cables cerca del agua.

Esta noche he dormido en la primera planta. Miro a la izquierda, buscando la ventana por la que ha entrado la luz del amanecer que me ha despertado. A la derecha hay una muy similar, supongo que de otro cuarto de la casa. Y, en el centro, un ventanal gigante por el que se cuela la luz e ilumina toda la escalinata que recorre la mansión de arriba abajo.

Miro a la planta superior, como si pudiera adivinar lo que hay dentro con tan solo entornar los ojos. No puede ser muy grande, por lo menos los techos, ya que tiene un tejado abuhardillado.

La pintura blanca de la fachada ha soportado bastante bien el paso de los años y solo ha permitido que la tape una mata de hiedra que en cuestión de meses cubrirá la mitad de la casa, como mínimo.

—Qué cantidad de bichos subirán por ahí, madre mía. Menos mal que no está cerca de mi habitación —murmuro, imaginándome lo peor.

Doy otra vuelta por el jardín mientras bostezo. ¿Para qué querrá una casa tan grande si solo viven dos personas? Después de un rato, me canso de dar paseos por el jardín y voy a la cocina a comer algo.

—¡Ahhh! —grito, al ver que no estoy sola.

Connor da un bote del susto al escucharme chillar.

—Pero ¿qué haces? —pregunta más enfadado que curioso.

Yo me llevo una mano al pecho.

—Perdona, me has dado un susto de muerte. No esperaba encontrar a nadie aquí —me disculpo.

—Ni yo tampoco esperaba cruzarme con una tía en pijama en mi propia casa —me responde malhumorado.

—¿Qué? Esto no es un pijama.

¿Lo parece? No había perdido ni un segundo en tomar la decisión de lo que iba a llevar hoy, pero ahora que Connor lo menciona me entran las dudas.

—Ya, claro...

Me quedo ahí de pie, esperando a que diga algo más, pero no despega la vista de su móvil ni la mano de su café. ¿A qué estoy esperando? ¿A que me dé permiso para desayunar? ¿Lo necesito, cuando estoy en casa de mi hermano?

—¿Te vas a quedar ahí todo el día? —me espeta.

Su pregunta me pone histérica y respondo lo primero que se me pasa por la cabeza.

—No, tengo cosas que hacer.

Espero una reacción, aunque sea mínima, pero Connor ni siquiera levanta las cejas. Sigue mirando su móvil con la taza de café llena en la otra mano. Me dan ganas de responderle con alguna bordería, pero es demasiado temprano para pensar una respuesta ingeniosa en inglés. Tengo sueño y también necesito un café. Me doy media vuelta y subo a mi nueva habitación. Meto en la mochila todo lo esencial, aunque luego no lo necesite, y salgo a la calle. No tengo ni móvil ni wifi, así que camino cuesta abajo en busca de la primera cafetería tranquilita que me encuentre y me instalo como si estuviera en mi casa. Por el camino he parado a comprar un par de adaptadores universales para poder cargar mis aparatos electrónicos. A partir de ahora, estos cacharros serán mis nuevos mejores amigos. Levanto la tapa del ordenador, lo conecto al wifi del establecimiento y la hora se cambia a la local al instante. Es tan pronto y he dormido tan poquito que necesito ochenta litros de café, pero me conformo con ver que mi bandeja de entrada no se ha vuelto loca durante este largo día que he estado de viaje. En cualquier otra situación, me agobiaría, porque eso significa que no hay trabajo. Y, cuando eres *freelance*, te conviertes en una esclava de tu correo electrónico. Pero ahora mismo, por un segundo, lo agradezco. Prefiero que todo el mundo siga pensando que estoy en Hawái, de luna de miel con mi nuevo marido.

En realidad, mi relación con el trabajo de autónoma es de amor-odio. Cuando llega un mensaje con un potencial cliente, o directamente con un encargo, lo acompaña un subidón de adrenalina. Pero, después, a la hora de ponerse, a veces me cuesta siglos. Aunque no me voy a quejar, porque esto es justo lo que necesito: un día tranquilo para organizar mi estancia en Los Ángeles y poner un poco de orden en mi vida.

Abro un documento en blanco de Word y miro al cursor parpadear esperando mis órdenes. Llevo las manos al teclado y empiezo a escribir un título para mi próxima aventura.

PROYECTO ZODIACO

No, no me gusta nada cómo suena. Demasiado infantil, como si estuviera haciendo un trabajo para el colegio. A ver qué más se me ocurre...

DIARIO ANTIZODIACO

Dios mío, menos mal que no estudié Periodismo aunque fuera una de mis primeras opciones. Poner títulos se me da bastante mal. Tiene que ser algo que resuma la experiencia del año que me espera, de esta nueva aventura...

UN AÑO CON EL ZODIACO

Eh..., no.

LA LOCA DEL ZODIACO

Todavía menos. A ver, razón no le falta. Pero me chirría la palabra «loca» y no creo que sea lo mejor en este caso.

—Pensemos: ¿qué es lo que realmente quiero hacer durante el próximo año?

En el preciso momento en que voy a responderme a mí misma se acerca la camarera a tomar nota de mi pedido. Ni siquiera me había parado a pensarlo, así que improviso: un café y unas tortitas. Lo sé, no puede ser más cliché.

LOS CLICHÉS DEL ZODIACO

Vale, me estoy yendo por otros caminos. Lo que realmente quiero demostrar es que el Zodiaco es una mierda. Bueno, quizá sí que hay unos patrones comunes entre ciertas personas que nacen en invierno, por ejemplo, frente a aquellas que lo hacen en verano. Pero todo eso de que las estrellas y los planetas determinen tu personalidad al nacer...

ZODIACO: TODA LA VERDAD

¡Genial! Para un anuncio de teletienda, queda perfecto. Para el día a día me da vergüenza ajena. Empezaría a escribir el resto del plan de ataque, pero es que hasta que no tenga el título definido mi cerebro me impide teclear una palabra más. No sé si tiene sentido.

Muy visto.

La camarera llega con las manos ocupadas con mi pedido y me sonríe con amabilidad. Quizá mi desesperación es más obvia hacia fuera de lo que pienso. Joder, y tan solo estoy con el título.

—A ver, necesito algo sencillo pero que funcione. Que incluya la palabra Zodiaco...

Entonces, abro mucho los ojos. Pulso la tecla de mayúscula y, tras asegurarme de que voy a escribir en negrita, tecleo las siguientes cuatro palabras:

LA CHICA DEL ZODIACO

Suena genial. Hago una búsqueda rápida en Google para asegurarme de que no esté registrado y bajo los hombros al ver que no sale nada en particular. Suspiro. Ahora ya puedo empezar a «trabajar» de verdad.

CAPÍTULO 7

♎

EL DEL CONEJO CON DIABETES

Me cuesta encontrar la mansión donde vive mi hermano. Las calles de su barrio parecen un laberinto diseñado para que cualquiera que no resida ahí se pierda. Paso junto a una parada de autobús que creo haber visto ya dos veces y decido girar a la derecha en esta ocasión. Hasta cuando me parece reconocer la fachada, dudo, imaginándome que llamo a la puerta de otra casa. ¿Y si me abriera la puerta un famoso? Desde luego, en este sitio tan pijo tiene que vivir algún cantante o modelo de los que sigo en Instagram. Sin embargo, los dos cipreses de la entrada son inconfundibles.

Cuando llamo al timbre, rezo para que el idiota de Connor no me abra la puerta. Vuelvo a insistir unos segundos después hasta que aparece una chica de pelo naranja, rizado y encrespado.

—¡Hola! Eres Anna, ¿verdad? Yo soy Julia. —Estoy tan en *shock* que ni siquiera proceso que me haya hablado en español.

—Sí, sí.

Julia sonríe de oreja a oreja. Medirá unos diez centímetros menos que yo, por lo que desde aquí arriba su pelo parece todavía más voluminoso.

—Pasa, estábamos en el *yardín*, por eso no te habíamos oído.

Cuando llegué anoche a la casa, era tan tarde que no había

podido verla como ahora, en todo su esplendor, con la luz de la tarde entrando por las enormes ventanas. En el centro de la estancia me impresiona la escalinata que conecta con el resto de los pisos. Brilla tanto que entorno los ojos al mirar las zonas donde se refleja el sol. No tengo ni idea de cuál es el material del que puede estar hecha, pero parece bastante caro. A la izquierda hay una sala de estar, con chimenea y todo, decorada en tonos blancos y azules. De fondo, supongo que en el jardín, se oyen risas. La ansiedad social que nunca he tenido parece dispararse en este preciso momento.

Al otro lado de la escalera está la cocina. Es tan amplia que podría meter todo mi piso de Valencia en ella y aun así me sobrarían metros cuadrados. La isla es más grande que mi cama.

Sigo a la chica a través de la cocina y salimos al jardín. En la zona de *chill out*, mi hermano está rodeado de gente que no he visto en mi vida. A excepción, por supuesto, de Connor.

—¡Ya está aquí! —Julia, la chica de pelo naranja encrespado, retoma el inglés para llamar la atención del grupo.

Yo, que nunca he sido particularmente tímida, siento que me hago cada vez más pequeñita frente a toda esa gente que no conozco. Junto los hombros hacia delante y me llevo las manos a las asas de la mochila en la que todavía llevo mi portátil y todo mi material de trabajo.

—Ah, sí —dice Raül—. Esta es mi hermana, Anna, la que os he dicho que va a pasar aquí unos días.

Una chica morena de pelo largo y liso se pone de pie y me da un abrazo. Por unos instantes me cuesta reaccionar, hasta que me suelta. Es realmente despampanante. Tiene ese algo que no sabría definir, pero que hace que no puedas dejar de mirarla. Y parece saberlo, porque actúa como tal. Se aparta el pelo y me llega una nueva oleada de lo que definiría como una mezcla explosiva de frutas y flores. El olor de su perfume se queda impregnado en el aire.

—Yo soy Olivia, aunque me puedes llamar... Olivia. Es broma.

Tensa una sonrisa falsa, que apenas se nota con la cantidad de relleno que lleva en los labios. No pillo la broma, pero se la devuelvo por amabilidad.

A su lado, recibo otro abrazo de su amigo, que no tiene nada que ver con Olivia.

—Y yo soy Harry, encantado de conocerte, guapísima. Ay, el tono de tus mechas te va a quedar i-de-al ahora, de cara al otoño. ¿No has pensado en teñírtelas de diferentes colores?

Me llevo la mano a la cabeza y murmuro un «gracias», aunque no recuerdo la última vez que fui a la peluquería, más allá del día antes de la boda, y mucho menos a hacerme mechas.

Harry también tiene el pelo largo, aunque no tanto como Julia, sino rollo surfero como en las películas estadounidenses y recogido en un moñito. Un momento, estoy en Estados Unidos, así que...

—¡Y yo soy Julia! —La chica que me ha abierto la puerta interrumpe mis pensamientos—. Es genial conocerte, Raül nos ha hablado mucho de ti.

Todavía en su sitio, Connor suelta una risita por lo bajo. Sin embargo, miro a mi hermano, con una ceja arqueada.

—Sí, les he contado que estabas por aquí.

—Siéntate con nosotros —me invita Julia, haciéndose a un lado en el sofá marrón.

Me quito por fin la mochila y la dejo a un lado. Mi plan era más bien tumbarme en la cama y empanarme mirando al techo, pero bueno.

—¿Qué te parece Los Ángeles? ¿Habías estado antes? —me pregunta Julia en español.

—¿Podemos hablar en un idioma que entendamos todos? Gracias —le espeta Connor.

—Sí, si quieres hablamos en el idioma de los subnormales —se defiende Julia enseguida.

Todos se parten de risa, incluso Olivia, y no puedo evitar sonreír yo también. No conozco de nada a ese chico, pero me alegro de que los demás lo pongan en su sitio de vez en cuando. No le va mal, vaya.

—La verdad es que se trata de la primera vez que salgo de Europa, pero todavía no he visto mucho más que una cafetería, una tienda de todo a un dólar y esta casa.

—¿En serio? —pregunta Olivia—. Pobrecita... Raül, tienes que llevarla a que conozca la ciudad, por lo menos los sitios más turísticos.

—Déjala, Liv, que todavía tendrá *jet lag*—le dice Harry.

—Vuelve a llamarme así y te corto el moño.

—Nos ha dicho Raül que eres traductora, yo tengo una prima que también lo es —me cuenta Julia, aunque ya en inglés.

—¿De verdad?

¿En serio eso es lo más genuino que se me ha ocurrido responder?

—Julia tiene primas hasta en el infierno, allá adonde vayas conoce a alguien —me explica Raül.

—¡Qué idiota!

—¿Y cómo es que hablas español tan bien? —le pregunto, intentando cambiar de tema. Prefiero que ellos hablen de sí mismos. Siempre se me ha dado bien escuchar, sobre todo cuando puedo evitar que la atención se centre en mí.

—He hecho un montón de voluntariados por todo el mundo, la mayoría en Latinoamérica. Bueno, en realidad, empezaron como viajes humanitarios y al final terminé yendo porque me enamoré de todos y cada uno de los países que visité en el sur.

Harry resopla.

—Y de todos y cada uno de los hombres —murmura Olivia.

—Y de las mujeres —continúa Connor.

—Ya empieza con las batallitas —dice Harry, echándose hacia atrás en el sofá.

—Pero ahora hace mucho que no viajo —continúa Julia, como si no hubiera escuchado nada—, porque trabajo en una clínica veterinaria de animales exóticos y me quedo en el refugio con los que nadie quiere adoptar. Tenemos dos secciones distintas, una de adopción y otra de cuidados. Justo hoy ha entrado un conejo con diabetes.

—Un... ¿qué?

Todos se echan a reír al ver la cara que pongo.

—Sí, un conejo macho con diabetes, al pobre lo han abandonado porque está enfermo y tiene cataratas, ya apenas se mueve. ¿Te gustaría adoptarlo? Lo tengo aquí mismo, está en un transportín en el salón.

Abro la boca, intentando ofrecer una respuesta amable, pero por primera vez en su vida Connor dice algo con sentido.

—Déjala, Julia, que no lleva ni veinticuatro horas en Los Ángeles. Ya podréis hablar de conejos con diabetes y chihuahuas teñidos de rosa más adelante.

—Pues me parece un trabajo superbonito por tu parte —le digo, y es verdad. La gente que salva a los animales me cae bien al instante, aunque tenga pelos de loca y hable en un tono más agudo que el resto de los humanos.

—Y los demás, ¿a qué os dedicáis?

—Yo soy asistente de decoración de casas de lujo —añade Olivia.

Pero a Connor no le convence la descripción que ha hecho de su trabajo.

—Que, dicho así, queda muy pijo, pero lo que hace en realidad es corretear detrás de su jefa en casas de famosos a los que no puede ni mirar a la cara mientras se deciden entre dos muebles de medio millón de dólares para terminar comprando ambos.

Connor se parte de risa con su propio comentario.

—Y yo soy periodista —añade Harry—. En mi tiempo libre

pinto, pero nunca he conseguido vender un cuadro a alguien que no esté sentado en esta casa o sea mi tía abuela Katherine.

Se encoge de hombros y Julia le da una palmadita. Todos miramos a Connor, como si se estuviera haciendo de rogar.

—Aquí un entrenador de voleibol infantil —dice, levantando la mano.

Lo miro de arriba abajo, cuestionando lo que ha dicho. No me creo que una persona tan seca como él pueda trabajar rodeado de niños.

—Pobres alumnos —bromea Julia, aunque no sé hasta qué punto.

Connor mira la hora en su móvil y se pone en pie.

—Que, por cierto, me arrancarán los ojos si no me voy ya. Hasta luego.

Se despide de todos en general y desaparece en el interior de la casa. El ambiente parece relajarse a los pocos minutos de que se vaya y puedo conocer mejor a los amigos de mi hermano. Resulta que Olivia y Harry no están contentos con su trabajo, pero por lo menos se ayudan entre ellos: cuando Olivia se entera de algún chisme mientras visita casas de famosos, se lo explica a Harry, que trabaja para una revista de cotilleos que venden en todos los quioscos de la ciudad y que cuenta con más de un millón de seguidores en la cuenta oficial de Instagram.

Julia también tiene que marcharse antes de que cierren el refugio. Me da pena verla irse sola, con Azúcar —así es como ha bautizado Harry al conejo— en su transportín.

—Esta noche, mi primo celebra su cumpleaños en su casa, vendrás, ¿no? —se despide de mí Julia en español.

—¿Va tu amigo ese, el buenorro del septum? —le pregunta Harry.

—Ni hablar —responde Raül por mí—, déjala, que ya tendrá tiempo de fiestas.

Me giro hacia él mientras se me ponen las mejillas coloradas. ¿Quién se cree que es este enano para darme órdenes, más aún delante de desconocidos?

—¿Perdona? —hablo en español, pero creo que con el tono que he utilizado me han entendido todos los que no dominan el idioma—. Creo que puedo contestar yo solita a la invitación.

—Pensaba que no querrías y te estaba echando una mano para que no te metas donde no quieres. No tienes por qué ir, nadie te va a juzgar por quedarte en casa.

Me da rabia que mi hermano me conozca tan bien, aunque no hayamos pasado demasiado tiempo juntos en los últimos años.

—¿Por qué no iba a querer?

Pues por un montón de cosas, obviamente. Porque todavía tengo ganas de echarme a llorar en cuanto me da un bajón y pienso en mi antigua vida. Porque sigo pensando en Carlos y en Valeria. Porque todavía resuenan en alguna parte de mi cabeza las palabras de mi supuesta amiga, diciéndome que mi relación falló por culpa de las malditas constelaciones.

En realidad, no tengo ningún motivo para ir, pero me obligo a ser fiel al propósito de este viaje.

Los demás nos miran sin comprender lo que está pasando, excepto Julia, que parece sentirse mal por haberme invitado.

—Allí estaré, Julia. Nos vemos luego.

No sé ni quién es su primo ni dónde vive, pero sé que esta invitación no puede ser una casualidad. Si celebra hoy su cumpleaños, no cabe duda de que tiene que ser libra. Si el destino existe, esto no es una señal. Es un cartel gigante y luminoso, lleno de neones y colores chillones, que reza: «Aquí empieza lo bueno, nena».

CAPÍTULO 8

##

EL DE LAS APUESTAS Y LAS PREGUNTAS INCÓMODAS

Cuando mi pie roza la arena de la playa, me siento como en casa. No tiene nada que ver con las de Valencia, pero aun así noto una cierta tranquilidad al pisar terreno conocido. Siempre he sido una chica de playa, y eso que, al vivir en la costa, se tiende a pensar que te acostumbras a ella y ya no la valoras como antes.

Aquí la arena no es tan fina como la de mi ciudad, pero el olor, la humedad y el ambiente son muy parecidos. Por primera vez desde que pisé Los Ángeles, relajo los hombros y me permito desconectar unos instantes, imaginando que sigo viviendo en Valencia y que todo esto ha sido un sueño. Sin embargo, en cuanto nos acercamos al cumpleañero, mis fantasías se disuelven.

Todos se saludan como si hubieran pasado un siglo sin verse. Nos estaban esperando para ir a casa de Jakob, ya que, al parecer, llegamos tarde. Me presentan a más de quince personas y consigo quedarme con dos nombres, uno porque es igual que el mío y otro porque es el del chico que celebra su fiesta.

No sé cómo decir esto sin que suene mal, pero es lo primero que pienso en cuanto le veo la cara a Jakob. Es feo. Bastante. No de ese tipo de feos que tienen algún rasgo diferente que les aporta carisma, no. Es de los que tienen treinta años, pero ya les han salido arrugas en la frente como si hubieran vivido cincuenta. Es bajito, lo cual en Los Ángeles es raro, y solo se salva por tener los ojos azules.

A ver, yo tampoco soy Miss España. De hecho, nunca me ha gustado mi cuerpo: siempre me he visto demasiado esquelética. Habría dado todo mi dinero por tener las curvas de Lucía o la nariz puntiaguda de Daniela.

Incluso a veces envidiaba un poco las tetas de Valeria, joder. Ya lo he admitido.

—¿Y eres de España? —me pregunta Jakob.

Me quedo petrificada al ver que el chico libra me está hablando a mí.

—Sí, igual que mi hermano.

—Yo estuve en España hace unos años con unos amigos, aunque no visité nada, solo salimos de fiesta.

Sonrío, manteniendo el gesto unos segundos de más. ¿Qué se supone que tengo que contestar?

—Bueno, vamos a mi casa, que las botellas están allí —exclama Jakob, colocando las manos alrededor de su boca.

Todos se levantan como un resorte al escuchar la palabra «botellas» y lo seguimos como un rebaño sediento en busca de nuestra droga. Si ya me parece caro un mojito en Valencia, no me puedo ni imaginar cuánto puede costar en Los Ángeles. Nos ponemos las chanclas, que parecen ser el calzado oficial de esta ciudad, y andamos un par de manzanas hasta llegar a un bloque de ladrillos claros.

Por el camino, Julia sigue tratando de convencerme para que adopte al conejo y no me la quito de encima hasta que Harry viene a preguntarle una duda sobre una salamandra que ha visto. Me da pena sentir alivio cuando cambia de tema, porque ella es la única persona de todo el grupo con la que he hablado un poco, pero a veces puede resultar un poco intensa. Camino sola el resto del tiempo, observando a las personas que me rodean. Cada una tendrá su propia vida, probablemente muy distinta de la mía. Todas las chicas parecen supermodelos, no paran de hablar y de reírse mientras se tocan el pelo. No hay ninguna fea. Tienen un cuerpo de gimnasio y visten de colores llamativos que las hacen destacar el doble. Los tíos, por su parte, son más diferentes. Hay un poco de todo, pero ninguno como el cumpleañero.

Jakob también vive en una casa, aunque nada que ver con la de mi hermano. Tiene dos plantas y un pequeño jardín en la parte trasera decorado con luces de colores, sofás hechos de palés y un par de cachimbas. La que parece su novia ni siquiera pregunta quién soy cuando me ve entrar por la puerta, no sé si porque le da igual o porque ya ha bebido un poco. Pero ¿este no estaba soltero? Joder, tampoco he venido aquí a romper parejas. No le quito ojo de encima durante los primeros minutos hasta que la veo besándose con otro tío y pasando bastante de Jakob.

Me acoplo al grupo de mi hermano, quienes justo se están sentando en un sofá enorme en forma de L, y me dedico a escuchar sus conversaciones.

—¿No ha venido Charlie? —le pregunta Raül a Olivia.

Ella le lanza una mirada asesina, en su línea.

—Mejor hablamos de otra cosita, ¿sí? —dice Harry—. ¿Qué tal va ese conejo diabético?

—Preguntando cuándo me vas a devolver los cien dólares que te presté la semana pasada —le increpa Julia.

—Esos ya no los vuelves a ver —dice Connor, riéndose.

—Callaos, que no, idiotas —se queja Harry, aunque con su tono de voz es complicado saber cuándo bromea y cuándo está realmente enfadado—. Que estoy ahorrando. Además, el mes que viene, con la historia que me ha chivado Olivia de la cantante esta que se ha presentado a...

—¡Shhh! —la manda callar ella, poniéndose en pie y saltando sobre él.

—Oye, ahora nos lo tienes que contar. Si es de música, me interesa —la pincha mi hermano.

—Harry, ni se te ocurra —lo amenaza Olivia, apuntándole con el dedo.

Él levanta las manos.

—Vale, vale, no digo nada. —Harry se pasa los dedos sobre los labios cerrados, de izquierda a derecha.

—¿Todavía seguís con esos trapicheos? —pregunta Julia.

Miro la escena sin perder detalle, aunque no me estoy enterando de mucho.

—Sí, claro, gracias a eso conservo mi trabajo, cariño —bromea Harry, aunque parece estar diciéndolo en serio.

Una hora más tarde, se nota que el sol va bajando y que los días son más cortos. El jardín se ilumina con las luces de colores que cuelgan por todas partes, dándole un aspecto más íntimo y tranquilo. Sin embargo, la fiesta se ha empezado a descontrolar un poco: Jakob y sus amigos han bebido tanto que están gritando y riendo a carcajadas.

Doy un sorbo a la bebida que han preparado en un gran recipiente y me la sirvo exactamente igual que en las películas, con un cazo y un vaso, aunque no es de plástico, sino de materiales reciclados. No recordaba lo dulce que está el brebaje hasta que me lo llevo a los labios y parece que bebo azúcar líquido. Dios mío, el conejo diabético se moriría con tan solo una gota.

No sé qué lleva esta bebida, pero poco a poco me va relajando y lo utilizo como excusa para abrirme a los demás. Hablo un poco con Olivia, aunque no parece que mi presencia en su grupito le guste mucho, y hasta le sigo una broma a Connor. Todo va genial hasta que al idiota de mi hermano se le ocurre unirse al cumpleañero y sus amigos en sus juegos. Acaban de terminar de jugar al Flip Cup y ahora se están sentando alrededor de una mesa redonda. Oh, no. Me puedo imaginar lo que van a hacer y ya me pongo nerviosa, pero no puedo convertirme ahora en la rara que se niega a divertirse.

—¡Verdad o chupito! —exclama Jakob, levantando una botella de tequila. Mi estómago se remueve recordando la última noche que había estado con mis amigas en Valencia, cuando la idiota de Valeria había mencionado la mierda del horóscopo—. Vamos, no seáis tímidos, hemos preparado una pequeña variación del juego original. Ahora incorpora apuestas. ¿Quién se anima?

Absolutamente todas las personas invitadas a la fiesta se apuntan al escuchar la palabra «apuesta». Intento aguantar un suspiro. Que haya más gente es mejor, porque hay menos probabilidades de que me toque..., pero también significa que van a presenciar mis verdades... o mi siguiente borrachera.

—Para quien no conozca las reglas, se juega de la siguiente manera —explica el cumpleañero—. Nos sentamos en círculo y se pone un bolígrafo en el centro. Se gira hasta que se pare y apunte a dos personas, una con la punta y otra con el otro lado. Entonces, se les hace una pregunta, y antes de que contesten tenemos que pagar a la persona que queramos que responda. Cuantas más ganas tengas de que responda..., más dinero pondrás, esa es la idea. Entonces, las dos personas eligen si quieren responder o no. Si responden las dos, cada una se lleva su dinero. Si solo responde una, se lleva el de las dos y la otra bebe. Y si no responde ninguna, deben pagar cincuenta dólares en la siguiente ronda. Y beber para olvidar que son unos gallinas. ¿Entendido?

Se oye un murmullo de asentimiento mientras yo todavía estoy asimilando las normas. ¿Cómo que tengo que pagar? Joder. Saco la cartera, igual que el resto de los participantes, y rezo para que el bolígrafo no apunte en mi dirección cuando lo giran por primera vez. Por suerte, no me toca. Apunta a dos amigos de Jakob.

—Vale, aquí va la pregunta. ¿Has fingido un orgasmo

para terminar antes y largarte porque el sexo está siendo una mierda?

La mayoría de la gente se echa a reír y señala a uno de los dos, el rubio. Sonrío, intentando integrarme. Joder, esto tendría algo más de sentido si los conociera. Veo que todos empiezan a poner el dinero en el lado del rubio, que claramente va a responder.

—Más de una vez —dice, y todos gritan como neandertales. Madre mía, si supieran la de veces que lo tenemos que hacer las mujeres precisamente por lo mismo, no lo celebrarían tanto.

—Pues claro —responde el otro, aunque nadie le ha puesto ni un billete.

El rubio recoge su botín, poco más de diez dólares. Parecía que tenía un montón, pero luego recuerdo la existencia de los billetes de un dólar y me relajo. Vale, no se les está yendo la pinza, por lo menos, porque yo voy justa de pasta.

Jakob vuelve a girar el bolígrafo. Lo seguimos embelesados hasta que se detiene. Esta vez apunta a Olivia y a él mismo.

—¡Ahora decimos nosotros la pregunta! —dice el rubio, con ganas de venganza—. A ver... ¿Quién ha hecho o recibido una mamada mientras conducía?

Unas chicas gritan y aplauden.

—¡Esa pregunta no vale! —exclama Olivia.

—¿Por?

—¡Porque si no respondo y bebo, ya os imagináis la respuesta! No tiene misterio jugar así.

—Creo que ya la has dejado clara diciendo eso —replica Jakob, que se bebe un chupito igualmente—. Vale, volvemos a tirar.

Jakob hace girar el bolígrafo y aterriza de nuevo en ellos.

—¡Joder! —se queja Olivia.

—No se puede ir en contra del destino, nena. A ver, ¿quién hace una pregunta?

Mientras todos se pelean por ver quién la enuncia, me doy cuenta de que tengo justo enfrente a Harry. Si me toca a mí, tendremos que contestar o beber los dos. El estómago se me remueve solo de pensar en lo perversas que son las mentes de todas estas personas.

—Vale, la pregunta es la siguiente: ¿te has tirado a alguien que está presente en esta fiesta? Y, en caso afirmativo, ¿a quién? ¡Con nombre y apellidos!

—Uhhh. —Varias personas se dan codazos mientras hacen sus apuestas. La mayoría paga a Olivia, por supuesto, porque el morbo les puede más que la simple curiosidad. Probablemente, con lo bocazas que es Jakob, ya sabrán todos lo que va a responder, y por eso estarán deseando saber lo que dirá ella.

Frente a Olivia se amontonan los billetes y estoy convencida de que esta vez no son solo de un dólar. Sin embargo, ella estira el brazo, coge un vaso de chupito y se lo bebe de un trago, arrugando la frente en cuanto atraviesa su garganta.

—¡Noooo! —gritan algunos.

Se vuelven a repartir el dinero entre todos los que han pagado.

—¡Te toca pagar en la siguiente ronda! ¡Cincuenta dólares! —le exigen otros, mientras dan golpes a la mesa.

Miro intrigada a Olivia. ¿Qué habrá hecho para no querer aceptar tanto dinero? ¿Y con quién? ¿Será mi hermano, y por eso no ha querido decir nada? Julia la mira con expresión de curiosidad y me doy cuenta de que ni sus propios amigos lo saben. Estoy tan distraída analizando sus expresiones que no me doy cuenta de que Jakob ya ha respondido y ha vuelto a tirar, y esta vez el bolígrafo nos apunta a mí y a Harry.

Se abre el debate sobre qué me van a preguntar, ya que, como no me conocen, puedo inventarme la respuesta y salir del paso. Al final, llegan a la conclusión de que la mejor pregunta es:

—¿A quién te follarías de esta fiesta?

Se me para el corazón al escuchar la pregunta. ¿En serio? Joder. No hay una respuesta correcta a eso, porque si elijo a uno de los amigos de Raül me lo recordará toda la vida, y si elijo a un desconocido... Bueno, en realidad, a eso he venido, pero...

Los gritos de la gente al pagar no me dejan pensar. Olivia tiene que poner sí o sí cincuenta euros por no haber respondido la pregunta anterior y me dan ganas de matarla cuando los deja caer frente a mí. Como era de esperar, Harry no se ha llevado ni un duro y todos los billetes están en mi lado. Echo una cuenta rápida de lo que tiene que haber allí y estimo que más de cien dólares.

Joooder. Necesito el dinero, pero tampoco me puedo prostituir de esta manera. ¿Por qué la gente es tan malvada? ¿Es realmente curiosidad lo que tienen o es que están deseando que alimente su ego diciendo su nombre?

—Es el momento de la verdad, señoritos —canturrea Jakob, acallando a sus amigos.

Nadie ha pagado a Harry, así que él se bebe un chupito como si nada para no responder a la pregunta y se seca la boca con el antebrazo. Después, coge un billete de diez dólares y lo añade a mi montón.

—Subo mi apuesta. Lo siento, cariño.

Julia le lanza una mirada asesina.

—Yo también —dice el cabrón de mi hermano, y pone treinta putos dólares. Lo voy a matar.

Otros lo siguen, incluso sus propios amigos. Entre Connor, Olivia y Julia añaden otros cien dólares. Pero ¿esta gente de dónde saca tanto dinero?

Noto unas mariposas en el estómago que nada tienen que ver con estar enamorada y me doy cuenta de que el alcohol me está haciendo ya un poco de efecto. Miro el dinero y sonrío mientras los demás canturrean que diga la verdad. Joder, a la mierda todo. ¿No he venido a pasármelo bien? ¿A dejarme llevar sin pensar demasiado? ¿A recuperar una parte de mi juventud, que quedó enterrada en cuanto conocí a Carlos?

Connor me mira con la ceja levantada. Parece ser el que más está disfrutando de esta escena. Pero lo que no saben es que la que mejor se lo va a pasar con el chico libra soy yo. Y, de pronto, sin darle demasiadas vueltas para no arrepentirme, comunico mi veredicto.

—Le haría a Jakob un buen regalo de cumpleaños —digo, guiñándole el ojo.

Y, acto seguido, me inclino hacia la bandeja de chupitos, pillo uno con cada mano y me los bebo uno tras otro.

CAPÍTULO 9

♎︎

EL DEL CHICO LIBRA

Todo el mundo se vuelve loco. Algunos incluso se ponen de pie a chillar como babuinos, mientras que yo intento aguantar el tipo después de los dos chupitos de tequila y voy guardando en mi bolso el dinero que he ganado. No necesito contarlo para saber que son más de trescientos dólares.

Oye, ni tan mal este juego. Aún me va a acabar gustando y todo.

El corazón me palpita como si me acabara de lanzar de un avión y me da vergüenza mirar a la cara a mi hermano, incluso a Julia, Harry, Olivia y Connor, a quienes apenas conozco de unas horas. Por suerte, la conversación se desvía enseguida, aunque el juego haya terminado. Mis pulsaciones siguen a tope y me da un subidón de adrenalina. ¿Es así como se siente tener autoestima y creer en ti misma? Porque, por un lado, no me gusta nada esta sensación, pero por otro..., siento que brillo. A pesar de que no me creo todavía lo que acabo de hacer, me alegro de no haberme echado atrás.

Las conversaciones se transforman, una hora más tarde, en cánticos desafinados de las canciones de moda de TikTok. Me levanto discretamente para ir al baño. En efecto, voy a tener ese momento en el que me miro en el espejo y pienso: «¿Realmente yo he dicho eso? Guau». Sí que me ha cambiado un día en esta ciudad, y eso que no he visto más que palmeras y casas ajenas.

Me lavo la cara con agua, respiro hondo un par de veces y me doy cuenta de que estoy un poco más que mareadilla. Salgo del baño con la cabeza bien alta para que no se me note y me encuentro de frente con Jakob.

—Vaya, vaya con la hermanita de Raül. Parecía un corderito, pero debajo había una loba.

¿Eso es lo que piensa de mí? Me encojo de hombros, incapaz de elaborar una respuesta que no sea aburrida.

—¿Un chupito? —me ofrece.

—No, gracias.

El cumpleañero se encoge de hombros y se bebe él los dos, uno con cada mano, imitando mi actuación anterior. Al terminar, jadea y aúlla.

—¿Y bien? ¿Cuándo me vas a dar mi regalito? —me pregunta el muy caradura.

—¿Es hoy tu cumpleaños? ¿Sabes que da mala suerte celebrarlo otro día que no sea el mismo en el que naciste?

Jakob se ríe y rebusca en su cartera. Me muestra orgulloso su carnet de conducir para que compruebe la fecha por mí misma.

—Hmm, no sé yo... —bromeo—. Creo que ya han pasado las doce de la noche, así que... la oferta ha caducado. ¡Lo siento!

¿Estoy ligando? O sea, ¿esto que estoy haciendo ahora mismo tiene sentido o estoy quedando en ridículo? Por favor, que mi hermano no esté escuchando esta conversación. Si no, me lo recordará toda la vida. Miro alrededor, pero estamos solos.

—Me parece que todavía quedan quince minutos —responde, pasándose la lengua por los labios.

—Muy seguro te veo de aguantar tanto.

Jakob pulsa la pantalla de su móvil y veo la hora. En efecto, son las 23:42. Por un momento, me da la impresión de que está él más desesperado que yo por follar.

—En España ya es de madrugada, lo siento.

—Pues qué lástima que estemos en California. —Jakob da un paso adelante, guardando el móvil en su bolsillo, y se acerca peligrosamente a mi cara.

Oh, Dios mío. Va a pasar. Después de tanto tiempo de monogamia, estoy a punto de besar a otro hombre que no es Carlos. El chico tiene la misma altura que yo, así que ni siquiera tiene que inclinarse para rozar mis labios. Intento reaccionar, mostrando interés, y recorro los centímetros que nos separan.

La boca de Jakob sabe a los dos chupitos que se acaba de beber, aunque no identifico exactamente de qué son. De pronto, me llegan *flashbacks* de cuando tenía quince años y probé por primera vez el vodka, que tenía aquel sabor tan característico a colonia, por lo menos el que comprábamos entre el grupo de amigos y que costaba cinco euros.

Intento concentrarme en el beso. Es extraño, incluso violento. Como si los dos estuviéramos desesperados por encontrar afecto en el primer desconocido que se nos ha cruzado por delante. Jakob baja una mano de mi nuca a la cintura y me aprieta contra él. Siento algo duro contra mi pierna y estoy segura de que no es su móvil. Yo lo agarro con fuerza del cuello, devolviéndole el beso con intensidad.

Se me había olvidado lo que era besar a una persona por primera vez. Cuando llevas un tiempo con alguien, te acostumbras a sus gestos, su técnica... Sin embargo, empezar de cero es como una lotería. Por suerte, Jakob no es el típico que te mete la lengua hasta la campanilla a la primera de cambio, pero pega unos mordiscos en los labios que estoy segura de que me van a dejar alguna marca.

Jakob se despega de mí unos instantes y me agarra la muñeca, pidiéndome que lo siga hasta su habitación. Cierra la puerta detrás de él y, en ese momento, soy consciente de lo que está a punto de suceder. Estoy emocionada a la par que nerviosa, me siento como si fuera a perder la virginidad por segunda vez, si es que ese concepto existe. Me doy cuenta de que la puerta tiene pestillo y lo echo. No quiero sorpresas, y menos con mi hermano rondando por esta casa.

Caminamos torpemente hasta la cama, sin dejar de besarnos. Me siento como puedo mientras Jakob prácticamente se lanza sobre mí y me chafa. Ahora sí que me estoy clavando su móvil en mi pierna, no hay duda. ¿O no? Tampoco he visto muchos penes en mi vida, así que no sé qué es lo «normal» y lo que no.

Dios mío, estoy volviendo a pensar demasiado. ¿Es que no me puedo dejar llevar y ya?

Jakob empieza a desvestirse. Se quita la camiseta con un movimiento brusco y me sorprende que no se le haya roto una costura. Yo lo imito, mirando con disimulo el bulto que hay bajo sus calzoncillos. Nos quedamos un rato en ropa interior, tumbados en la cama. La piel de Jakob está ardiendo. Con las manos, recorre mis muslos, agarrándolos, como si quisiera arrancarme la piel. Me baja las bragas y me siento indefensa por un momento.

Madre mía, estoy a punto de hacerlo. Con alguien que NO es Carlos. Estoy tan nerviosa que me asusto cuando me introduce los dedos en la vagina, así de sopetón y sin avisarme. Menos mal que con la tontería de los chupitos y los besos calenturientos estoy un poco húmeda, porque, si no, me podría haber muerto. Jakob sigue insistiendo y yo intento disfrutarlo, pero mi cabeza está en otra cosa. Decido cambiar los papeles y me hago la dura separándome y sentándome sobre él. Después, le quito los calzoncillos con cuidado.

Uf. No sabía qué me esperaría ahí abajo, pero no aquello. Y no porque sea gigante, sino todo lo contrario. Su pene es más bien pequeño y, aunque está erecto, no medirá más de siete centímetros. Ocho, siendo muy generosa. Aun con todo, me pongo al lío. Yo tampoco soy una supermodelo, estoy más plana que una tabla de planchar y tengo pocas curvas, así que no estoy para exigir nada. Se la agarro con una mano y la subo de arriba abajo, empezando despacio.

Me tengo que concentrar para concentrarme, si es que eso tiene sentido. Dejar de pensar en Carlos y enfocarme en lo que tengo delante. Sin embargo, no puedo parar de compararlo todo. El color, el tamaño, hasta la temperatura. Es tan distinto que me hace pensar en todo lo que me queda todavía por aprender más allá del misionero y dos o tres posturas más que hacía con él.

Jakob se separa un momento y me quedo paralizada. ¿He hecho algo mal? Me tranquilizo cuando veo que va a por un condón que coge de su mesilla de noche. Me recoloco mientras se lo pone con cuidado. Tampoco tiene mucho que tapar, pobrecillo. Pero, bueno, allá vamos. Abro las piernas, relajo la pelvis y trato de concentrarme en el presente.

La verdad es que me sorprende cuando me penetra por primera vez. Es una sensación muy similar a la que tenía con Carlos, pero ahora se le suman los nervios de tener delante a una persona nueva. Dejo que él me vaya guiando, ya que parece que el alcohol le ha dado mucha más seguridad que a mí. Tras un minuto en esa postura, me empiezo a cansar. Me pongo de lado, empujándolo hasta que su espalda choca contra la cama, y me subo encima. Enseguida me doy cuenta de que no noto casi nada. Sin embargo, Jakob parece estar disfrutando. De hecho, está gimiendo. Oh, no. No, no, no. Ni siquiera llevamos dos minutos. ¿En serio?

Joder, y yo que me quejaba de que con Carlos me aburría. De verdad, ¿puedo dejar de pensar en él por un momento? Empiezo a hiperventilar, pero no porque esté cerca de alcanzar el orgasmo, sino porque me estoy empezando a agobiar. ¿Qué estoy haciendo? Apenas me reconozco. Estoy dando tumbos encima de un extraño y se supone que me tengo que sentir bien, pero lo único que hago es agobiarme cada vez más. Jadeo, y Jakob lo interpreta mal y sube el ritmo. Me empieza a embestir como si fuera un pez que han sacado del agua, dando botes descontrolados, y me aparto de golpe, separándome casi un metro de él.

—¡Arg! Pero ¿qué haces? —gime, mientras se lleva la mano a la polla y se la sigue agitando. En cuestión de segundos, se pone rígido y se corre.

No tengo palabras.

Sigo hiperventilando mientras Jakob gruñe, salgo de ahí disparada y regreso al baño. Me encierro otra vez, aunque la pequeña diferencia es que estoy en pelotas, sola y temblando de los nervios.

Mi primer instinto es meterme en la ducha. Ni siquiera espero a que el agua se caliente para entrar. Me froto con las palmas de las manos cada centímetro de mi cuerpo, como si intentara borrar las huellas de lo que acabo de hacer. Alguien aporrea la puerta del baño y rezo para que no sea él. Me ducho con agua helada durante unos segundos más y cuando salgo me seco con papel higiénico. La escena es tan patética que siento lástima de mí misma.

¿En qué estaba pensando? ¿En que tirarme al primer tío que se me pusiera por delante iba a borrar toda la mierda que había estado acumulando en mi cabeza durante todos estos años?

Me dejo caer en el suelo del baño sin estar completamente seca, pero ya me da todo igual. Me quedo así, mirando un punto fijo, hasta que escucho la voz de Julia al otro lado de la puerta.

CAPÍTULO 10

♎

EL DE LOS HERMANOS AUSENTES

Las siguientes horas parecen irreales, como si no las estuviera viviendo yo en primera persona, sino observándolas desde lejos. Julia consigue traerme mi ropa sin hacer preguntas y me lleva en coche a casa de mi hermano. No se marcha hasta que se asegura de que me he puesto el pijama, me he desmaquillado y me he bebido un buen vaso de agua. Por si acaso, me deja una bolsa junto a la cama, por si me entran ganas de vomitarlo todo, y cuando abandona mi habitación ya estoy medio amodorrada. Por suerte, duermo ocho horas del tirón.

Me levanto para hacer pis y ya no consigo conciliar el sueño de nuevo, así que me doy una ducha mientras mi tripa me recuerda que tiene hambre. Ni siquiera he mirado qué hora es. Entre el *jet lag* y la resaca, mi reloj biológico está más perdido que yo.

La ducha me ha devuelto las ganas de vivir, así que intento aprovechar esa productividad sobrevenida. Me visto con ropa ancha y cómoda. Abro la ventana de mi habitación y cierro los ojos al sentir el fresquito en la cara. Se agradece que el calor nos haya dado hoy un respiro. Después, pongo a cargar el móvil y bajo a la cocina.

—Tienes buena cara —me saluda mi hermano.

No estoy para bromas, así que ni siquiera le contesto. Me sirvo un vaso de agua y otro de zumo de naranja.

—¿Puedo coger una? —le pregunto a Raül, señalando las tostadas que hay en la isla.

Él asiente. También tiene cara de cansado, pero parece llevar bastante tiempo despierto.

—Avísame si has vomitado o algo para que vengan a limpiarlo —me dice.

—No, no.

—Vale. ¿Estás bien?

Me sorprende su pregunta. No, claro que no lo estoy, me siento como una mierda tanto por fuera como por dentro.

—Cansada.

Cojo un par de tostadas y sin ponerles nada más me las llevo al jardín. En la zona de *chill out*, veo que mi hermano ha colocado dos portátiles y un montón de cables y dispositivos de grabación y sonido. Continúo caminando y me siento junto a la piscina. No quiero molestarlo, ni tampoco quiero compañía mientras desayuno. Rezo para que Connor no aparezca durante estos pocos minutos de paz en los que trato de poner en orden mis pensamientos.

Mientras doy un trago al zumo de naranja, intento recordar todo lo que pasó anoche. No tengo problemas para hacerlo, mi memoria selectiva ha decidido acordarse de todos y cada uno de los detalles de lo que sucedió en casa de Jakob. Igual que Carlos, él también era libra. ¿Tendría razón Valeria y los chicos libra son de los peores con los que me puedo cruzar? ¿Son incompatibles con las chicas aries? ¿O ha sido tan solo casualidad?

Sea como sea, se me remueve el estómago en cuanto revivo lo que pasó en la cama del cumpleañero. Mi cabeza estaba más pendiente de otros asuntos que de atender a lo que tenía delante. No podía parar de pensar en Carlos, en cómo estaría en ese momento, en la boda cancelada delante de todos los invitados, en que estaría ya con otra chica...

—¿Te encuentras bien? Ahora sí que tienes mala cara de verdad.

Mi hermano aparece a mi izquierda y doy un bote. Lo que me faltaba, un estímulo más y terminaré vomitando lo poco que he comido.

—Cansada.

—Eso ya lo has dicho antes.

Nos quedamos en silencio. Agradezco que el cielo hoy esté nublado, porque el reflejo del sol en la piscina me habría dejado ciega. Miro cómo el agua se mueve en todas las direcciones, empujada por los chorros.

—Bueno, no tienes por qué contarme nada si no quieres, ¿eh? —insiste Raül—. Solo quería asegurarme de que estuvieras bien.

—Es complicado, Raül.

—Ya me imagino.

Levanto las cejas. Pues claro que no se lo imagina, él no ha dejado plantado en el altar al supuesto amor de su vida.

—Supongo que no me lo quieres contar porque no tenemos la suficiente confianza, pero que sepas que yo no soy Martina, ni mamá. No te voy a juzgar.

—Ya sé que no eres ellas, pero ahora mismo tengo muchos temas abiertos —le digo, un poco más borde de lo que pretendo sonar.

—Como quieras.

Nos quedamos un rato en silencio y mi hermano vuelve a hablar.

—Hoy les he dicho a todos que nos dejen solos. Yo tengo que trabajar y me imagino que tú querrás descansar. Incluso Connor se ha ido a pasar el día a casa de Olivia.

De pronto, respiro tranquila al saber que voy a poder estar a mi bola.

—Gracias —le digo, y es de verdad.

Con tan solo una palabra, siento que estoy expresando mucho más que simple gratitud.

—Y muchas gracias por acogerme en tu casa, de verdad. Sé

que nunca hemos tenido confianza como para hablar de estos asuntos, pero ahora mismo es justo lo que necesitaba. Aunque quizá anoche se desviaron un poco las cosas. Cuando esté más ubicada, te voy a freír a preguntas.

Raül se ríe.

—¿Sobre qué?

Pongo los ojos en blanco y señalo el pedazo de mansión que hay junto a su jardín.

—No sé si preguntarte antes por qué vives aquí o por qué ninguno sabíamos que estabas tan forrado. Ni siquiera mamá.

—Creo que te puedes hacer a la idea —me responde.

Claro que sí. Pero no me imaginaba a Raül siendo un poco como yo y ocultando tantas cosas a nuestros padres. Quizá yo había dicho alguna mentirijilla en el pasado, pero lo que mi hermano tiene aquí montado es demasiado grande como para esconderlo.

—Ahora empiezo a entender muchas cosas —le digo—. Por qué no querías visitas, por qué apenas nos contabas nada de tu vida en Los Ángeles... La verdad, no sé por qué no lo has hecho. Mamá te querría todavía más.

—Me dan igual mamá, papá y todo lo demás. No volvería a ese agujero de manipulación y mentiras ni loco. No eres la única a la que han machacado, ¿sabes?

Trago saliva al escuchar sus palabras.

—Eso no es cierto —me defiendo—. Mamá te adora, igual que a Martina. Te permitiría cualquier cosa y, de hecho, ya lo hizo durante mucho tiempo. Vosotros dos sois sus favoritos, como sus ángeles, y yo el demonio en forma de hermana mediana. Mamá adora a Martina porque reúne todos los valores que ella quiere para sus hijos: sumisión, una vida tranquila y familiar, sin riesgos, donde todo esté controlado hasta el milímetro.

—¿Y yo cumplo esos estándares? —me pregunta Raül, cambiando de tono.

—No, pero por lo menos tienes dinero y una buena trayectoria profesional, aunque no sea en una profesión aburrida como la medicina o la abogacía. ¡Para mamá eso ya es un éxito! No le molesta que hagas lo que quieras porque para ella ya has triunfado. Pero yo, que no he tenido ni una cosa ni la otra, he sido la apestada.

—Para nada, mamá estaba muy contenta de que te fueras a casar con Carlos. Lo único que le molesta es que trabajes de autónoma y no en una empresa con un salario fijo y...

—Mamá no estaba contenta. Estaba aliviada —le corrijo—. Crees que me conoces, Raül, pero apenas hemos compartido más que unos años en la misma casa. Mamá siempre ha estado en mi contra porque he sido la oveja negra de la familia, la hija perdida, que no quiso estudiar una carrera de verdad, que no puede tener hijos, que tuvo que conformarse con el primero que pasó para...

—No sabía lo de los hijos. Lo siento. —La cara de Raül cambia en un instante.

El estómago me da un vuelco. Con la rabia que tengo acumulada, ni me he dado cuenta de que aquello era algo que solo mis padres, Carlos y Lucía sabían.

Me remuevo en el sitio, intentando relajarme. No quiero enfadarme con mi hermano, él no tiene la culpa de cómo es nuestra madre, pero me fastidia que haya temas que no pueda entenderlos tal y como yo los veo.

—Hay muchas cosas que no sabes de mí porque te marchaste de casa en cuanto tuviste la oportunidad. Te lo has perdido prácticamente todo —le echo en cara.

Raül parece ser el que está incómodo ahora. Había pensado muchas veces en lo poco que conocía a mi propio hermano, pero nunca imaginé que algún día hablaríamos de ello.

—Anna, tú habrías hecho lo mismo si hubieras podido. Esa casa es un infierno con flores en las ventanas y carteles de frases pastelosas en cada pared —se defiende.

—Pues claro. Y eso es lo que acabo de hacer viniendo a Los Ángeles.

—Y por eso yo insistí en que te vinieras conmigo. Porque todo lo que estás viviendo yo ya lo he pasado, de una manera u otra. Encontré mi oportunidad de escapar de esa casa y lo hice. ¿Me he perdido un huevo de Navidades y de momentos familiares? Pues sí, y no me arrepiento. Si fui a tu boda fue porque me apetecía desconectar unos días del trabajo, no te voy a mentir. Nunca tuve ningún tipo de relación con Carlos, excepto saludarlo cuando estaba de fondo en las videollamadas de tu cumpleaños. Y ahora me alegro de haber ido y haber podido estar ahí para ti, ya que todos estos últimos años no he podido.

Trago saliva. En el fondo, Raül tiene razón: si yo hubiera podido salir de ahí, lo habría hecho a la primera de cambio. Pero la situación en casa nunca había sido fácil y conseguir independencia económica trabajando como traductora era un obstáculo más. Si no hubiera sido por Carlos, nunca habría podido mudarme, aunque no saliera de Valencia. ¿Quizá por eso me había aferrado a él? ¿Era ese uno de los motivos?

—Lo único que digo es que todos cargamos con nuestras mochilas emocionales, Anna, aunque no se vean —sigue hablando mi hermano—. Martina tendrá sus problemas, aunque lleve la vida perfecta que mamá siempre ha querido para ella. Y, sí, yo estaré forrado por haber tenido un golpe de suerte en mi carrera profesional como productor musical, pero ¿te crees que no echo de menos tener una familia normal? ¡Claro que se vive bien en una mansión, todo el día de fiesta y con amigos, liándote con quien te dé la gana! ¡Por supuesto que hay que hacerlo a veces! Pero es una vida que, aunque está bien durante un tiempo, no te llena a largo plazo. Y si te das cuenta, Anna, anoche tú misma lo pudiste comprobar. Por tu vida puede pasar cualquiera, pero si no te curas tú antes, nadie va a recomponerte ni a arreglarte. Es una tirita que solo te puedes poner tú misma.

CAPÍTULO 11

♎︎

EL DEL DIARIO DE LAS CONSTELACIONES

Al día siguiente, Raül tiene que trabajar en el centro. Se ofrece voluntario para llevarme con él en su coche y dejarme por ahí para dar una vuelta y conocer la ciudad un poco mejor, aunque no tengo muchas ganas de caminar. Todavía sigo rayada por lo que pasó con Jakob. La conversación con mi hermano me ayudó, pero siento que me falta algo para poder pasar página y olvidarlo.

Estoy enfadada conmigo misma. Esto no debería haber sucedido así. La idea era probar cosas nuevas, sí, pero no dejarme llevar con este estúpido experimento y utilizarlo como excusa para olvidar a Carlos.

Solo quería sentirme bien. Sin embargo, hasta ahora ha sucedido todo lo contrario. Me noto aún más confusa y cabreada por haberme lanzado tan rápido. El próximo chico, desde luego, debe ser diferente. Si no, todo este rollo del Zodiaco no tiene sentido. He de obligarme a conocerlo primero, a indagar más sobre él, no pillar al primero que se me cruza por delante solo porque ha nacido en el rango de fechas que me toque en ese momento. Por suerte, la época de Escorpio no empieza hasta el 23 de octubre, por lo que todavía tengo unos días para sentar la cabeza.

Raül para en un semáforo y me recomienda que me baje ahí, de modo que le hago caso y me despido de él. Me tocará volver en Uber a casa a no ser que quiera esperarlo hasta las once dando vueltas por el centro, cosa que no va a suceder. La temperatura ha bajado un poco y ya no hace tanto calor al sol, pero aun así me pongo en la sombra y camino en línea recta por la calle. Cambio euros por dólares en el primer sitio que encuentro y casi me pongo a llorar cuando veo la comisión que me han cobrado. Entre esto y lo que gané en el juego de apuestas, puedo permitirme algún caprichito.

Lo cierto es que esperaba algo más espectacular, pero Los Ángeles me resulta una ciudad bastante normalilla. Eso sí, no se parece en nada a las capitales de Europa que conozco. Los edificios no tienen nada de especial, aunque he de reconocer que entre ellos forman una estética particular. Las tiendas son lo que más llama la atención. Hay algunas que son demasiado específicas y me pregunto quién gastará dinero en ellas. Una vende objetos con forma de unicornio, desde papeleras hasta paraguas; la siguiente es un estudio de tatuajes donde solo te puedes hacer el que te toca haciendo girar una ruleta, y también hay heladerías ciento por ciento veganas.

Cruzo un par de pasos de cebra y me meto en algunas tiendas aleatoriamente. Me compro un bolígrafo y una libreta que tiene estampados en dorado, sobre un fondo negro, los dibujos de las constelaciones del Zodiaco. Parece una señal del destino, así que no puedo evitar pagar los catorce dólares que cuesta. Como gané un dinerillo la otra noche, decido invertir una pequeña parte en ello. Después, me voy a una cafetería y me pido un café descafeinado con un dónut de tarta de queso. Abro mi nueva libreta y me preparo para escribir mis vivencias.

En la primera página en blanco, anoto el título:

LA CHICA DEL ZODIACO

Después, paso a la siguiente página y hago un índice con todos los signos y sus fechas. Empezando por Libra, que coincide con el mes actual, y terminando con Virgo. Paso otra página más y anoto el título del primer capítulo.

EL CHICO LIBRA

Muerdo el bolígrafo sin saber por dónde empezar. Pienso en Carlos y en Jakob, en lo que tienen en común, tanto ellos como la experiencia que he vivido con ambos, y dejo que vaya fluyendo la tinta sobre el papel de rayas.

Dicen que los chicos libra tienen poca vergüenza a la hora de ligar y cuando están rodeados de más gente. Y tienen toda la razón. De los dos hombres libra que he conocido, ambos han sido siempre unos engatusadores, de esos que te van atrapando en su red entre halago y halago. Coquetos y atractivos, son el ideal perfecto de marido que todas las madres y abuelas quieren para sus hijas.

Sin embargo, me da la impresión de que también son muy sensibles. Aprecian la belleza de una forma muy particular y no solo me refiero a la superficial, sino a la que vive en los objetos y en los lugares. Carlos adoraba las puestas de sol y los museos, en especial los que llenaban sus salas con esculturas blancas que en su día lucían de colores. Si fuera por él, habría vivido siempre en Italia. De hecho, creo que es un país que lo define muy bien. Italia tiene esas dos caras: la más pícara, que se quiere divertir y hacerse amiga de cualquier persona que se le ponga por delante, pero también la culta, la elegante, la responsable. La bella Italia.

Me habría gustado conocer mejor a Jakob para

saber si él también compartía estas características con Carlos. Según los primeros resultados que me salen en Google al buscar más información sobre su signo, son personas fieles hasta el final, pero no me termina de cuadrar. Creo que solo son fieles cuando ya no les queda otra opción. Serán los mejores maridos del mundo, aunque como amantes dejan mucho que desear.

Me da la impresión, por lo poco que he visto de Jakob, de que esa fachada tan diplomática esconde una necesidad de controlarlo todo, de que el universo se alinee con sus planes y no al revés. Por lo menos, así era con Carlos. Recuerdo todas las veces que se enfadó conmigo porque yo cambiaba de opinión en el último momento, aunque fuera una tontería. Él odiaba improvisar. Intenté cambiar muchas veces porque Carlos me lo pidió, lo cual hizo que durante años tendiera a cuestionarme cada decisión que tomaba antes de compartirla con él. Sin embargo, al final, lo terminé dejando en el altar precisamente de la manera que más nervioso lo ponía: sin avisar y de un momento para otro. Sin ningún tipo de planificación.

Creo que los libra están sobrevalorados. Al final, terminan convirtiéndose en una pareja aburrida para aquellos que no se quieren ahogar en la monotonía. Leales, pero conformistas, en el mal sentido de la palabra. Habrá gente a la que le gustarán, pero, desde luego, es un signo que, desde el punto de vista romántico, no está hecho para mí.

En conclusión: no he conocido a Jakob lo suficiente como para apoyar esta teoría, por lo que me baso en la larga relación que he tenido con Carlos. Los libras pueden ser unos grandes amigos, pero como amantes

dejan mucho que desear una vez que pasan los primeros meses o años de relación.

Ah, y tengo que esforzarme más si quiero seguir
adelante con este experimento. Así que yo, Anna Ferrer, me comprometo conforme escribo estas palabras a intentar crear un vínculo emocional con el hombre de cada signo antes de..., vaya, de follármelo.

Me río sola al escribir esa palabra, ya que nunca la había
plasmado sobre un papel a mis veintiocho años. Por lo menos,
estoy contenta de tener las ideas claras. Me termino lo que queda del café, que he ido bebiendo mientras me desahogaba en
la libreta, y me dispongo a recoger cuando la puerta se abre y
veo una cara que, desgraciadamente, me resulta conocida.

No me lo puedo creer. Desde luego, el puto cosmos me
odia.

CAPÍTULO 12

⚖

EL DE LA LLAMADA INTERNACIONAL

Me quedo de piedra durante unos instantes, y eso que los ojos del chico todavía no se han cruzado con los míos. Joder, habría preferido que entrara Valeria por la puerta. Incluso Carlos, a quien no he visto desde que lo dejé plantado en el altar. Sin embargo, el que aparece con cara de inocencia no es otro que Jakob.

Intento actuar con rapidez. ¿Lo ignoro o me hago la dura? No me da tiempo a decidir, porque él me da la espalda sin darse cuenta de que estoy ahí. Pasa más de una hora con sus amigos tomando algo, y durante ese tiempo yo no puedo concentrarme en traducir ni un párrafo. Pero, cuando se levanta, sus ojos aterrizan en mi mesa. Deja que sus amigos salgan a la calle y les pide algo que no llego a entender.

Por supuesto que Jakob es libra. Se acerca a mi mesa, con movimientos elegantes y una mirada traviesa en la cara. Es un caballero y sabe guardar las apariencias, aunque luego sea el que más se emborracha en las fiestas.

—Anna —me saluda, y se acerca para darme un abrazo.

Encojo los hombros hasta que se separa.

—Jakob —respondo, siguiéndole el juego.

—¿Cómo estás?

Trato de fingir una sonrisa.

—Bien, trabajando un poco. —Señalo con la cabeza el portátil, haciéndole creer que durante esta última hora he sido superproductiva.

—¿Eres *freelance*?

Asiento.

—Soy traductora, estoy especializada en documentos legales.

Le sigo la conversación como si fuéramos dos amigos normales y corrientes, como si Julia no hubiera tenido que rescatarme en pelotas del baño de su casa después de un polvo desastroso.

—No lo sabía —dice él—, no tuvimos mucho tiempo para hablar.

De nuevo esa sonrisa pícara. Me tengo que contener para no decirle lo que estoy pensando.

—Bueno, te dejo, que estoy hasta arriba de trabajo —miento. Quiero terminar con esta conversación cuanto antes.

—Podríamos quedar algún día, para conocernos un poco mejor.

Antes de que pueda abrir la boca, Jakob coge el bolígrafo que he dejado sobre la mesa y una servilleta y apunta su número de teléfono.

—Escríbeme algún día —me dice justo cuando sus amigos lo llaman para avisarlo de que se dé prisa.

Jakob se despide con una especie de reverencia. Vuelvo a sentarme, como si nada hubiera sucedido, y miro fijamente los números que ha garabateado sobre la servilleta. No obstante, antes de escribirle a él, hay otra persona con la que tengo que hablar.

Con mi propia copia de llaves, entro en la casa de mi hermano y relajo los hombros al darme cuenta de que no hay nadie. Cierro la puerta a mi espalda y voy directa a mi habitación.

Pongo el móvil a cargar, lo apago y cambio la tarjeta SIM. Espero que no me hayan timado en la tienda y que de verdad ya funcione. Necesito quitarme este peso de encima cuanto antes. Lo enciendo y pongo el PIN, rezando para que aparezcan unas rayitas de la cobertura...; y ahí están.

—Vale.

Carraspeo y tecleo el número de Carlos con el prefijo español delante. Se me congela el dedo cuando me acerco a la pantalla para iniciar la llamada, pero decido que lo mejor es acabar con esto ya.

El móvil tarda un rato en conectar, hasta que por fin se oyen un par de pitidos. Tres, cuatro... Está a punto de terminar el quinto cuando reconozco la voz de Carlos.

—Dígame...

En cuanto escucho su voz, reconozco que he sobreestimado mi estado emocional. Algo dentro de mí no se rompe, pero sí se rasga un poquito, cuando lo oigo hablar y sé que nunca va a volver a ser de la misma manera que antes. Ya nunca estarán los motes, las bromas ni nuestros códigos privados. Seremos dos conocidos que cada vez sabrán menos el uno del otro.

—¿Carlos? Soy yo. Anna.

La línea se queda en silencio. Si no fuera porque oigo unos ruiditos de fondo que me indican que Carlos sigue ahí, pensaría que me ha colgado.

—¿Carlos? —insisto.

—¿Anna?

Menuda conversación de besugos.

—Sí, es un número provisional que tengo ahora en California.

La última palabra no parece sorprenderle. Seguramente nuestras madres habrán hablado y se habrán puesto al día.

—No quiero alterarte más ni hacerte más daño, Carlos —le digo—. Solo llamaba para decirte que lo siento.

Lo suelto así, de golpe, antes de que pueda colgarme o rogarme que vuelva. No sé cuál de las dos opciones es más probable ahora mismo ni con cuál me sentiría menos incómoda.

Oigo cómo suelta el aire por la nariz, de forma rápida. ¿Es de alivio? ¿O de enfado? La verdad, tiene todo el derecho del mundo a estar cabreado conmigo, así que me preparo para una bronca monumental. Sin embargo, solo me responde una palabra.

—Vale.

Trago saliva.

—Siento mucho todo lo que te he hecho pasar, debería habértelo comentado antes, de verdad, pero es que ni siquiera se me había pasado por la cabeza, te lo juro —empiezo a hablar demasiado rápido y se me pisan unas sílabas con otras—, fue un pensamiento fruto del momento, era como si todo fuera a cámara lenta, se me hizo bola todo y...

—Anna, déjalo —me corta.

Su tono de voz me hace sentir incómoda. No parece estar enfadado ni rencoroso, pero tampoco con ganas de perdonarme a la primera. Tampoco espero que lo haga.

—No, Carlos —insisto—. Quiero decírtelo a la cara. Espera, que te llamo por FaceTime y así nos vemos.

—No —repite—. No quiero ni FaceTime ni llamadas, Anna. ¿Por qué te estás comportando así? ¿Cuántos años tienes? ¿Quince? ¿Crees que puedes desaparecer de un día para otro y volver como si nada hubiera pasado? ¿Que huir de tus problemas va a solucionarlos?

Recuerdo que mi hermano me dijo algo parecido cuando iba a escoger un destino aleatorio en el aeropuerto de Valencia.

—Ya sé que no —respondo, porque es cierto—. Pero estoy intentando arreglarlo y para mí ya es un paso importante llamarte.

Carlos no responde.

—Dime qué tengo que hacer para que me perdones.

—Anna, no es cuestión de perdonar.

—¿Entonces? —No entiendo nada.

—¿No te das cuenta de lo que has hecho? Si no te querías casar, era tan fácil como que me lo hubieras dicho. Después de tantos años... No sé, pensaba que tendríamos esa confianza. Podríamos haber buscado alternativas, igual que con lo de tener hijos. Pero no contenta con largarte del altar, no quisiste saber nada de mí durante... ¿una semana? Y de pronto me entero de que te has ido a otro continente. ¿En serio te da tanto miedo hablar las cosas cara a cara?

Quiero gritarle que no es que me dé pavor enfrentarme a él, sino a mí misma. A la verdad, a lo que siempre he pensado pero nunca he dicho.

—Lo siento —es lo único que se me ocurre contestar.

Carlos suspira.

—Me parece bien que no quieras casarte. Bueno, ya me entiendes. Pero ¿todo lo demás? No te reconozco, Anna.

«Yo tampoco», respondo en mi cabeza. Siento que los ojos me empiezan a escocer.

—Mi madre se ha tenido que encargar de cancelarlo todo. Supongo que te dará igual, pero he devuelto todos los regalos de boda que he podido. No me parecía bien quedármelos, aunque muchos insistieron.

De nuevo, permanezco en silencio. Sabía que esta llamada iba a ser complicada, pero no tanto.

—¿No dices nada? No sabía que te habías vuelto tan insensible...

Sus palabras me molestan, pero tiene toda la razón, porque empiezo a pensar en la cantidad de dinero que me estará costando esta llamada internacional. A veces me fastidia ser tan fría, pero no puedo hacer nada por evitarlo. Sería fingir algo que no me nace, que no me surge de dentro.

—Anna... —El tono de Carlos cambia, se vuelve un poco más suave, como si supiera que ya estoy llorando al otro lado de la línea, a miles de kilómetros de distancia—. Escúchame, cariño. Déjame que lo volvamos a intentar. Hablemos, intentemos solucionarlo, de verdad, todas las parejas tienen crisis, pero nosotros podríamos solucionarlo y dejar que esto no fuera nada más que un bache que contaremos a nuestros hijos cuando tengan ya veinte años.

Me atraganto con mi propia saliva y me pongo a toser, haciendo el ridículo. El corazón me va a toda pastilla. La carta de los hijos ha sido una jugada impecable por su parte: limpia, astuta y sutil. Como lo haría un libra, según el Zodiaco.

—No voy a dejar que todos estos años de relación desaparezcan así como así —sigue hablando—. Te quiero, Anna, pase lo que pase. Por favor, vuelve conmigo. No tienes por qué estar sola.

Se me encoge el corazón. La familiaridad de su tono de voz, su calidez, esa forma que tiene de hablarme... No, no puedo volver a refugiarme ahí. Intento recordar todo lo que sucedió con Valeria. También cuando se besuqueó con otra chica poco después de nuestra boda fallida. Por lo menos, todas esas imágenes me ayudan a centrar la cabeza.

—Y si me tengo que cruzar medio mundo para decírtelo, lo haré, Anna, porque te quiero.

En ese momento me doy cuenta de sus verdaderas intenciones.

—Carlos. —Tomo aire. Me duele el pecho y tengo la cara hinchada de tanto aguantarme las lágrimas. Esta llamada ha sido claramente un error y debería haber sido un mensaje o una nota de audio—. Ni se te ocurra venir a California.

CAPÍTULO 13

♎

EL DEL OTRO CHICO LIBRA

Me cuesta analizar mis sentimientos durante las horas siguientes a la llamada con Carlos. No me lo puedo imaginar aquí, pero lo conozco y sé que va a venir. Por supuesto que va a venir, y no solo porque es un puto libra, sino porque es cabezón hasta decir basta. Cuando está motivado para hacer algo, busca cualquier manera de llevarlo a cabo. Y esto solo provoca que me sienta peor.

Hace meses leí un post en Instagram que decía que en algunas ocasiones cortar con tu pareja te puede hacer atravesar una especie de duelo. Me reí, creyendo que era una tontería. ¿Quién iba a sentirse como si se hubiera muerto alguien? Me pareció hasta casi insultante que lo compararan con un tema tan serio como que falleciera un ser querido. Sin embargo, ahora me doy cuenta de que tenía algo de razón. Perder a alguien que ha sido tu compañero de vida durante varios años es doloroso, aunque la ruptura sea consensuada y sin malos rollos. Al fin y al cabo, cuando se muere una relación, no solo pierdes a la otra persona. También desaparecen muchas más cosas.

De pronto, todos los lugares que visitasteis juntos adquieren otro matiz. No desagradable, aunque tampoco bueno. Agridulce. Como un recuerdo del pasado que no te duele pero te molesta cuando piensas en él. Hay expresiones que nadie más entiende excepto la otra persona, historias que solo has compartido con ella y que ahora se quedan para siempre en el olvido.

La huella digital de las relaciones también es complicada de borrar. No es fácil intentar olvidar algo que tu teléfono se empeña en recordarte. Las fotos, los mensajes, la aplicación que te recomendó que te descargaras y sin la que ahora no puedes vivir... Maldigo a Steve Jobs por haber creado un aparato demasiado inteligente que ahora me enseña lo que estaba haciendo un año atrás. Me miro en las fotos, en las que aparezco con una sonrisa en la cara sin saber que trescientos sesenta y cinco días después mi vida iba a cambiar tanto.

Pero, sobre todo, más allá del duelo y de los recuerdos digitales, siento que hay una incomprensión hacia las personas que deciden terminar con una relación. Siempre nos da pena quien es dejado, a quien le dan la noticia. Quizá porque no se la esperaba o porque no ha podido hacer nada para cambiar las cosas. Sin embargo, ser quien da el paso tampoco es sencillo. Y muy poca gente lo entiende.

Dejar a tu pareja no es una decisión fácil, te entran los nervios por saber si estás haciendo lo correcto o si es una decisión precipitada que estás tomando sobre la marcha. ¿Y si al día siguiente me arrepiento? Recuerdo todo lo que pensaba en el baño de la iglesia cuando no fui capaz de pronunciar las palabras que nos casarían.

Cuando dejas a tu pareja, automáticamente te otorgan el papel de la mala, siempre y cuando la ruptura haya sido pacífica. Tú eres la que le has destrozado la vida a la otra persona. ¿Y mi vida? ¿Por qué nadie se da cuenta de que cuando cortas con tu pareja suele ser por algún motivo? No todos somos santos, hemos cometido errores, pero desde que he cortado con Carlos siento que cargo con una mochila de culpabilidad que no me corresponde.

Mis amigas apenas me han escrito. Estoy convencida de que, de una manera u otra, se han puesto de su lado, aunque no me lo quieran decir. Mi huida apresurada tampoco ayuda. De todas formas, no las culpo. Creo que esta sensación de duelo y enfado no se entiende hasta que se vive en primera persona.

Me pierdo entre mis pensamientos alrededor de las cinco de la mañana y por fin consigo dormirme. Cuando me despierto, mi hermano se ha ido al centro y solo Connor está por la casa.

—Buenos días —me saluda—. Hoy también tienes mala cara.

—No tan mala como la tuya. —No estoy para bromas, así que ni lo miro mientras me preparo algo de desayuno. Por suerte, Connor se marcha poco después, dejándome sola en casa.

Me imagino a Carlos volando mientras yo dormía plácidamente y me pregunto a qué hora llegará. Porque estoy convencida de que va a venir.

Salgo al jardín y dejo pasar las horas. La imagen de Jakob dándome su número de teléfono aparece en mi mente como si fuera un recordatorio automático, pero la aparto. Tengo que terminar un capítulo antes de empezar otro nuevo. O, mejor dicho, tengo que cerrar un libro entero, de un buen golpe, antes de abrir el siguiente.

Por eso, saco la servilleta de mi maletín del portátil, creo el contacto de Jakob y prometo no volver a pensar en él hasta que acabe con todo esto. Le doy a «guardar» justo en el momento en el que me entra un nuevo mensaje.

De Carlos.

Acaba de aterrizar en el aeropuerto de Los Ángeles y me pide una dirección en la que pueda quedar con él.

Me entra pánico. ¿Le digo dónde vive mi hermano? ¿Realmente quiero traerlo aquí? Lo pienso unos segundos hasta que decido que sí. No me queda otra opción, a no ser que quiera tener esa conversación en un lugar público. Le paso la ubicación y menos de una hora después un taxi para en la puerta.

Se me acelera el corazón en cuanto lo veo bajar. Rodea el vehículo y el taxista lo ayuda a sacar su maleta de la parte trasera. Doy unos pasos hacia él, incómoda, recorriendo los pocos metros que nos separan.

Para haber pasado toda la noche en un avión, Carlos no tiene mala cara. Por supuesto que no. Se peina el cabello oscuro y se rasca la barba de hace un par de días o más. En cualquier otro hombre quedaría desaliñado, pero él parece haber nacido para lucir ese peinado. Aunque lleve una camiseta de manga corta, bermudas y la maleta en la mano, ni siquiera parece un turista.

Se me reseca la boca conforme se acerca. Camina hacia mí con unos aires de confianza exactamente iguales a los de Jakob el día de la fiesta. Me obligo a pensar que es una casualidad. Las ruedas de su maleta traquetean en el suelo hasta que llega a donde me encuentro y nos damos un incómodo abrazo.

—¿Y esta casa?

Abro la boca para hablar, pero no me salen las palabras. Estoy demasiado concentrada en su presencia aquí, en este momento, frente a mí. No me hago a la idea de que todo esto sea real. Por un momento, me quedo en *shock*, pero afortunadamente lo que a mí me parecen horas son tan solo un puñado de segundos. Y es un alivio que el tema de conversación no se centre en nosotros desde el primer momento, así que aprovecho.

—De mi hermano. —Consigo juntar tres palabras, lo que ya me parece un logro.

Carlos alza las cejas, como si no se lo creyera, pero no hace preguntas.

—Ven, te la enseñaré.

Sigo hablando y actuando como si estuviera en piloto automático.

Durante los siguientes minutos le hago un incómodo *tour* por la planta baja. Carlos deja su maleta en el recibidor y posa los ojos sobre cada mueble del salón. Joder, me da rabia que nos conozcamos tanto como para adivinar lo que se le está pasando por la cabeza. Sé que estará pensando en lo feo que es y en que a mí no me gustará nada.

Terminamos en el jardín, donde nos acomodamos en la zona de *chill out* en la que conocí a los amigos de Raül. Lo dejo ahí sentado y subo su maleta a mi habitación; necesito medio minuto para reponerme y asimilar todo lo que está sucediendo. Cuando regreso, Carlos me espera con un cigarro a punto de terminársele entre los dedos.

—¿Cómo ha ido el viaje?

Carlos suspira y exhala una bocanada de humo. Siempre me fastidió que fumara, pero ahora hasta el olor del tabaco me recuerda a él.

—Largo. No sé ni qué hora es con tanto cambio, pero bueno.

—¿Has hecho la escala en Londres?

—No, en Fráncfort.

De nuevo, el silencio. Me revuelvo en el sofá sin saber qué más decir. Por suerte, Carlos siempre ha sido el más diplomático de los dos.

—No voy a andarme con rodeos, Anna... He venido aquí para decirte en persona lo que empecé a contarte por teléfono. Después, si quieres que me vaya, me marcharé sin insistir.

Asiento, lista para escucharlo.

—Quiero que sepas que esto que voy a decir son palabras ensayadas durante las más de quince horas de avión. O sea, que he tenido tiempo de sobra para pensarlas, aunque ya las tuviera claras desde el primer minuto.

Carlos se muerde el labio y por primera vez en mucho tiempo lo veo vulnerable. Es como si fuera invisible y yo pudiera ver a través de él.

—Quiero pedirte que me des una segunda oportunidad. Y no solo eso. Quiero que te montes conmigo en un avión, hoy mismo, y nos vayamos a Hawái a disfrutar del presente y de todo el tiempo que nos queda por compartir juntos. Nos lo debemos, Anna. No puedes dejar que un día arruine una relación de tantos años. Haz la maleta y vayámonos a donde te sientas libre, ya habrá tiempo de volver a casa. Esto no es lo que tú quieres y lo sabes. Tú no estás hecha para vivir así. Pero sí que estamos hechos para vivir el uno con el otro.

CAPÍTULO 14

EL DE HAWÁI

No puedo articular ni media palabra. ¿Cómo he podido ser tan tonta? Llevo horas dándole vueltas a todo lo que me habría gustado decirle a Carlos cuando lo tuviera delante y he estado tan centrada en lo mío que ni se me ha ocurrido pensar en nuestro viaje a Hawái. Es decir, que él venía para hacerme una proposición totalmente distinta.

—Pensaba que... —titubea—. Bueno, que ya te lo imaginarías. Quería decírtelo en persona. Por eso he venido hasta aquí.

De nuevo, silencio.

—Esta última semana ha sido horrorosa, Anna, y me he dado cuenta de que sí que quiero estar contigo, quiero que compartamos una vida juntos, pero de manera que los dos estemos cómodos.

—Nunca vamos a estar cómodos mientras esté abierto el tema de Valeria.

Me siento una auténtica cabrona al decir eso, pero necesitaba soltarlo.

—De acuerdo, cerrémoslo. —Carlos se mueve en el sillón, cambiando de postura—. Dime qué quieres que solucionemos.

Pongo los ojos en blanco.

—Por favor, Carlos, si ya lo sabes. De sobra.

—Quiero que me lo digas tú.

—Sigo pensando que sucedió algo entre Valeria y tú aque-

104

lla noche que os pillé en nuestra habitación —le digo con decisión.

—Ya te he dicho que estábamos preparando cosas para la boda.

—Sí, lo sé, he escuchado esa historia antes. Pero no solo me refiero a eso, Carlos. Siento que no es la única vez que ha pasado.

Durante los últimos meses antes de la boda, me había planteado hasta si me estaba volviendo paranoica. ¿Hasta qué punto era normal sospechar de tu pareja y una de tus «amigas»? ¿Cuándo empezaba a ser tóxico, cuándo se convertía en una obsesión? El problema había sido que, conforme más buscaba pequeñas pistas sobre su infidelidad, más motivos encontraba para darme la razón.

—Anna..., ya no sé cómo decirte que no pasó nada. De verdad.

—Pues a veces me da la impresión de que Valeria es tu segundo plato... Esperando para ser recalentado en el microondas en cuanto se quede frío.

Carlos resopla. Está sudando de arriba abajo, y eso que el clima de Valencia es mucho más húmedo que este.

—Por favor, centrémonos en lo verdaderamente importante. —Carlos se repeina y se aclara la garganta—. Tenemos por delante toda la vida para disfrutarla juntos, Anna. Déjame que te demuestre que soy el amor de tu vida.

Se lleva la mano al bolsillo y por un momento temo que haya traído las alianzas con él. Sin embargo, solo saca su móvil. No me doy cuenta hasta entonces de que estaba apretando la mandíbula.

—Mira... —susurra, mientras cambia varias veces de pantalla hasta encontrar lo que quiere enseñarme—. Esto es por y para nosotros. Me dejaron cambiar las fechas de los vuelos de nuestra luna de miel y me devolvieron el dinero del hotel..., así que lo he reinvertido, poniendo otra parte de mi bolsillo, en esto.

En la pantalla del móvil de Carlos aparecen unos billetes de avión. Antes de mirar para dónde son, mis ojos se detienen en la fecha: son para pasado mañana. Mi nombre está en uno de ellos. El punto de partida es, por supuesto, California. El destino, Hawái. Se me para el corazón. Esto ha tenido que costarle una pasta, mucho más de la que podría permitirse. Había pasado años, antes incluso de comenzar la universidad, mirando vuelos y alojamientos en Honolulu, así como actividades para hacer en todo el archipiélago que tanto me gustaba desde que había visto *Lilo & Stitch*. Un pastizal que con mi salario de traductora *freelance* no me podría haber permitido jamás.

De pronto, me siento fatal conmigo misma. Aquí estoy yo, dudando de la persona que lo haría todo por mí, pensando en tener una aventura sexual por puro capricho y despecho porque Valeria me ha tocado las narices.

Todo me da vueltas.

Necesito ir al baño. Me disculpo un segundo, dejándolo por segunda vez en un mes con la palabra en la boca, y me encierro en el aseo que hay en la planta de arriba, junto a mi habitación. Podría haber ido al que está abajo, pero mi cuerpo pone el piloto automático.

Carlos siempre ha sido la opción fácil, la elección cómoda. La persona con la que sé que las cosas irían bien, aunque no estuviera viviendo mi vida al límite. En los últimos días había pensado en él como en la asignatura de Informática del instituto. Por muy mal que se te diera, a todo el mundo le gustaba pasar una hora frente a los ordenadores, aunque fueran más viejos que la profesora. Recuerdo Informática como la optativa sencilla, la que todo el mundo aprueba, la que apenas tiene exámenes ni deberes. Lo que a todo el mundo le gusta, sin discusión. Así ha sido siempre Carlos.

Podía decirle que sí y dejarme de tonterías acerca del Zodiaco. Una sola palabra y todo el mundo se alegraría por mí, podría tener una vida cómoda y tranquila.

Abro el cajón de la mesilla y saco el cuaderno con la portada estampada de constelaciones. ¿Ha sido esto una rabieta tonta? ¿O es realmente lo que quiero?

No, esto tiene que terminar. De hecho, nunca debería haber empezado.

De pronto, tengo la necesidad de quemarlo. Seguro que Carlos tiene un mechero en su maleta, así que la abro y rebusco en los bolsillos, pero una carpeta con la palabra «Hawái» escrita con un permanente negro me llama poderosamente la atención. No debería cotillear en sus cosas..., pero necesito estar segura de que me ha estado diciendo la verdad y de que todo este numerito del viaje no ha sido una táctica para recuperarme.

Saco todos los documentos, recordando el orden para después colocarlos igual. El primero es una reserva de hotel para dos personas. Me quedo con la boca abierta cuando veo el dineral que se ha gastado Carlos en ocho noches en un hotel de cinco estrellas con todo incluido en la playa. ¿Está loco? ¿De dónde habrá sacado esa cantidad, si la mayoría de los regalos de boda los devolvió?

A continuación, encuentro los vuelos desde el aeropuerto de Los Ángeles al de Honolulu. Efectivamente, tal y como Carlos me había enseñado, son para pasado mañana.

Cierro los ojos mientras me acerco los papeles al pecho, como si estuviera viviendo en primera persona mi propia comedia romántica. Me imagino los acantilados, las playas, los paisajes, la naturaleza desbordándose por cada rincón de las islas... He soñado tantas veces con visitar los escenarios de las películas de *Jurassic Park*... Los vuelvo a abrir, con lágrimas en los ojos de la emoción, y cotilleo en qué compañía volamos cuando me doy cuenta de que mi billete es bastante más caro que el de Carlos. Al principio se me ocurre que es porque me ha puesto en primera. Pero no tiene sentido que vaya yo sola y él se quede en clase turista. ¿Quizá le cobraron un extra por cambiar las fechas y lo añadieron a mi billete? Sin embargo, sigo leyendo los datos de la reserva hasta que llego al fragmento que provoca que me dé un vuelco el corazón.

«Este billete ha sido reservado con posibilidad de cambio del nombre del pasajero, sujeto al pago de la tasa correspondiente. Solo se podrá realizar una única modificación de titular. Si ha cometido un error ortográfico al escribir su nombre, contacte con nosotros en nuestro teléfono gratuito antes de proceder al cambio».

—No... —susurro—. No, no, no.

¿Con quién se va a ir si no es conmigo? ¿Por qué no ha pagado un seguro de cancelación en lugar del cambio de nombre?

Ahora entiendo por qué Carlos me los ha enseñado en su móvil en lugar de dármelo en papel.

Suspiro. No puede estar pasando otra vez. Me niego a volver a entrar en esa espiral de la que todo el mundo quiere sacarme. Lanzo los papeles sobre la maleta y empiezo a morderme las uñas mientras miro la mochila de viaje de Carlos. Su portátil estará ahí dentro, estoy segura. Nunca ha viajado sin él y esta vez no será una excepción.

Lo pienso dos veces antes de abrir la cremallera con las manos sudorosas, pero en cuanto encuentro su MacBook Air me obligo a hacerme una promesa.

—Bueno... A ver. Si no encuentro nada raro, esta es la última vez que sigo con esto. Si no hay pruebas..., tengo que dejar de pensar en que hay algo más entre Carlos y Valeria.

Levanto la tapa y espero un par de segundos a que se active la pantalla. Escribo la contraseña, su año de nacimiento, y ya tengo vía libre. Aunque no esté conectado al wifi, se pueden consultar sus conversaciones de WhatsApp, pero en cuanto busco el nombre de Valeria me sale una pantalla que me indica que necesito conexión a internet. Pongo rápidamente la contraseña del wifi de mi hermano y, de pronto, tengo acceso a todas sus conversaciones.

Se me remueve el estómago. Sé que lo que estoy haciendo no está bien, pero necesito saber la verdad.

Cuando busco su chat, me doy cuenta de que su contacto no existe. La ha borrado. Suspiro y cierro la aplicación de WhatsApp.

¿Qué estoy haciendo? ¿En qué me he convertido?

Me doy asco a mí misma por lo que acabo de hacer. Estoy a punto de cerrar la tapa de un golpe cuando me fijo en algo. La imagen que Carlos tiene de fondo de pantalla, una foto de los dos sonriendo en la playa del Saladar, me devuelve la mirada. Ahora su sonrisa ya no me parece tan sincera. El que borra los chats algo tiene que ocultar.

Vuelvo a abrir la aplicación con los dedos temblando. Me invade una mezcla de miedo y rabia cuando pulso cada tecla. Busco algún otro indicio de que Carlos tenga un segundo plato para su viaje a Hawái, pero ya llevo demasiado tiempo en la habitación y me estoy poniendo nerviosa por si estará sospechando algo. Entonces se me ocurre escribir el nombre de Valeria en el buscador de WhatsApp. Su nombre aparece en un chat entre Carlos y su madre de hace apenas un par de horas.

Aa Mamá
Última conexión: 17:32

Buen viaje. Avísame cuando aterrices
si tienes wifi en el aeropuerto.

Vale, mamá. Si no te digo nada, no te agobies.

OK. Besos.

Ya he aterrizado, pero me han entretenido
un buen rato en el control de pasaportes. Me
estoy tomando un café en el aeropuerto para
despejarme y ahora iré a buscar a Anna.

Hola. Ya casi me había ido a dormir,
pero te estaba esperando.
Mucha suerte con Anna.
Ya me contarás con quién te vas
al final de viaje.

A estas alturas ya me da igual
con quién me vaya a Hawái.
Quizá tendría que haberme ido solo.

¿Por qué dices eso?

Por nada.

Bueno.

Te dejo, que me voy ya a coger un taxi.

Vale, que vaya muy bien.
Ya me contarás cualquier novedad.
¿Has cogido el pasaporte de Valeria?
¿Y el papelito del visado de turista?

No, mamá, los necesita ella para entrar en
Estados Unidos si al final se viene conmigo.

Ah. Es verdad. No me hagas caso, que
estoy ya medio dormida. Besos. Y suerte.

Que descanses. Ya te diré en qué queda todo.

CAPÍTULO 15

♎

EL DE LA MALETA VOLADORA

—Eres una rata asquerosa.

Es lo primero que se me ocurre soltarle a Carlos en cuanto bajo al jardín. Le lanzo los billetes de avión hacia el pecho, pero antes de llegar se esparcen en todas direcciones y caen al suelo con un vaivén extraño. En la otra mano agarro su portátil como puedo, todavía abierto y desbloqueado, mostrando la conversación con quien iba a convertirse en mi suegra.

—Anna, no te pongas nerviosa. Déjame que te explique...

Lo que más me duele es que sabe perfectamente lo que he descubierto.

—No quiero que me expliques nada. Agradece que no te lanzo el portátil a la piscina, porque si no te hubiera dado plantón en el altar, lo habría hecho. Considera que ya estamos empatados.

Le devuelvo su MacBook Air con un manotazo. Carlos intenta decir algo, pero solo balbucea sin sentido.

—Por favor, márchate de aquí. No vuelvas a llamarme ni a escribirme en tu vida. Lo que yo te hice estuvo mal, pero esto no tiene nombre. Me has mentido y, lo que es peor, has intentado hacerme creer que yo era la loca en esta relación, la que imaginaba cosas y se ponía celosa por tonterías. —No puedo parar de gritar, moviendo los brazos y soltando cada palabra como si fuera un veneno que me arde en la lengua.

Carlos se queda en silencio. Está pálido y mira a alguien que está detrás de mí. Me giro, esperando que se trate tan solo de mi hermano, y veo que se acerca caminando hacia nosotros. Detrás de él, todo su grupo de amigos nos miran a lo lejos. Genial, ya tienen espectáculo. Sé de dos personas en particular, chico y chica, que incluso lo estarán disfrutando.

—¿Qué está pasando aquí? ¿Qué haces en mi casa?

Mi hermano camina directo hacia Carlos.

—Ya se iba —respondo, con las mejillas encendidas de la rabia—. Ahora le voy a bajar su maleta.

Me doy la vuelta hecha una furia. No puedo tener un único pensamiento en mi cabeza, porque ahora mismo se encuentran todos arremolinados, formando una tormenta que está a punto de descargar contra el primero que se me ponga por delante. Subo la escalera, cojo la maleta de Carlos y me peleo con la cremallera para cerrarla.

—¿Estás bien?

La voz de Julia se cuela en mi habitación, con cautela. Habrá entendido gran parte de nuestra conversación y ya sabrá lo que sucede, aunque tampoco hace falta hablar castellano para suponer que estoy cabreada. Ya me salvó la vida una vez cuando me escondí en el baño tras follar con su primo Jakob, y ahora aquí está otra vez, como si fuera mi ángel de la guarda, solo que tiene una voz chillona y un pelo anaranjado y con el triple de volumen.

—Necesito sacar esta mierda lo más rápido posible de mi habitación. —Me tiemblan tanto las manos que soy incapaz de terminar de cerrar la maleta de Carlos. Las tengo congeladas, pero no es por el frío.

—Déjamelo a mí —se ofrece ella, pasando por mi lado y apartándome.

Me empiezo a morder las uñas mientras Julia termina el trabajo y la pone de pie.

—Joder, esto pesa una barbaridad.

—Es lo que tiene llevar dos vidas al mismo tiempo, tienes que cargar con el doble de preocupaciones —digo sin pensar, aunque no tiene mucho sentido—. Déjalo, Juls, ya la bajo yo.

Ella se ríe.

—¿Estás de broma?

Sin añadir nada más, estira el asa de la maleta y la lleva hacia la escalera. Tardo más de lo que debería en darme cuenta de lo que está a punto de hacer. Con un gruñido, se agacha para levantarla y en cuestión de segundos la coloca sobre la barandilla de la escalera.

—¡Entrega de paquetería urgente! ¡Y sin devolución! —grita.

Mira hacia abajo para asegurarse de que no hay nadie y lanza la maleta al vacío; esta cae con un golpe tan fuerte que sé que, aparte de la ropa, nada ha sobrevivido. Se oyen gritos de susto en el piso de abajo, seguidos de risas. Julia se une a ellas mientras se gira hacia mí.

—Paquete satisfactoriamente entregado —exclama, frotándose las manos con unas palmadas.

Todavía no he cerrado la boca de la impresión. Julia me coge del brazo para que reaccione y me lleva a mi cuarto, cerrando la puerta detrás de ella. Pocos minutos después, aparece Olivia.

—Ya se ha ido. Raül se ha llevado a Carlos al aeropuerto en coche para asegurarse de que se marcha de verdad —dice, sin ningún tipo de emoción en su tono de voz.

Tardo menos de un segundo en echarme a llorar de la rabia y en gritar frases sin sentido, algunas en inglés y otras en español. Apenas conozco a ambas chicas de hace unos días, pero las siento como si fueran mis amigas de toda la vida, aunque Olivia a veces tenga cara de poder asesinar a alguien solo con la mirada. Por lo menos, son amigas de las buenas, no como Valeria.

En particular, Julia me recuerda a ese tipo de amigas que haces cuando te vas un verano a la playa, o en un campamento.

Compartes con ellas poco tiempo, pero esos días son tan intensos que os conocéis mejor que nadie. En cuestión de días, se convierten en personas sin las que ya no puedes vivir.

Las dos me escuchan mientras suelto todo lo que llevo dentro de lo que ha pasado con Carlos y el tema de Valeria. Les cuento quizá más detalles de los que me gustaría compartir, pero ahora mismo estoy en un momento complicado y una vez que me pongo a hablar no puedo parar de soltarlo todo.

—Es como estar viviendo una segunda ruptura dentro de la misma relación —digo, entre sollozos—. Y lo que más me fastidia es que pensaba que ya lo había superado.

—Cariño, algo así no se puede superar en tan poco tiempo...

Julia intenta tener cuidado con las palabras que elige. Mientras tanto, Olivia nos observa en silencio, sin entender nada.

—¿Y qué se supone que tengo que hacer? ¿Eh? ¿Abrirme una cuenta de Tinder o de Bumble con veintiocho años?

—Pues sí, o no. Quizá puedes aprovechar este momento para dedicarte más tiempo a ti misma —me dice Julia en español.

Pongo los ojos en blanco. No puedo soportar un cliché más.

—Es que no me puedo creer que esté pasando esto. ¿Por qué, por qué a mí, si no he hecho nada malo? Vale, sí, lo del altar... ¡Pero he sido la novia perfecta, siempre! Y ahora me quedo con la sensación de que después de que me llamaran celosa, de que me dijeran que estaba loca, al final tenía razón. —Sollozo cada vez más fuerte—. Pero... ¿para qué la quiero tener? ¡Si es que no me sirve de nada! ¿Qué más me da saber que no estaba equivocada? Tampoco es que pueda plantarme delante de Carlos y soltarle un «te lo dije».

Siento que me va a explotar la cara de la rabia. Me duelen los ojos, las mejillas y la cabeza. ¿Quién dijo que en una ruptura solo te dolía el corazón? Un poco más y me va a reventar el pecho aquí mismo de hiperventilar.

—Anna... —Por fin Olivia interviene. La pobre no ha entendido nada de lo que he estado gritando en español y aprovecha este momento de silencio para aportar algo—. No quiero sonar cruel, pero es tan solo una ruptura. Nada más.

Julia le lanza una mirada asesina y yo no hago lo mismo porque no siento la cara en estos momentos.

—Quiero decir —intenta explicarse mejor—, es una putada, sí. Pero es tan solo un cambio en tu vida, no una tragedia.

—Olivia... —le advierte Julia.

—¿Qué? Es cierto, es lo que pienso. Lo siento si no es lo que quiere escuchar, pero no es el fin del mundo. Hay cosas mucho peores. Podría haberse muerto alguien, por ejemplo.

—¿Lo estás diciendo en serio? —le contesta su amiga.

—¡Pues claro! Además, mírala. Es guapa, divertida, es nueva en la ciudad..., tiene su trabajo y sus cosas en orden. Ya verás como dentro de diez días ya ha encontrado a otro mil veces mejor que ese tal Carlos.

Julia pone los ojos en blanco.

—Vamos, que lo que le estás recomendando es que saque un clavo con otro clavo.

—No he dicho eso —se defiende Olivia, levantando el dedo índice—. A lo que me refiero es a que no es el fin del mundo, hay muchos tíos, y aunque ahora piense que no va a encontrar nunca a otro que le guste tanto como el anterior, lo hará.

—Madre mía...

—¿Qué? ¡Es verdad! A mí me pasó algo parecido, Julia. Mi madre me dijo precisamente estas palabras y me enfadé tanto que estuve un mes entero sin hablar con ella. Hasta que se demostró que tenía razón.

—Sí, y te buscaste a un suplente que te volvió a dejar y te tuvo otro mes llorando.

Olivia y Julia siguen discutiendo entre ellas como si yo no estuviera delante. Me levanto para ir al baño, dejándolas sentadas en mi cama, mientras ellas intentan ver quién tiene la razón. Sé perfectamente a lo que Olivia se refiere cuando dice que lo que ha sucedido no es una tragedia. Lo entiendo de sobra. Aun así, no puedo evitar sentir esta impotencia que me come por dentro. Solo pienso en cómo le voy a contar a Lucía todo lo que ha sucedido, que al final yo tenía razón y no estaba tan loca.

Me doy una ducha con el agua hirviendo. Trato de dejar la mente en blanco y me sorprende conseguirlo, distanciarme por un momento, como si lo que estuviera viviendo fuera un sueño o algo que le estuviera sucediendo a otra persona que no soy yo. Pienso en mi viaje a Los Ángeles y en la fiesta de cumpleaños de Jakob como si hubiera sido una película, la trama de una novela romántica que acaba mal o algo que me ha contado una amiga.

Casi media hora después, cierro el grifo y me quedo unos instantes mirándome en el espejo, como si nunca me hubiera visto. Está tan empañado que apenas puedo reconocerme. Soy como un cilindro de color verde menta con un gorro naranja, los colores de las toallas que me ha prestado mi hermano. Limpio el cristal con la mano para mirarme a los ojos, pero enseguida vuelve a empañarse, haciendo que mi reflejo se desvanezca de nuevo.

Me quedo unos minutos más así, en silencio, y por fin salgo a mi habitación. Olivia y Julia ya se han ido. Me visto con toda la calma del mundo con lo primero que pillo y me dejo caer en la cama. No sé cuánto tiempo me quedo dormida, pero cuando Julia me despierta el dolor de cabeza por fin ha desaparecido. Al otro lado del cristal ya empieza a bajar el sol y se cuela una luz anaranjada preciosa.

—Come algo antes de dormir, te irá bien.

Julia me tiende una pequeña bandeja con un par de manzanas verdes y un plato de pasta con calabacín y unas semillas que no logro reconocer. También hay un vaso de agua más grande que mi cabeza y una chocolatina.

—Gracias —respondo con la boca pastosa.

Me incorporo en la cama. Si no hubiera llegado a despertarme, yo creo que me habría quedado dormida hasta que mi cuerpo hubiera dicho basta.

—¿Cómo te encuentras?

La miro y me encojo de hombros.

—No hagas caso de lo que dice Olivia, a veces puede ser un poco... brusca. —Julia intenta justificarla.

—Da igual, no pasa nada. Entiendo lo que quiere decir.

Doy un trago de agua y me dan náuseas solo de pensar en comer algo.

—Nos vamos ya a casa, escríbeme si quieres que quedemos mañana.

—Sí, por favor, venid por la tarde.

Las palabras salen de mi boca antes de que pueda pensarlas. En realidad, lo único que quiero ahora mismo es estar sola, pero sé que el tiempo pasará más rápido si alguien me acompaña.

Julia me da un abrazo y me deja sentada en la cama, pensando en si voy a ser capaz de darle un mordisco a la manzana sin vomitar.

En realidad, soy consciente de que necesito que pase el tiempo, y ya; al final todo se irá curando poco a poco. Sé que estaré bien, en algún momento, pero no puedo esperar a que llegue cuanto antes. Después de tantas semanas sufriendo, soy consciente de que tengo que liberarme de esta carga que no me corresponde y con la que llevo tanto tiempo a cuestas, por mucho que me sea difícil acostumbrarme a esta nueva realidad.

Quizá Olivia tenga más razón de la que pensaba y todo este rollo del Zodiaco pueda ser, además de un experimento, también una herramienta, no para superar lo ocurrido, sino para conocerme más a mí misma y dejarme llevar, por una vez, sin pensar en lo que opinarán las personas que me rodean.

SEGUNDA PARTE

Escorpio

♏

CAPÍTULO 16

EL DE LA BIOGRAFÍA DE TINDER

Necesito varias semanas para volver a la rutina, emocionalmente hablando. Me centro en el trabajo, aunque, desgraciadamente, no he tenido mucho, y mi hermano empieza a dejarme caer cuánto tiempo más me voy a quedar en su casa. Sé que no lo dice a malas, pero no necesito conocerlo demasiado para saber por dónde va. No le gustan estos dramas.

Desde luego, no se podría haber buscado un compañero de piso más adecuado para él. Lo único que ha distraído mi tranquilidad durante estos últimos días ha sido Connor. A veces, es como si fuera un crío más de todos a los que entrena. Desde que puse un pie en Los Ángeles, ya me he dado cuenta de que hay mucha gente con su perfil en la ciudad. Chicas y chicos que van al gimnasio casi todos los días y que tienen la suerte de cumplir con los cánones de belleza de Instagram. Y lo saben. Y es esto último, precisamente, lo peor de todo. Que parece que viven en un constante TikTok en el que enseñan su cuerpo sin camiseta siempre que tienen la oportunidad. O que consiguen forzarla. Me gustaría verlos tratando de soportar el tiempo que hace en enero en Valencia, con esa mezcla de frío y humedad que no te abandona ni un segundo.

Si a Connor lo aguanto, a estas alturas, es para que mi hermano no me sugiera que me vaya a vivir con otra persona. Julia me ha insistido muchas veces en que lo haga, pero prefiero quedarme aquí. No soy de moverme mucho.

«Lo dice la que ha cruzado el Atlántico de un día para otro sin pensarlo dos veces», me increpa una voz en mi cabeza.

Trato de espantarla mientras busco mi pijama en el último cajón de la cómoda. Estoy a punto de desnudarme cuando Olivia y Julia entran por la puerta, por supuesto sin llamar.

—¿Qué te has hecho en el pelo? —me saluda Olivia, aunque más que una pregunta es como si me estuviera pidiendo explicaciones. Ella siempre lo lleva perfecto, como recién salido de la peluquería, con ese corte completamente recto y su cabello oscuro y liso.

¿No hacerme nada cuenta como hacer algo?

—Eh... —intento improvisar algo, pero Julia se adelanta.

—¡Has estado desaparecida! Me dijiste que vendrías algún día a verme al refugio.

Y es verdad. Le había prometido a Julia hacía más de dos semanas que le haría una visita, pero el tiempo pasó tan rápido que ni me había dado cuenta de que ya estábamos a mediados de octubre.

—¿Qué hacéis en casa de mi hermano?

—Nos vamos de compras. Lo necesitas —suelta Olivia.

—¡A por nuestros disfraces de Halloween!

—Este año tenemos que ganar la competición.

No hago más preguntas, porque si empiezo, no paro. Me dejo llevar por ellas, porque sé que la alternativa es encerrarme en mi cuarto y echarme a dormir en cuanto bostece dos veces. El sol todavía no se ha puesto, pero en Los Ángeles siempre hay negocios abiertos, mires a donde mires.

—Venga, que nos lleva Harry en coche, enseguida estará abajo esperándonos. Me ha dicho que le quedaba poco. A no ser que tuvieras otros planes, claro... —El tono de Olivia no me gusta mucho, pero no me apetece responderle.

Trago saliva y dejo el pijama donde estaba.

—No, claro que no —respondo, mientras cojo mi bolso y meto el móvil, la cartera y mi copia de las llaves de casa—. ¿Tengo que llevar algo más?

Me giro para esperar una respuesta, pero las chicas ya han bajado corriendo. Apago las luces conforme las sigo y escucho el claxon del coche de Harry.

—Ay, cielo..., ¿cómo has conseguido que te engañen estas dos brujas para ir con ellas de compras? —me pregunta a modo de saludo. Lleva el pelo engominado y está sorprendentemente arreglado para ser Harry. Sus rizos están controlados y parece mayor con ese peinado.

—La pregunta sería al revés, pero... ¿y ese pelo?

Harry hace un gesto con la cara que me recuerda a un niño que acaba de cometer una travesura.

—¿Es que uno no se puede arreglar porque sí, sin motivo aparente?

Julia esnifa el aire dentro del coche una vez que monto y cierro la puerta.

—¡Y te has puesto perfume!

—¿Adónde vas?

—¿Has quedado con un chico?

Me pongo el cinturón mientras Olivia y Julia lo bombardean a preguntas. Al final, Harry se cansa de darles largas.

—Pues sí. Tengo una cita, ¿vale? ¿Ya estáis contentas?

—¡Muuucho! —exclama Julia con un gritito—. Ahora nos lo tienes que contar todo sobre él.

Harry niega con la cabeza.

—¡Por favor! —me uno a sus ruegos, al ver que Harry está deseando, en realidad, contarlo.

—De eso nada, cariños. Sois demasiado cotillas.

—Dinos algo que no sepamos.

—Calcular una suma con llevada y sin calculadora.

Olivia le da un golpe en el hombro.

—¡No se agrede al conductor! —grita Harry entre risas.

Los dejo seguir discutiendo mientras le van sacando información sobre su cita. Al parecer es un chico que ha estudiado Arte y al que le gusta el mundillo del teatro. Cuando llegamos a la zona de tiendas, me doy cuenta de que estaba más metida en la conversación de lo que pensaba. Le damos las gracias, bajamos de un salto y ahí está de nuevo el golpe de humedad que caracteriza tanto a la ciudad. Eso y la gente por todas partes. El sol, el olor a comida de un puesto cercano que vende dulces bajos en calorías y las conversaciones me rodean.

Olivia nos coge del brazo y nos arrastra hacia una tienda que parece conocer demasiado bien. Una vez dentro, pasa de largo por la sección infantil y vamos directas al fondo.

—Vale, nos vemos aquí dentro de diez minutos, ¿sí?

Y no nos da tiempo a contestar, porque sale casi corriendo en busca de su próxima compra. Doy una vuelta por la tienda, intentando ubicarme entre los pasillos. Está claro que hay dos tendencias muy distintas. Por un lado, los disfraces que realmente dan miedo. Por otro, los que enseñan más carne que un biquini. Miro una capa manchada de sangre falsa mientras recuerdo esa escena de *Chicas malas* en la que la protagonista descubre la realidad de salir de fiesta en Halloween.

Al final, como no nos ponemos de acuerdo, nos decantamos por ir las tres a juego y nos compramos un *pack* de las Supernenas. Julia, por supuesto, tiene que ser Burbuja, mientras que Olivia se apodera del de Pétalo. Cómo no, la protagonista, la que siempre está en el centro de todas las miradas. Escojo el de Cactus pensando en que el verde no es mi color, pero tampoco me quiero quejar por esa tontería, así que pagamos y terminamos dando una vuelta y sentándonos en una cafetería de la misma calle, con un café en la mano.

—¿Y dónde es la fiesta? ¿Y eso del concurso? —pregunto,

intentando sacarles más información y así estar un poco más tranquila.

Julia se encoge de hombros y yo la miro con cara de pánico.

—No hay fiesta ni concurso, era una mentirijilla piadosa para sacarte de casa hoy y la noche de Halloween —explica Olivia—. De nada.

—Pero Harry y los demás seguro que quieren salir a algún sitio —dice Julia, mientras da un trago a su bebida. He intentado seguirla cuando la pedía, pero no he pasado del té matcha. A partir de ahí, ha mencionado un montón de cosas que ni sabía que existían o que eran comestibles. Al parecer, en esta ciudad están hechos de otra pasta.

—Nos hacemos una cuenta de Tinder y listo, enseguida nos escribirán para alguna fiesta.

Casi me atraganto con el café cuando escucho esa palabra.

—¿Tinder? —la repito, para asegurarme de que la he escuchado bien.

—Sí, ¿no existe en España?

Asiento.

—Claro, pero se utiliza para... —Las dos me miran, esperando a que termine la frase— follar.

Olivia tiene que esforzarse para reprimir una risita.

—Ah, bueno, aquí también sirve para eso, pero tiene otros usos, como encontrar gente para salir de fiesta —me explica Julia—. Por ejemplo, creamos un perfil para las tres, subimos una foto y en la biografía explicamos que buscamos una buena fiesta para Halloween. Y ya está, solo queda deslizar mucho hacia la derecha y esperar.

Mi mente empieza a enumerar todas las cosas que podrían salir mal siguiendo esa técnica. Tengo que obligarme a dejar de pensar en ello o me transformaré en una réplica exacta de mi hermana mayor.

—¡Sonreíd!

Olivia hace una selfi con su móvil y, antes de que pueda darme cuenta, ya ha inmortalizado este momento en el que casi estoy presa del pánico.

—¿Qué biografía vas a poner?

—Mmm... —murmura Olivia, pero no sé si está respondiendo a Julia o pensando en si la foto le convence—. Oye, ¿no has pensado en hacerte una cuenta de Tinder ahora que te has quitado de encima al imbécil ese? Eh, Anna, ¡te estoy hablando a ti!

Parpadeo varias veces y me reincorporo a la conversación.

—¿Yo?

—Sí, claro, ¡vamos a hacerte una cuenta a ti también!

Antes de que pueda quejarme, Olivia ya me está dando los mejores consejos para que mis fotos destaquen en Tinder y los chicos me den *swipe* a la derecha.

—Hay varios detalles que son obligatorios. Por ejemplo, una foto en la que salgas de cuerpo entero es imprescindible. También, si quieres que más gente deslice, tiene que haber alguna con una mascota. Preferiblemente un perro o un gato, aunque aquí nuestra querida Julia tiene una con siete camaleones subidos en sus hombros. En fin, sin comentarios... Lo mejor es evitar salir con más personas en la foto para que nadie se confunda o le interese más tu amiga que tú.

—Pero ¿no se me llenará de babosos?

Miro a Julia, para ver qué cara está poniendo. Me sorprende verla sonriendo, animándome con la cabeza a que me cree la cuenta.

—Vale, pero solo durante unas horas. Luego la borro.

Alguna vez había visto a mis amigas usar Tinder, las veía pasar las horas deslizando el dedo de un lado a otro y viniéndose arriba cuando hacían *match* con un chico o chica que les gustaba. Esa era toda la experiencia que tenía con la aplicación. Nada más, y no tenía planes de explorar ese tema... hasta ahora. Pensándolo bien, en realidad podría ser justo lo que necesito para distraerme y no tomarme las cosas demasiado en serio.

—Yo te relleno los campos, si quieres —se ofrece Olivia, que es una experta en el tema. A mí me da demasiada pereza, así que le paso mi móvil desbloqueado y dejo que se encargue ella del *marketing*.

—Nombre, Anna. ¿Edad?

—Veintiocho.

—Vale. ¿Signo del Zodiaco?

—Aries. ¿No puedes filtrarlo para que me salgan solo chicos escorpio?

Las dos me miran con extrañeza.

—No, no se puede. ¿Por qué?

Les cuento por encima el experimento que he empezado a hacer, con cuidado de que no le siente mal a Julia porque, al fin y al cabo, Jakob es su primo. Sin embargo, en cuanto les hago un resumen en una o dos frases, ambas se muestran muy curiosas.

—¿En serio? Mi hermano también es aries —dice enseguida Olivia—. Adivinad mi signo. Bueno, os lo digo: soy leo.

—Por supuesto que lo eres —suspira Julia.

—¿Cómo son los leo? —pregunto, y en ese momento me doy cuenta de que no he investigado mucho más sobre los signos en general. Me vendría bien hacerlo para saber qué puedo esperar de cada uno de ellos. O, mejor dicho, para saber qué buscar, para encontrar a un chico que represente lo máximo posible a su signo antes de probar mi experimento con él.

—Somos líderes, tenemos las ideas claras... y no nos da miedo ser el centro de atención. Por ejemplo, Barack Obama, Kylie Jenner o Jennifer Lopez son leo.

—Sí, ya... —Julia parece discrepar—. También sois los más creídos y los más pesados. Vais de subiditos y a veces tenéis un complejo de dios que no hay quien lo soporte.

—Eso se llama envidia —se burla Olivia.

—Yo soy cáncer —dice Julia— y todo el mundo me dice que me pega muchísimo...

—Vosotras que sabéis de esto, ¿a mí me pega ser aries?

—¿Por interrumpir a Julia mientras hablaba de sus cosas? Sí. Rotundamente.

Le lanzo una mirada de disculpa.

—No te preocupes —responde—. Yo también quiero saber qué famosos tienen mi signo. Búscalos, Olivia, porfa.

Pasamos un rato hablando de los signos, tanto que casi se nos olvida que estábamos confeccionando mi biografía de Tinder.

—Bueno, ahora dime cosas que te gusten —dice Olivia, retomando nuestra conversación.

Es triste, pero tengo que pensarlo bien.

—Pues... viajar...

Julia suelta una risita.

—Algo menos cliché, anda —me dice.

—A ver... Me gusta probar restaurantes nuevos, pasarme el día viendo las mismas series en lugar de ponerme una nueva, aprender idiomas...

A Olivia no parece gustarle mucho mi respuesta, pero sigue tecleando mi biografía y me la pasa al final de todo para que dé mi aprobación.

Anna, 28

EN/ESP

No busco nada en especial, solo pasar un buen rato. Si eres mi hermano, no sigas leyendo.

Española perdida por Los Ángeles en busca de alguien que me enseñe la ciudad y de nuevas experiencias.

Traductora de día, detective de nuevos restaurantes de noche.

El mejor plan: ir a la playa, probar cosas nuevas y terminar con un mojito en la mano.

Si te gusta la escalada, me caes mal.

Prohibido babosos y aquellos que piensan que ya existe la igualdad entre hombres y mujeres.

P. D.: ¡¡Busco plan para este Halloween en la ciudad con dos amigas más!!

—¿Por qué pones lo de la escalada? —le pregunto, aunque en realidad tengo otros mil reproches que hacer a esta biografía. Tiene más mentiras que mi currículum cuando salí de la universidad.

—Porque todo el mundo sube fotos escalando y son unos petardos —me explica Olivia.

—Es verdad —corrobora Julia.

—¿Algo más?

Estoy a punto de pedirle que cambie varias cosas, pero Olivia ya le ha dado a «crear perfil» y los primeros posibles *matches* empiezan a aparecer en mi pantalla.

—¿Buscamos algo en particular? —pregunta ella.

—¿Buscamos? —le dice Julia antes de que me dé tiempo a responderle.

—Sí, claro, esto es un trabajo de equipo. Anna nos necesita para guiarla dentro de la jungla de Tinder, y más del Tinder de Los Ángeles. Eso sí que es peligroso, mucho más que acercarte a las letras del cartel de Hollywood.

CAPÍTULO 17
♏

EL DEL JUEGO DEL AMOR EN EL SIGLO XXI

Tengo que admitir una cosa: Tinder es adictivo.

Ya está, ya lo he dicho.

Podrán decir muchas cosas de esta red social, pero es como una droga y cada vez que haces *match* te da un subidón de serotonina. Después de volver a casa, me doy una ducha y continúo deslizando en la aplicación. Hacia la izquierda a quienes no me interesan. Hacia la derecha a los que me gustan y son posibles candidatos a que quede con ellos.

La pregunta es: ¿quiero realmente dar ese paso y conocerlos en persona? ¿O solo lo estoy haciendo porque me he enganchado a este estúpido juego del amor del siglo XXI?

No tardan mucho en aparecer los primeros *matches*. Se nota que, al ser una ciudad tan grande, hay muchos usuarios activos. Todos ellos parecen muy diferentes, pero tienen en común que son escorpio. Al parecer, tu signo del Zodiaco es un *must* a la hora de completar tu perfil, lo cual me facilita mucho la vida para seleccionar a los posibles candidatos que me interesan. A partir de ahora, me voy a centrar en los chicos escorpio.

El primer chico que me abre conversación es de Colombia, de Cali. Le respondo y, mientras espero a que me conteste, empiezo a hablar a otros. Nada especial, la verdad. El colombiano me deja en leído y el resto son un poco aburridos. Trato de hacer las mismas preguntas a todos para ver cuáles son sus respuestas: a qué se dedican, qué buscan en Tinder y cualquier otra tontería que tenga que ver con algo de sus fotos o de su biografía. Voy eliminando a los que solo quieren quedar para matar el tiempo o guarrear por chat y también a los que me piden mi número de teléfono a los cinco minutos.

Dejo el móvil un rato, bajo a cenar algo y regreso a mi habitación. Respondo algunos mensajes y releo los apuntes que tomé sobre los dos chicos libra.

«Ah, y tengo que esforzarme más si quiero seguir adelante con este experimento. Así que yo, Anna Ferrer, me comprometo conforme escribo estas palabras a intentar crear un vínculo emocional con el hombre de cada signo antes de..., vaya, de follármelo.»

Me voy a tener que obligar a cumplir mi palabra, sea como sea, o el experimento no funcionará.

El sonido de una notificación me devuelve a la realidad. He tenido un nuevo *match* con un tal Theo, un chico que es medio brasileño. Como siempre, se me aceleran las pulsaciones. Ya he visto tantos perfiles que ni siquiera me acuerdo de la cara del chaval, pero me meto al momento en su perfil para recordarlo. Metro noventa, pelo oscuro y ojos también negros. En la mayoría de sus fotos sale sin camiseta, mostrando unos abdominales que parecen de dos horas diarias de gimnasio por lo menos. En algunas fotos sale con algunas chicas y, tal y como dijo Olivia, me dedico a analizarlas. ¿Serán sus amigas? ¿Su familia? ¿Algo más?

Estoy tan pendiente de ellas que ni siquiera me doy cuenta de que Theo me ha abierto conversación en este preciso instante.

Hola, Anna :)

¿Adónde vas con esa carita de niño bueno?

Me río sola mientras releo lo que le he escrito. Si algo he aprendido en esta última hora de usar Tinder es que hay que ir directa, o, si no, las conversaciones nunca arrancan.

¿Y tú qué? Si pareces un angelitoooo.

50% angelito 50% demonio.

Uy, o sea, que tienes un poco de maldad...

Por fin una conversación entretenida.

Jajajaja.
Cuéntame algo de ti,
que no tienes nada de biografía.
Chico misterioso.

¿Qué te gustaría saber?

A qué te dedicas, qué te gusta hacer.

Pues ahora mismo estoy trabajando en una
discoteca cerca de The Edison.
¿Y tú qué? ¿Qué me cuentas de ti?

Soy traductora freelance.

Ya, eso ya lo pone en tu biografía.

Entonces???

No sé, cuéntame algo que no parezca
sacado de tu currículum. ¿Qué haces en
Los Ángeles?

Soy consciente de que ahora es el momento de mentir, pero me sorprende que no me cueste hacerlo.

> Pues he venido a visitar a mi hermano,
> que vive aquí.

¿Te quedas mucho tiempo?

Me muerdo el labio. ¿Cuánto tiempo voy a estar aquí? ¿Un mes? ¿Cuatro? ¿Dos semanas más? Joder, no sabía que cualquier conversación irrelevante me haría rayarme de esta manera.

> Seguiré dando guerra
> por aquí un tiempo, jajaja.
> Todavía no conozco mucho la ciudad.

Drama superado, o eso espero. Veo que se pone a escribir, pero luego se detiene. Enarco las cejas, esperando que no me deje ahí colgada, y me sorprendo a mí misma cuando me relajo al ver que vuelve a escribirme.

Si necesitas un guía en la ciudad,
aquí tienes a tu hombre.

Tu hombre.
Suelto una carcajada que se parece más a la tos de un perro resfriado y me tapo la boca, involuntariamente, esperando que nadie en esta casa me haya escuchado. ¿Por qué es tan adictivo hablar con extraños sin filtros? Tecleo mi respuesta y le doy a «enviar» antes de que pueda arrepentirme.

Uf, Theo, yo necesito un hombre para
muchas cosas, no solo para que
me haga de guía turístico.

¿Ah, sí? ¿Qué tipo de cosas?

Joder, esto me pasa por ir de listilla.

Pues... no sé. Mostrarme los sitios para hacer
las mejores fotos para Instagram
y para enseñarme otras cosas...

Uf, nena, no me digas estas cosas que voy
por la calle y...

¿Y qué?

Que me estoy empalmando de una
manera...

Vale, vale.
Te dejo tranquilo entonces.

¿Eres así con todos los tíos de Tinder?

Solo con los que me parecen guapos.
Pero todavía estoy decidiendo
si tú eres uno de ellos.

¿Y qué tengo que hacer para entrar en ese
club de los guapos?

Una señorita nunca revela
sus más oscuros secretos.

Pues sí que vas a ser un poco mala, ¿no?

Tengo mis momentos, Theo, no te creas.
No siempre soy tan buena.

¿Ah, sí? ¿Y te gustaría ser un poco
mala conmigo?

Quizá no podrías soportarlo,
sería demasiada mujer para ti.

Intentaré estar a la altura.

¿En qué sentido?

En todos, nena, en todos.
Es que miro tus fotos y, uf...

Uf, ¿qué?

Nada, mejor no te lo escribo, que me
cierran la cuenta.

Vaya, así quizá entras en el club de
los guapos, pero no en el de los sinceros...

¿Qué haces esta tarde?

Tengo que controlar otra carcajada. Dios mío, no puedo
parar. ¿Qué me pasa? Ni siquiera me reconozco a mí misma,

pero tengo que reconocer que me encanta pasar el rato así, sin pensar las cosas demasiado, simplemente dejándome llevar, porque sí. Sigo escribiendo, improvisando sobre la marcha para hacerme la interesante.

> He quedado con unas amigas.
> Vamos a tomar unas copas por ahí.

Pues pasaos luego por donde trabajo,
se llama Black kNight.
Os puedo colar sobre las doce y guardaros
un reservado en la zona vip con varias
botellas gratis.
Así nos ponemos cara y me dices a ver
en cuántos clubes de esos tuyos puedo
entrar en una noche...

Mierda. Tenía que haber anticipado que esto iba a pasar. Me muerdo el labio mientras me planteo seriamente ir, aunque mis pies todavía están cansados de probarme tantos disfraces de Halloween esta tarde.

¿En serio estoy pensando en hacerlo? Me parece una locura, pero ahora mismo me siento como si volviera a tener quince años, con el estómago lleno de mariposas y unas ganas terribles de ser el centro de atención.

Cierro Tinder y abro el grupo de WhatsApp que tengo con Olivia y Julia, sin creerme lo que estoy a punto de escribir.

CAPÍTULO 18
♏
EL DEL CHICO ESCORPIO

Los ojos de Julia tienen más preguntas que mi madre cuando yo volvía de fiesta a las ocho de la mañana, con el maquillaje corrido, los zapatos de tacón en una mano y el bolso arrastrándose por el suelo en la otra.

Por supuesto, Olivia se ha vestido de forma despampanante. Ha escogido un vestido azul turquesa lleno de lentejuelas que, bajo la luz de las farolas, emiten cientos de brillos. Todo eso, unido a su pelo largo y liso, la hace parecer una sirena. De hecho, en cuanto baja del Uber todo el mundo se fija en ella. A su lado, ni Julia ni yo tenemos nada que hacer.

Ha traído con ella a Harry, que acaba de venir de su cita, que ha resultado ser un desastre. Lleva el pelo igual de repeinado que cuando lo hemos dejado antes en el coche, aunque su cara es un poema.

Julia llega pocos minutos después luciendo la misma ropa con la que ha salido por la tarde de compras, por supuesto. Yo he optado por algo intermedio: unos vaqueros negros ajustados y un top plateado de tirantes, que deja ver mi sujetador de encaje rosa por debajo. Me gustaría decir que ha sido lo primero que he encontrado en mi armario, pero en realidad lo he escogido después de cambiarme cuatro o cinco veces de conjunto.

Me siento rara cuando le digo mi nombre completo al segurata de la puerta del Black kNight. El chico, que tiene más brazos que cabeza, lo consulta en su iPad y nos hace un gesto con la mano para que pasemos. Un compañero suyo nos guía hacia la zona vip y nos sienta a la última mesa, la más apartada de todas. El lugar es realmente impresionante. En algún punto del club hay máquinas de humo que dan un toque lujurioso al ambiente. Me cruzo con un par de chicas que lucen un maquillaje impresionante. Parece que vengan de grabar un videoclip o algo así. La música está tan alta que apenas lo escucho cuando nos lo señala, indicándonos que esa es nuestra sala y que podemos pedir las botellas cuando queramos.

—Madre mía, Anna —exclama Harry, dejándose caer a plomo en uno de los sofás—. Esto ya ha empezado mucho mejor que mi cita.

—Eso, ¿qué ha pasado? —le pregunto mientras Julia da dos golpes en otro sofá para que me siente a su lado.

—En resumen, el chico se ha echado a llorar a los quince minutos porque se sentía mal por tener una cita tan pronto. O sea, que todavía echaba de menos a su ex. Así que se ha ido un momento al baño a recomponerse y... no lo he vuelto a ver. Me da rabia, porque era supermono.

Olivia se ríe mientras llama al camarero.

—¿Está todo incluido?

—Sí, señorita. Invita la casa por cortesía de vuestro amigo Theo.

—Perfecto, ponnos una botella del champán más caro que tengas.

—¿Algo más?

—¡Olivia! —le reprocha Julia.

—¿Qué pasa? Habrá que aprovechar el nuevo ligue de Anna, ¿no? —se defiende mientras el camarero se marcha—. Por cierto, guapa, cuando quieras nos cuentas cómo ha surgido todo esto.

No sé si se refiere a conocer a Theo o al reservado. Quizá a los dos a la vez. Lo único que tengo claro es que estoy histérica, pensando en que, en cualquier momento, va a aparecer por la puerta. Cada dos segundos miro a mi alrededor. Es raro, porque solo tengo un puñado de fotos suyas, pero siento que no puedo ponerle cara. Me da la impresión de que voy a encontrarme con él y va a ser una persona completamente distinta a la que tenía en la mente. ¿Le pasará a él lo mismo cuando me vea por primera vez? Reviso de nuevo sus fotos, con el brillo del móvil bajo, como si no las hubiera visto ya mil veces y me supiera de memoria hasta lo que sale de fondo en cada una de ellas. No puedo evitar morderme las uñas mientras lo hago.

Sin embargo, dos botellas más tarde, los nervios se convierten en recelo. Ha pasado casi una hora y todavía no tengo noticias suyas. Ni siquiera un mensaje.

—¿Y te ha dicho ya cuánto le mide? —pregunta Harry, de la nada.

Casi me atraganto con el champán al escuchar sus palabras.

—¿No?

Él levanta las manos en señal de perdón, como si me hubiera ofendido.

—Pues yo se lo habría preguntado, que con estas cosas nunca se sabe...

—Seguro que la tiene grande, ¿no ves que es medio brasileño? —lo corta Olivia.

—¿Y eso ya significa que la tenga grande? —pregunta Julia, llevándose la copa a los labios.

—A ver, no, pero desde un punto de vista estadístico...

La conversación se difumina de fondo en cuanto el camarero vuelve a entrar en el reservado.

—¿La señorita Anna Ferrer?

Me pongo de pie de forma involuntaria, como si de pronto tuviera quince años y siguiera en el colegio de curas. A veces no puedo evitar que estos pequeños gestos sigan anclados en mi día a día.

—Sí, soy yo.

—Tiene visita.

El camarero se hace a un lado y ahí está el chico escorpio, mirándome como si me estuviera desvistiendo con la mirada. Me hace un gesto con la mano para que camine hacia él y me aleje de mis amigos. De pronto, me da un vuelco el estómago. Si pudiera describir la sensación con una palabra, sería fuegos artificiales. Mierda, no vale, son dos.

—¿Está todo a su gusto, *milady*? —me saluda.

El acento brasileño me transporta directamente a las palabras de Olivia sobre el tamaño de su polla. Ahora no voy a poder pensar en otra cosa cuando lo escuche hablar.

—Perfectamente —lo saludo de vuelta.

Theo se me acerca y me da un abrazo rápido que me eriza los pelos de la nuca. Su olor es de un dulce tan empalagoso que exhalo enseguida para poder volver a aspirarlo y dejar que me embriague. Joder, es adictivo.

—Bienvenida a mi humilde morada.

Sonrío.

—¿Así que aquí trabajas? ¿Te ganas el sueldo captando a chicas por Tinder para que suban historias de Instagram y te hagan promoción del local? —le pregunto, haciéndome la interesante. Aunque más bien parezco una pardilla. ¿Es así como se liga? ¿Qué hago yo hablando con un nueve cuando yo seré un cinco o un seis?

—¿Y ese tono? —me responde, siguiéndome el rollo.

Es todavía más guapo en persona que en sus fotos de Tinder. Su pelo oscuro hace juego con sus ojeras, que, lejos de darle un aspecto cansado, lo hacen más interesante todavía. Tiene un *piercing* en la ceja en el que no me había fijado antes. Quizá es nuevo, o es que sus fotos eran antiguas. Viste completamente de negro y lleva unas zapatillas que lo hacen ganar unos centímetros más. Me saca casi una cabeza. Una barba de dos o tres días lo hace parecer mayor de lo que es. Según Tinder, tiene veintiocho, igual que yo.

—¿Me vas a cambiar de tema? —le vacilo.

—No sé, nena, con ese top que me traes la verdad es que ya no sé ni decir dos frases seguidas con sentido.

Tardo unos segundos en asimilar el cumplido. ¿Cuándo había sido la última vez que Carlos me había dicho algo así? ¿Cómo era capaz un desconocido de ponerme más con tan solo una frase que una persona con la que llevaba años de confianza a nuestras espaldas?

—¿No me lo quito, entonces?

Theo bufa y mira a su alrededor. Me indica con el dedo que lo siga a un reservado, pero en ese momento aparece Julia detrás de mí.

—¿Vamos a bailar un rato? —propone.

Veo que no viene sola. Harry y Olivia la acompañan, haciendo el idiota con el corcho de la botella de champán.

—Luego te veo —me despido de Theo, no sé si cabreada o aliviada por la interrupción de Julia.

Caminamos hacia el centro de la pista y dejo que el champán y la música me envuelvan. El DJ mezcla canciones recientes con alguna de reguetón en castellano. La música está tan alta que no soy capaz de escuchar lo que me grita Julia.

—¿Qué estaba pasando ahí? —consigo entender por fin.

Me encojo de hombros. Ni yo misma lo sé, pero lo único de lo que estoy segura es de que estoy cachondísima.

Seguimos bailando, perdiendo la noción del tiempo, y de vez en cuando mis ojos buscan involuntariamente a Theo por la pista. Al final, lo encuentro. Está en lo alto de la escalera que lleva al piso de arriba, en la sala de música electrónica. Mira hacia nosotros sin cortarse ni un pelo, observando cada movimiento. ¿O quizá no, y me lo está pareciendo?

En un intento de hacerme la dura, me doy la vuelta y sigo bailando, imaginando que no me quita los ojos de encima. Dejo que los efectos del alcohol vayan remitiendo y paso de tomarme una ronda de chupitos de tequila en cuanto Olivia lo propone. Quiero estar presente para lo que quiera que vaya a suceder esta noche.

Aprovecho que las chicas salen a fumar y que Harry va al baño y busco a Theo con la mirada, pero ya no está donde antes. Regreso al reservado y me quedo de piedra cuando me lo encuentro ahí sentado, justo donde me había colocado yo antes.

—¿Una copa? —me pregunta, alzando la suya.

Niego con la cabeza. De fondo, la música sigue sonando, marcando el ritmo de un reguetón que no he escuchado nunca.

—¿Dónde están los otros?

—Han salido a fumar, y al baño.

Theo me indica con la mano que me siente a su lado.

—¿Sabías que eres todavía más preciosa en persona?

Pongo los ojos en blanco.

—¿Eso se lo dices a todas las chicas que invitas a Black kNight?

Él se ríe y a continuación se muerde el labio.

—Solo a las que me dejan entrar en el club de los guapos.

Madre mía. Si él ya sabe que, si ese club existiera, sería el presidente. No hay más que mirarlo para darse cuenta. Theo tiene ese tipo de atractivo que no sabes describir exactamente, pero al mismo tiempo lo rezuma por cada poro de su piel. Sus ojos, esa sonrisa que habla más que su boca, su colonia... Todo en él es una declaración de intenciones. Me imagino todas las chicas a las que habrá vuelto locas con tan solo guiñarles un ojo o mirarlas de arriba abajo. Theo desprende una gravedad que ni el maldito Júpiter.

—No sé si te voy a dejar pasar, ¿eh? —le vacilo, mirándolo a los ojos.

Ahí están. Negros, rasgados, llenos de pestañas igual de oscuras que su pelo. Siento no mariposas, sino abejas furiosas e hiperactivas montando una batalla campal en mi estómago.

—¿Puedo entrar, por lo menos, en el club de privilegiados que te han besado?

El corazón me va a mil por hora cuando escucho sus palabras. Siento que se me va a salir por la boca en cualquier momento. En lugar de responderle, me lanzo directamente a besarlo. En cuanto mis labios tocan los suyos, coloca su mano en mi mejilla, enredando los dedos entre mi pelo.

Al principio es un beso lento, calmado, pero poco a poco va subiendo de intensidad. No sé si son sus raíces brasileñas o simple casualidad, pero besa de maravilla. Siento sus labios calientes sobre los míos mientras una especie de descarga eléctrica me recorre el vientre. Le devuelvo el beso con intensidad y él también la va subiendo, agarrándome el cuello con la otra mano.

Estoy tan cachonda que me acerco hacia él y me siento a horcajadas sobre sus piernas para poder besarlo mejor. Theo me agarra por la cintura y me acerca más hacia él para que apenas nos separen unos centímetros. Me sigue besando con pasión, como si en lugar del primer beso que nos damos fuera el último antes de separarnos.

En ese momento, Olivia entra por la puerta del reservado y se le ponen los ojos como platos, aunque sé que está disfrutando de habernos pillado in fraganti.

—¡Uy! —exclama—. Os dejamos tranquilos.

Antes de que pueda responder, cierra la puerta y nos deja de nuevo solos. Theo me sigue besando, cada vez con más pasión, dejando atrás mis labios para empezar a recorrer mi cuello y mi hombro. Siento cómo va subiendo la temperatura, y no solo de la habitación. La música se vuelve un poco más lenta y los bajos suenan tan fuertes como los latidos de mi corazón.

—Ven aquí —susurra, mientras se empieza a desabrochar el cinturón.

Pongo los ojos en blanco.

—Si te crees que he venido a beber gratis a cambio de una mamada, te has equivocado de chica.

Theo me mira como si hubiera herido su ego.

—¿En serio piensas eso de mí?

Lo dice con un tono con el que parece que está a punto de mandarme a la mierda y me pongo hecha una furia.

—Pues claro.

Theo se abrocha de nuevo el cinturón.

—Uf, qué ganas más tontas de demostrarte cuánto te equivocas, nena...

No sé si es el acento brasileño o su «nena», pero se me pasa el cabreo en cuestión de un segundo. Theo me aparta a un lado y se acerca a la entrada, atenuando un poco más la luz. Se pone de rodillas frente a mí y me empieza a morder los muslos, por encima de los vaqueros.

Madre mía, mis bragas ya son un embalse de agua hirviendo.

Sube las manos desde mis tobillos hasta la cintura y empieza a desabrocharme el botón de los pantalones.

—No te voy a pedir que vuelvas a verme otro día, porque lo harás tú solita después de lo que te voy a hacer.

Dicho eso, con la confianza rebosando por cada curva de su cuerpo, comienza a bajarme los pantalones. Con cuidado, como si fuera delicado, besando cada centímetro de piel que va revelándose conforme se acerca a los tobillos. Cambia de posición, poniendo las manos sobre mis caderas, y siento que me voy a volver loca cada vez que me aprieta, con cuidado, acercando cada vez más su cara hacia el interior de mis muslos.

Ya no sé si son escalofríos, descargas o una mezcla de todo

lo que recorre mi cuerpo. Siento que me vuelvo loca cada vez que se acerca a mis bragas. Aproxima una mano, despacio, y la va retirando poco a poco, revelando mis labios. Están tan mojados que hasta me da vergüenza.

Dios mío, ahora mismo le pediría que fuera rápido. Sin embargo, parece que Theo sabe lo que hace y cómo volverme absolutamente loca, y eso que ni siquiera me conoce. Se hace de rogar durante lo que me parece una eternidad. Empieza a darme mordisquitos en los labios, con cuidado, hasta que llega con la lengua al clítoris. En cuanto lo roza, mi primer instinto es dejarme caer hacia atrás en el sofá y cerrar los ojos.

Por primera vez, no pienso en nada ni en nadie. Me dejo llevar por el roce de la barba en los labios. Theo me agarra con más fuerza y hunde su cabeza en mí, pasando la lengua por toda mi vulva. Regresa al clítoris y lo empieza a rozar, primero en círculos, luego de arriba abajo, cambiando de velocidad para al final mantenerse de forma constante en la que más me hace jadear. Siento su aliento rozando el interior de mis piernas y se me pone la piel de gallina.

No sé cuánto tiempo pasa hasta que siento que me corro en su cara, pero desde luego no es mucho. Hasta me da vergüenza pensar en que he ido demasiado rápido cuando lo aparto con cuidado, empujando su cabeza hacia atrás.

Espero a que diga algo, aunque no sé el qué. Desde luego, yo ahora mismo no sabría articular una frase con sentido. ¿Qué se dice en estas situaciones? ¿Gracias? ¿Tenías razón y ha sido la mejor experiencia de mi vida?

Theo se pone de pie, se recoloca la camiseta y con la boca todavía mojada me da un beso rápido.

—El próximo día ponte otro top diferente, que no me guste tanto. Así no me sentiré mal cuando te lo arranque.

Y, sin añadir nada más, se va del reservado, dejándome temblando de cintura para abajo y jadeando de ombligo para arriba.

CAPÍTULO 19
♏
EL DEL EMPATE

Vuelvo a casa como si estuviera en una nube, todavía sin recuperarme de lo que acaba de suceder. Por supuesto, Harry, Olivia y Julia, por ese orden, me atacan a preguntas sobre lo que ha pasado con Theo. Consigo escaquearme de la mayoría y les digo que tan solo me ha dado un beso, lo cual no es del todo mentira, pero aun así me insisten para que les cuente más.

Cuando por fin me doy una ducha y me tumbo en la cama con las primeras bragas limpias y la camiseta de andar por casa que encuentro por ahí, me duermo enseguida. A la mañana siguiente, nada más despertar, lo primero que se me pasa por la cabeza es que tengo que hablar con mi hermano sobre cuánto tiempo me voy a quedar, por lo que siento un gran alivio al ver que estoy sola en casa y no tengo que lidiar con eso todavía.

Voy a la cocina. Todavía no me he acostumbrado a vivir en una casa tan grande, llena de muebles que cada uno costará lo mismo que un mes de alquiler en el centro de Valencia. Estoy tan distraída con mis pensamientos que ni me doy cuenta de que Connor está ahí, sentado sobre la isla, contemplándome.

—¡Joder! —exclamo en cuanto lo veo.

El susto me despierta de golpe.

—¿Tan guapo soy?

Ahí está Connor, presumiendo de abdominales, con la toalla atada alrededor de la cadera. Tiene el pelo mojado y todavía le quedan algunas gotitas de agua en los pectorales, que no han terminado de secarse.

Ni siquiera le respondo. Me llevo la mano al corazón y tardo unos segundos en recomponerme. Me imagino a Theo y a Connor intentando hacer un concurso de egos, peleándose por ver quién es más atractivo frente a un espejo. ¿De qué signo será el mejor amigo de mi hermano?

—No contestes, ¿eh?

Gruño.

—Estoy medio dormida, Connor.

—Bueno, por lo menos te sabes mi nombre —suelta él, saltando de la isla al suelo. No sé qué tipo de magia negra hace para conseguir que no se le caiga la toalla.

¿Este tío es tonto? ¿Piensa que nos conocemos de toda la vida y que tiene confianza para ser así conmigo?

—Ja, ja. Qué gracioso. Cuántas cosas sabes tú sobre mí, ¿eh? —le vacilo.

—Muchas, aunque tú no lo creas —me dice.

No puedo evitar reírme. Verlo así, hablándome medio desnudo, me parece una escena surrealista. Pero tampoco puedo pedirle que se tape un poco. Al fin y al cabo, vive aquí. Y yo solo soy una invitada, alguien que está un peldaño por debajo de él en cuanto a la jerarquía de esta casa.

—Soy muy observador —insiste, al ver que no digo nada—. Me doy cuenta de todo lo que pasa a mi alrededor, aunque a veces me haga el tonto.

Ahora sí que estoy interesada en nuestra conversación de besugos, y eso que todavía no estoy completamente despejada. Intento centrar los ojos en algo que no sea de su cuello para abajo. No me había dado cuenta hasta ahora de lo impresionante que es la cocina y, con Connor aquí, parece que vaya a hacerse una sesión de fotos o algo así. Todos los muebles van a juego y da la sensación de que los acaban de instalar. Las superficies brillan más que mi futuro como traductora *freelance*. Por no hablar de los tiradores, que parecen hechos de oro.

¿Cómo es posible que mamá no sepa nada de esto?

—¿En serio? —le pregunto, regresando a la realidad—. A ver, dime algunos detalles que hayas... observado.

Me sorprende que Connor no tenga que pensarlo ni cinco segundos.

—Te llevas bien con Julia y con Harry, también con Olivia, aunque hay algo en ella que no te termina de..., ¿cómo decirlo? ¿Encajar?

—Menuda tontería. Deberías replantearte tu carrera como médium, seguro que tienes opciones mucho más viables con las que podrías ganarte la vida.

—No he terminado —me advierte—, ¿o es que no te gusta que te digan lo que no quieres ver?

Sus palabras me remueven por dentro.

¿De qué va este tío? ¿Cómo puede ser mi hermano amigo suyo?

—¿Ahora eres psicólogo?

Connor se ríe. Juega con una manzana, lanzándosela de una mano a otra sin mirarla. Por primera vez me fijo en sus manos. Las tiene grandes y claras, dejando a la vista unas venas que marcan el relieve sobre su piel tostada por el sol y que le suben por los brazos.

—¿De verdad quieres que siga? —me pica.

—Oh, por favor —utilizo un tono que muy pocas veces he usado con alguien que no fuera de mi confianza.

Me cuesta admitir que me estoy poniendo nerviosa con sus comentarios de mierda. Abro un cajón y busco el café por hacer algo.

—Te despiertas siempre de mal humor, no te peinas a no ser que tengas que salir de casa, sueles vestir de azul, todavía no te has hecho al horario de Los Ángeles y apenas sabes nada de la vida ni del trabajo de tu hermano.

Frunzo el ceño. A Connor parece divertirle esta conversación, mientras que a mí no me hace ni pizca de gracia.

—¿Tú qué sabes de la relación que tengo con mi hermano? ¿En serio visto siempre de azul?

Él se encoge de hombros y asoma una sonrisa pícara.

—Contesta.

—Joder, Anna... Soy su compañero de piso, su mejor amigo, desde que vino de Valencia. Obviamente me lo cuenta todo, o casi todo lo que pasa en su vida.

Ni siquiera había pensado en ello. Por supuesto, igual que anoche lo primero que yo había hecho fue abrir el chat de WhatsApp con Lucía para contarle lo de Theo, ellos también tendrían sus cosas. Lo que no me imaginaba era que también hablaran de mí.

—Vale —respondo indignada con el mundo.

—No te preocupes, tus secretos están a salvo conmigo.

Busco lo primero que tengo más cerca para lanzárselo. Cojo una manzana del frutero y apunto directamente a su cabeza. Sale disparada, pero Connor la intercepta sin parpadear.

—La próxima vez busca otra estrategia que no sea lanzar un objeto a un entrenador de voleibol.

Hago un mohín.

Connor saca un par de rebanadas de pan de una bolsa y las mete en la tostadora. La programa con una especie de pantalla táctil en la que puede elegir el punto en que las quiere. ¿Quién narices tiene algo así en su casa?

—Tampoco te creas el LeBron James del vóley —le espeto—. Tan solo entrenas a niños que acaban de dejar de cagarse encima.

—Eh, ¡no te metas con mis doce hijos! Son lo más importante que tengo.

—¿Tus... hijos? ¿En serio?

No sé si es adorable o rarito que llame así a los niños a los que entrena por las tardes.

—Sí. ¿Tienes algún problema? ¿Te parece inmaduro o algo? Les he cogido cariño, nada más. Igual es que tú no sabes lo que es tener responsabilidades —responde, demasiado seguro de sí mismo.

Otra vez ese tono de subidito que tan histérica me pone. No controlo las palabras que salen por mi boca.

—Seguro que tienes algún trauma infantil o algo así porque tus padres no te querían y ahora llenas ese vacío con esos pobres niños que no han hecho nada para tener que aguantarte.

De pronto, el silencio en la cocina pesa demasiado. Se apodera de cada esquina y no se rompe hasta que las tostadas saltan con violencia, dándome un miniinfarto.

—Ni se te ocurra mencionar a mis padres, imbécil —me espeta.

Me quedo a cuadros cuando lo escucho hablar en ese tono. No es una de sus típicas frases de bromista o de vacilón que tanto lo caracterizan, sino que hay algo de oscuridad en su forma de hablar. Nunca he visto a Connor así. Se pone rígido, coloca sus tostadas en un plato y sale de ahí sin decirme nada. Me quedo de pie, como un pasmarote. Lo ha dicho demasiado en serio como para ser una broma o una verdad a medias. Abro la boca para intentar disculparme, pero Connor ya se ha marchado en dirección a su habitación.

En ese instante, escucho la puerta principal y mi hermano entra cargado de carpetas en una mano y con dos móviles en la otra.

—¿Todo bien? —me pregunta—. Parece que hayas visto un fantasma.

Él tampoco tiene muy buena cara. Bajo sus ojos ya aparecen unas ojeras como pocas veces le he visto y tiene aspecto de estar cansado, desmejorado. Como si llevara más de veinticuatro horas seguidas sin descansar ni un minuto.

—Sí, sí —miento enseguida, aunque disimular se me da fatal—. ¿Vuelves ahora de trabajar?

—Sí, anoche tuvimos una sesión bastante intensa en el estudio. Nos quedamos con Alice hasta las tantas y luego querían salir a tomar unas copas con los de Sony.

Conforme mi hermano habla, va dejando las cosas sobre el recibidor y me doy cuenta de que realmente Connor tenía razón. Apenas sé nada de él, de su vida ni de su trabajo. Todavía no tengo una explicación real de por qué vive en una pedazo de mansión en una de las ciudades más caras del mundo ni quién es esa tal Alice, a quien he oído mencionar antes, o en qué está trabajando con Sony.

—Te dejo, que veo que estás más dormida que yo. Salisteis anoche, ¿no?

Asiento con rapidez.

—Ya me lo dijo Harry... —deja caer.

No sé si se refiere a que le contó que habíamos salido o a que había pasado algo más. Mi hermano se estira y bosteza con fuerza, recoge sus cosas y se va directo a su cuarto.

—Oye... —intento llamarlo para hablar con él, pero ya es tarde.

Paso el resto del día en mi habitación hasta que escucho de nuevo que me quedo sola y bajo al jardín para despejarme un poco. Todavía hace sol, así que aprovecho estos últimos rayitos para tumbarme en el césped y cerrar los ojos. Por un momento, si me dejo llevar, es como si todavía siguiera en Valencia, en casa, en el lugar que me vio crecer. Me imagino que tengo quince años y que mi única preocupación es la excursión de fin de curso que tenemos dentro de unos meses. Eso y pasar el día pensando en el verano y en las vacaciones.

En esa época, yo ya era la menos favorita de los tres hermanos, pero no me fijaba todavía en esas cosas. Sin darme cuenta, era feliz. Mi madre se pasaba el día pegada a Martina, llevándola de compras y ayudándola para que sacara las mejores notas de su clase. Por otro lado, Raül iba a su bola. Siempre fue el niño mimado, por lo que podía hacer lo que le diera la gana, que a mis padres les parecía bien. Todavía no sabía a qué se iba a dedicar en el futuro y se llamaba Raúl, con tilde, aunque luego la cambiaría por la diéresis para, según dijo, crear imagen de marca. Y luego estaba yo. En medio de todo y de nada. Pasando desapercibida para todos excepto cuando había que cargar contra alguien.

¿Qué habría pensado la Anna de quince años de la de veintiocho? ¿Se enorgullecería de ella? ¿O le parecería una mierda todo esto del Zodiaco? ¿Una excusa para no tomar, por fin, las riendas de su vida y seguir dejándose llevar por donde el destino la fuera guiando?

En algún momento de este torbellino de pensamientos me quedo dormida, tapada por el sol que ya se encuentra a punto de esconderse entre las palmeras. No sé cuánto tiempo permanezco así, hasta que un chorro de agua fría me despierta. Me incorporo de golpe de la impresión y mi primer instinto es chillar mientras el agua sigue mojándome. Viene de todas partes. Necesito menos de un segundo para darme cuenta de que, en realidad, nadie me está mojando, sino que se han activado los aspersores del jardín.

Con la poca dignidad que me queda y agradeciendo al destino por no tener mi móvil conmigo, regreso al interior de la casa. Para cuando llego, estoy completamente empapada. Siento el pelo chorrear por mi espalda, la camiseta pegada al cuerpo y los vaqueros pesan el triple de lo normal. Permanezco unos segundos en *shock* mientras goteo en la puerta que conecta la planta baja con el jardín. Busco una toalla a mi alrededor y me tapo con lo primero que veo, esperando a dejar de gotear para subir a mi habitación.

Me froto el pelo y, unos minutos después, mientras los aspersores siguen todavía en marcha, entro en la casa. Nada más atravesar las puertas, me encuentro a Connor, mirando su móvil. No necesito que me enseñe lo que está viendo para saber de qué se trata.

—Lo siento, he llegado tarde. Quería avisarte, pero no tenía tu número de teléfono. —Por su tono, sé que no es una disculpa, sino más bien una burla.

—Podrías haberme llamado de la forma tradicional. Ya sabes, pegando un grito por la ventana —le respondo hecha una furia.

Parece que la conversación de antes no ha sucedido. Empiezo a temblar, espero que del frío y no de la rabia.

—Sube a cambiarte, no vayas a pillar una pulmonía —me dice, sin mirarme a la cara. Sus ojos están fijos en el vídeo que me ha grabado.

Doy un paso adelante y me pongo a su lado. Giro la cabeza para ver la pantalla y ahí estoy yo, tumbada en el jardín, sin saber lo que está a punto de suceder. El sol ya se ha escondido y los aspersores tardan poco más de veinte segundos en saltar. Me veo a mí misma desde ese plano levantándome de un salto y entrando en pánico.

—Te habría dado tiempo de sobra —le espeto.

—Eso nunca lo sabremos. —Connor se encoge de hombros con una sonrisa pícara.

En el fondo, siento que ahora estamos en paz después de cómo la he cagado antes con él. Me conformo con un empate.

Lo dejo ahí, repitiendo la escena de los aspersores una y otra vez, mientras subo al baño de mi habitación para darme una ducha bien caliente. Solo al salir me doy cuenta de que tengo varios mensajes de Theo.

CAPÍTULO 20

♏

EL DE LOS DÓNUTS

Tal y como Theo había vaticinado, fui yo la que fue tras él. Me hice la dura los primeros días, esperando que me escribiera por Instagram ahora que los dos nos seguíamos. Sin embargo, no he tenido noticias suyas durante casi una semana. Y no es que el chico escorpio no haya usado la aplicación, porque cada día subía alguna historia, como si quisiera hacerme saber que estaba ahí, recordándomelo con cada vídeo en el que salía la discoteca con los reservados al fondo.

Sin embargo, cuando está a punto de hacer una semana desde nuestro primer encuentro, me veo obligada a cortar mi racha de silencio y escribirle. No puedo evitar contestarle con un emoji de fuego a una foto que sube del reservado. Nuestro reservado, justamente el lugar en el que nos dejamos llevar.

No sabía que eras de las que responde con emojis de fuego, como si fueras una adolescente sedienta.

No sabía que eras de los que lanzaban indirectas por Instagram, como si fueras un niñato desesperado por la atención de una mujer.

¿Tienes un rato? Porque puedo seguir así
todo el día.

Me hago la enfadada, aunque nadie me está mirando, y después suelto una sonrisita.

Tengo tiempo, pero depende de para quién.

¿Ah, sí? ¿Y soy yo uno de esos
afortunados?

Lo tendré que pensar...
o te lo tendrás que ganar.

Vaya, pensaba que ya había hecho
muchos puntos el otro día en el reservado.

No estuvo mal...

Sonrío de nuevo mientras trato de hacerme la dura. Me pregunto si estoy enganchada a esta aplicación o si realmente me gusta el chico escorpio. Tiene algo que hace que el mundo se pare cuando me escribe.

Joder, pues para no estar mal, creo
que te quedaste bastante satisfecha.

Jajaja.

Me pongo colorada, sin saber qué más decir. La verdad es que nunca me lo habían comido así, por lo que tampoco es que tenga mucho de lo que quejarme. Nada, de hecho.

Da igual, nena. Si no te gustó, no hace falta
que volvamos a vernos.
Es una pena, tú te lo pierdes.

Oghhh. A veces lo mataría, de verdad. ¿Cómo se puede tener tanto ego? Y, al mismo tiempo, ¿cómo es posible que me esté poniendo cachonda con lo que me está diciendo un tío tan creído? Opto por recurrir a un clásico:

No sé si podrías estar a la altura.

Jajaja.
No sé si tú podrías aguantar todo
lo que tengo preparado para ti...

¿Qué eres, una especie de Christian Grey?

¿Qué dices?

Christian Grey, el de Cincuenta
sombras de Grey.

Ya sé quién es, boba. Me refiero
a que cómo es posible que me
compares con él.

¿Os parecéis, entonces?

Podría decir que tenemos intereses...
similares. Pero con una gran diferencia,
y es que yo no soy un pardillo que se
ablanda al final. No te voy a decir que
te quiero y todas esas cosas.

No te creas que me interesan, y menos
viniendo de ti.

Entonces, ¿nos vemos esta tarde?

Bueno.

Bueno, ¿qué?

No sé si tengo planes...

Conmigo no te hagas la interesante,
Anna. Dime sí o no.

Uy, qué borde...

Sabes que te voy a castigar si te portas
mal, ¿verdad?

Aprieto mucho los labios, sin saber si estoy reprimiendo
una risa o un grito. ¿Va en serio este tío?

A ver, dime qué tipo de cosas te gusta hacer.

O sea, que eres de las chicas a las que les
gusta hablar las cosas antes de hacerlas.
Bien, me gusta.

Sigo esperando.

Theo pasa casi cinco minutos escribiendo y borrando, hasta
que al final termina por enviarme una mísera frase.

Prefiero que lo veas en persona. Si te
interesa, nos vemos esta noche y lo
hablamos...

Después, sigue escribiendo y adjunta una dirección.

No voy a ir a tu casa, si es lo que pretendes.

Vale, vale. Pues pásate a partir de las doce
por The Wings.
En la planta de abajo hay un sótano que
suele estar vacío, excepto para cuando
los empleados..., ya sabes.

Vale.

¿Ya no tienes planes, entonces? ¿O es que
los has cancelado todos para estar
conmigo?

Ni siquiera le respondo al último mensaje. Busco The Wings
en el mapa y me alegra descubrir que no está muy lejos del sitio
del otro día. Pienso en si ir o no mientras releo la conversación,
preguntándome si realmente dice la verdad o se ha venido arriba creyéndose un dios del sexo. Sea como sea, mi cuerpo manda y tengo que admitir que toda esta charla me ha provocado
curiosidad.

Hasta ahora, todas mis relaciones habían sido sencillitas,
con las típicas posiciones sexuales que no tienen mucha com-
plicación. ¿Sería el chico escorpio el primero en romper con la
tradición? Mientras tomo una decisión, busco en Google si los
escorpio suelen ser muy activos sexualmente o no. Enseguida
me doy cuenta de que sí, pero también de que tienden a men-

tir más que hablan y a fanfarronear de más, por lo que no sé si me gusta lo que el Zodiaco dice de Theo.

—Bueno, supongo que hoy descubriremos la verdad... —murmuro, mientras abro el chat de Julia y le cuento lo que voy a hacer.

Tampoco tenemos tanta confianza como para entrar en muchos detalles, pero la segunda opción es avisar a mi hermano de que voy a quedar con alguien que es casi un desconocido y ahora mismo esa opción no es viable. En realidad, algo así solo se lo contaría antes a Lucía que a ella. Pero ahora mismo Julia es la persona más cercana con la que puedo contar para decirle dónde estoy por si acaso Theo resulta ser un asesino en serie y me encierra en el sótano para dejarme morir de hambre. Por unos instantes, me corre un escalofrío por la espalda. ¿Y si pasara algo así?

No, no quiero pensarlo. Sé que es una opción, pero...

Una notificación de WhatsApp me devuelve a la realidad. Es Julia, diciéndome que cuente con ella para vigilar mi ubicación en directo esta noche y que si quiero que me acompañe o que se quede por la zona. Le doy las gracias, diciéndole que no hace falta, y me visto para la ocasión. No sé hasta qué punto me tengo que arreglar demasiado porque no quiero que piense que le he dado muchas vueltas. Por eso, escojo unos pantalones negros ajustados y una camisa con transparencias de color azul. Entonces, recuerdo las palabras de Connor sobre que siempre vestía del mismo color y decido optar por un tono diferente.

Al final, me decanto por una camiseta de algodón fino, de manga francesa y color rosa palo. Tiene el escote redondo y la conjunto con un *chocker* negro y un colgante con una piedra morada. Me impregno de colonia para que, cuando me vaya, se quede con mi olor en su ropa, y me peino con cuidado de no engrasarme el pelo. Por suerte, me lo he lavado esta misma mañana, como si hubiera sabido que hoy me esperaba algo importante.

Cuando salgo de la habitación, me cruzo con mi hermano.

—¿Adónde vas? —me pregunta, como si fuera nuestra madre.

—¿Qué más te da? —respondo, aunque enseguida cambio el tono—. Nada, he quedado con un chico.

—Si te quiere llevar a ver la playa de noche, dile que no. No vais a ver las estrellas, sino más bien todo lo contrario. Está llena de yonquis y de gente follando con el culo lleno de arena.

—Gracias por la sugerencia, TripAdvisor —le respondo con una risita.

Mi hermano asiente y paso a su lado. Bajo la escalera sintiéndome observada hasta que abandono la casa. Una vez fuera, pido un Uber y me dejo caer en el asiento trasero mientras en la radio suenan los Scorpions. Tiene que ser una señal del cielo o una casualidad demasiado grande. El puto cosmos, otra vez, haciendo de las suyas.

El conductor no me da conversación, afortunadamente, así que aprovecho para ponerme al día con mis mensajes y enviar unos cuantos a Julia para decirle que estoy nerviosa. En menos tiempo del que me habría gustado, llego a la discoteca. Me bajo del vehículo, intentando ocultar mis nervios.

En ese preciso instante me arrepiento de haberme puesto unos zapatos sin tacón en cuanto veo la situación en la puerta de la discoteca. Todos los hombres van en traje, mientras que las mujeres se han vestido como si vinieran de una boda digna de la monarquía inglesa. Me cuelo en la fila entre miradas asesinas. El de seguridad me deja pasar en cuanto digo mi nombre y nada más entrar me encuentro con Theo.

Está tan atractivo como siempre. Viste otra vez de negro, aunque dos rayas amarillas chillonas recorren verticalmente los lados de sus pantalones de chándal.

Vaya, qué novedad. Al parecer, hay cosas que no cambian, aunque cruces al otro lado del Atlántico.

Es asqueroso que a las mujeres las obliguen a ir con falda o vestido y sus tacones, mientras que los jefes pueden vestir como les dé la gana. Estoy convencida de que, si quisieran hacerlo en pijama, a ninguno de los clientes le extrañaría.

—Has venido, doña ocupada —me saluda mientras pide otro cubata—. ¿Qué quieres beber?

Me tomaría un ron cola sin dudarlo, pero no estoy segura de que aquí los sepan hacer como en España.

—Un vodka con lima, por favor. —Voy a lo básico, a riesgo de parecer una adolescente menor de edad pidiendo su primera bebida en un bar.

La música de fondo de la discoteca no me impide oírlo cuando me dice que guarde la cartera, que todas las copas a su nombre le salen gratis. No se lo discuto, por supuesto. No me puedo ni imaginar lo que puede costar aquí un cubata, en un sitio tan pijo como en el que estamos y en la zona de marcha nocturna de la ciudad. Si hubiera tenido más encargos en los últimos días...

Para, Anna: no puedes ponerte a pensar en trabajo cuando estás a punto de follarte a un supuesto dios del sexo semibrasileño.

—Sígueme.

Lo entiendo de milagro. Camino detrás de él y no puedo evitar mirarle el culo, que los pantalones de chándal le marcan perfectamente. Joder, no sé qué tienen estos pantalones. El que los inventó se merece un Premio Nobel, pero no de la Paz, sino de la Guerra.

Esta discoteca no tiene nada que ver con la del otro día. Ya solo con fijarme un instante en la gente que había en la entrada me he dado cuenta de que era diferente. El ambiente huele a dinero y a bolsos de marca caros y el que no se está grabando una historia de Instagram para sí mismo está posando para el Snapchat de otro.

—Si tienes calor, puedes dejar aquí la chaqueta —me dice Theo mientras pasamos por el guardarropa, pero yo no he traído nada más conmigo que un pequeño bolso con mi móvil, el cargador, por si acaso, y la cartera.

—Estoy bien —respondo, pero él ya va varios pasos por delante de mí otra vez.

No le mires el culo, no le mires el culo.

Lo repito en mi cabeza, haciendo esfuerzos para fijarme en su espalda, y entonces miro su nuca con más atención. Tiene un tatuaje de algo parecido a una serpiente o un dragón. Las escamas, perfectamente delineadas, me indican que es bastante reciente. El cuerpo de la criatura se retuerce alrededor de unas rosas mustias a las que solo les quedan las espinas en lugar de los pétalos. Joder, qué metafórico. Es como si me hubiera tocado la lotería de Escorpio y me hubiera topado con el chico que mejor representa su signo, por lo que he visto hasta ahora.

Atravesamos un último grupo de gente bailando y entramos por una puerta de uso exclusivo para el personal de la discoteca. El ambiente se relaja en cuanto la cierro detrás de mí y me doy cuenta de que allí todos visten de una manera mucho más urbana. Theo saluda a un par de chicas, que después de mirarlo a él me lanzan a mí una mirada asesina. Me doy cuenta de que su *look* está formado por prendas de marcas que no había visto en mi vida hasta que llegué a Los Ángeles, por lo que me imagino que tienen que costar un riñón y medio.

¿Cómo puede ser que vistan así trabajando de camareras? ¿Realmente se gana tanto dinero en la noche angelina? Si lo llego a saber, no me hago traductora.

Theo me hace un gesto para que me acerque y me los presenta.

—Chicos, esta es Anna.

No lo acompaña de nada más. No es un: esta es Anna, mi amiga. O Anna, la chica de la que os hablé de Tinder. Simplemente soy Anna, a secas, sin apellidos. Uno de los nombres más comunes del universo. Una chica alta, delgada y rubia más en Los Ángeles.

Un par de chicos mueven la cabeza en señal de saludo y se lo devuelvo torpemente. Ellas, sin embargo, dan un trago silencioso a sus cervezas.

—Vamos.

Acompaño a Theo a través de la sala del personal hasta que llegamos a una escalera de madera que baja a una especie de sótano. Me aseguro de que no pierdo la cobertura o mi ubicación en directo dejará de compartirse.

—¿Y esto? —le pregunto, en cuanto veo un par de mesas de billar, sofás y sillones distribuidos por toda la estancia.

Da pena ver un espacio tan bien decorado así de vacío, como si nadie lo utilizara desde hace años. Las copas se protegen del polvo en unos armarios de madera a ambos lados de la sala. Las luces están apagadas y solo nos guiamos por los pequeños carteles que indican las salidas de emergencia, las cuales conservan una pequeña luz roja.

—Ah, aquí era donde nos reuníamos antes, pero hay muy mal rollo ahora entre los que trabajamos aquí. Ya nadie lo usa. Por aquí están las habitaciones, y ya.

—¿Habitaciones?

Theo asiente.

—A veces se hace muy tarde. Otras..., las alquilamos por un dinerillo a pijos calientes que no tienen otro sitio donde follar —dice, y se queda tan tranquilo.

—¿No pueden llamar a su limusina y pedir que los lleven a su mansión de veinte millones de dólares en Beverly Hills?

Theo se ríe por la nariz.

—Te sorprendería ver la cantidad de mentiras y falsedades que se mueven por aquí. Casi tanto como los bolsos. De cada tres que veas de marca..., uno está comprado en el barrio chino.

—¿Y por qué no follan en los baños?

—No has estado de fiesta en muchos baños, ¿verdad? —me pregunta con una mirada de compasión.

Prefiero no responderle.

Giramos a la derecha y aparece un pasillo frente a nosotros que me recuerda a los trasteros de la antigua casa de mis padres. Theo abre la penúltima puerta a la izquierda y, en cuanto crujen las bisagras, me siento como si entrara en un nuevo mundo.

Al otro lado de la puerta, una habitación pequeña, pero acogedora, nos recibe con unas luces led de color azul y espejos de diferentes formas y tamaños en las paredes. Está llena de pósteres de grupos que no conozco. En una esquina, en el mismo cuarto, hay una pequeña pila para lavarse las manos, junto a una ducha de pie y un retrete. Todo a la vista, por supuesto. Cero intimidad.

—Esto es solo un lugar temporal —se excusa Theo enseguida.

Él mismo sabe que este lugar parece una ratonera, aunque se haya esforzado en ordenarlo un poco. La cama, individual, está hecha de cualquier manera. El suelo parece llevar varias semanas sin que nadie lo haya barrido y un montón de ropa se amontona en una silla peligrosamente cerca del inodoro. Y, para mi sorpresa, hay un espejo en el techo, justo sobre la cama. Aunque quizá lo debería haber esperado, visto lo visto.

—Vaya, es... curioso —digo.

No es el primer adjetivo que se pasa por mi mente para definir ese cuchitril, pero por lo menos no estoy mintiendo. Desde luego, nunca he estado en un sitio así en mi vida. Y, si me lo

164

enseñaran ahora, sin ningún tipo de contexto, diría que pertenece a un niño pajillero adicto a los videojuegos.

Theo camina hacia la silla de la ropa y se quita las deportivas con los pies.

—Ponte cómoda —me dice, señalando hacia la cama.

¿Va en serio? Bueno, mejor ir al grano que pasar media hora de conversación incómoda si, al final, el resultado es el mismo. ¿No?

—¿Puedo cargar el móvil?

Todavía me quedará más del ochenta por ciento, pero no puedo permitir que se acabe la batería de este cacharro por nada del mundo.

—Claro, lo paga la empresa. Hay un enchufe junto a la cama.

Esta vez ya no sé si es una casualidad o una indirecta, pero no me queda otra que caminar hacia ella y conectar mi teléfono a la corriente.

—Bueno, dime cuáles son tus límites —me suelta Theo. Así, de golpe, sin saludos ni introducciones.

—Mis límites... —susurro, para ganar tiempo—. Prefiero que me digas tú los tuyos primero.

Theo sonríe.

—Me gusta todo, la verdad.

—Pero siempre hay algo que prefieres —insisto, para que él diga algún dato al que me pueda aferrar.

Joder. Ya podría haber hecho una búsqueda en Google o algo, aunque hubiera sido en el Uber, para no quedar como una niña inocente.

—Me va todo en el BDSM, aunque me gusta tener el rol de dominante. Pero, bueno, creo que eso ya ha quedado claro. Entiendo que tú prefieres ser sumisa.

—Sí.

¿Sí? Hombre, desde luego, no me veo agarrando a alguien

del cuello y pegándole una bofetada, si es a eso a lo que se refiere con ser dominante. Pero tampoco sé cómo me sentaría que me lo hicieran a mí.

—Vale, nunca lo has probado. —Theo se pasa la mano por la frente, como si lo hubiera decepcionado.

¿Tan obvio es? ¿Se me ve en la cara?

Estoy a punto de responder algo rápido para justificarme, pero me doy cuenta de que lo más fácil es rendirme frente a lo evidente.

—No... —Bajo los hombros.

—Joder, me podrías haber avisado antes —responde él.

Las luces azules siguen titilando a nuestro alrededor, ajenas a la conversación que estamos manteniendo.

—¿A qué te refieres con que te lo podría haber dicho antes?

Siento que las mejillas se me empiezan a calentar de la rabia por ese comentario.

—No, no, no es por lo que piensas. Simplemente, no sé..., podríamos haberlo hablado con más calma. Para ver qué es lo que te gustaría probar y lo que no.

Ah. Vale. Menos mal.

—Bueno, podemos empezar por el principio, ¿no?

A Theo le sorprende mi respuesta.

—Claro...

—Necesito ir antes al baño, perdona.

Estoy que me va a dar algo del pis que tengo, y no sé si es por los nervios o porque necesito respirar unos instantes y preguntarme si estoy segura de lo que voy a hacer. Me muero de vergüenza mientras cae un chorrito que se oye por toda la habitación y miro a mi alrededor, como si no estuviera pasando nada.

Dios mío, ¿por qué me avergüenzo de hacer pis? Ah, sí, quizá es porque no hay una puta puerta para taparme y darme un poco de intimidad.

Estiro la mano para coger papel. Me entra pánico cuando veo que solo queda un pequeño trozo colgando del rollo y lo aprovecho al máximo para secarme bien. Me giro para tirar de la cadena y entonces veo la papelera.

Ojalá no lo hubiera hecho. Ojalá pudiera borrar de mi memoria lo que he visto. En un lado, brillando bajo la luz de los led, está el envoltorio de un tampón.

—Venga, va, ven aquí —me llama Theo a mi espalda.

Y, acto seguido, se quita la camiseta. No pierdo detalle de su torso mientras se la pasa por la cabeza, antes de lanzarla a la silla con el resto de la ropa. No está mazado, pero sí bastante delgado, y se le marcan algunos músculos del pecho. Los brazos, eso sí, los ha estado trabajando. Me sorprende descubrir más tatuajes por su cuerpo, algunos son frases enteras de letras de canciones.

Sigo deslizando la mirada por su cuerpo. Theo se quita los pantalones de chándal, quedándose en calzoncillos. Se le notaría la erección a kilómetros de distancia.

Madre mía. Esto va a doler.

Él me mira, divertido, diciendo «no es culpa mía» con los ojos mientras se agarra la polla con la mano por encima del slip. No reacciono hasta entonces y empiezo a zafarme del puño de mi camisa para desnudarme. Theo me chista en cuanto descubre mis intenciones.

—¿Qué...? —susurro, pensando en que he hecho algo mal.

—Deja que te lo haga yo... Tú quédate quieta, muy quieta —susurra. Tiene un tono meloso en la voz que no había escuchado hasta entonces—. Vamos a hacer una cosa, si te parece bien. Yo voy a ir avanzando, poco a poco, de cero a cien, y cuando tú realmente sientas que no puedes más, dices la palabra clave.

—¿Cuál es?

Theo sonríe con picardía, acercándose a mi oreja mientras me coge de la cintura.

—Dónuts.

Tengo que esforzarme para no soltar una risa.

—Sí, sí, ahora te ríes... Pero, antes que nada, quiero que te quede clara una cosa. —Se pone serio, como si hubiera tocado un interruptor en su cabeza y hubiera cambiado de estado de ánimo—. No pararé a no ser que digas esa palabra. O sea, cualquier expresión del estilo «para», «déjame» o similar no tendrá ningún efecto si no va acompañada de «dónuts». ¿Está claro?

—Clarísimo —respondo, mordiéndome los labios por dentro.

En el fondo, me está empezando a gustar la idea de saber dónde puede estar mi límite... ¿Hasta dónde sería capaz de llegar?

Estoy nerviosa, y, aunque no debería, mi cabeza viaja a miles de kilómetros de distancia, al otro lado del Atlántico, y pienso en Lucía. En todas las cosas que tengo que contarle en cuanto ponga un pie en casa de mi hermano, todo lo que todavía no he vivido pero estoy a punto de experimentar.

—Vale, vamos allá... Espero que no tengas prisa, porque tenemos para rato... Alexa, pon la lista de reproducción Magdalenas en Spotify.

Theo atenúa la luz mientras empieza a sonar de fondo una canción de The Weeknd. Se me acerca, mirándome con los ojos brillantes, y comienza a desvestirme. Me quita la camisa con facilidad, dejando al descubierto el sujetador que me he puesto para la ocasión. Es de color morado oscuro, a juego con mis bragas. Uno de los pocos conjuntos que traje a Los Ángeles y que tenía, en general. Acaricia la parte superior de mis pechos con las yemas de los dedos. Siento su tacto, caliente, como si quemara al entrar en contacto con mi piel. Ya solo con eso, con hacer las cosas con cuidado, me tiene ganada. Por lo menos, no es como Jakob, que fue directo al grano.

El chico escorpio me sigue besando. Su respiración se acelera y le devuelvo los besos todavía con más pasión. En el fondo, me ayuda a relajarme. Siento que me voy soltando poco a poco. Theo tiene algo, no sé qué, que me hace sentir como una diosa cuando estoy liándome con él. Tengo miedo de volverme adicta a esta sensación y echarla de menos cuando me marche del club.

Por fin, se quita los calzoncillos. Me tengo que morder la lengua para no soltar lo primero que se me pasa por la cabeza en cuanto le veo la polla.

Theo da un paso hacia mí y empieza a desvestirme por abajo, mientras yo tengo que hacer esfuerzos para no clavarme las uñas.

Madre mía. MADRE MÍA.

A ver si va a ser verdad lo que vi en Google sobre el sexo con los escorpio. El chico me pasa los pantalones por los tobillos, devolviéndome a la realidad de lo que estoy a punto de hacer. No puedo evitar soltar una sonrisilla al pensar en la Anna de hace poco más de un mes viéndose a sí misma en esta situación.

Con un gesto de la cabeza, me indica que me tumbe en su cama. Me dejo caer de espaldas sobre la colcha de color azul marino. En este sótano hace más frío del que parece y en cuanto mi piel roza las sábanas se me pone la piel de gallina. Theo se tumba sobre mí y agradezco este calor repentino. De hecho, todo él está ardiendo.

Me agarra la cara con la mano y vuelve a besarme con intensidad, con deseo, como si lo hubiéramos hecho así toda la vida. Sus labios se aferran a los míos con desesperación. Trato de responderle, seguirle el ritmo, pero está claro que es él quien quiere llevar la voz cantante. Así que no me resisto y me dejo llevar.

—Ahora te vas a quedar así, quietecita, para mí... —Su acento brasileño se marca en cada palabra que pronuncia, como si lo hiciera a propósito.

Dios mío, nunca voy a ver igual a los brasileños después de esto.

Los labios de Theo se posan en mi cuerpo, dejando su calor

allá por donde pasan. Comienza a besarme junto al ombligo y termina de desnudarme del todo. Traza círculos, como si estuviera engañándome, haciéndome creer que va a bajar para luego regresar corriendo al lugar de inicio. Siento una palpitación entre las piernas que me grita que baje ya, y es que mi mente solo puede pensar en lo que sucedió en el reservado el otro día. Como si me hubiera leído el pensamiento, Theo baja de nuevo hacia mi clítoris. Así, directo y sin rodeos. Extiende la lengua y comienza a restregarla, poniéndome la piel de gallina cuando su barba incipiente me roza los labios. Me sorprende que no me duela, que no me moleste. La única explicación posible es que ahora mismo estoy demasiado cachonda.

Se me escapa un gemido que sube el ego de Theo. Me agarra las caderas con las manos, justo encima del hueso, y aprieta con fuerza para que no me mueva. Sujetándome.

—No te muevas... Tú no te vas a ninguna parte —jadea—. Eres mía, mía.

Echo la cabeza hacia atrás y cierro los ojos para sentirlo con más fuerza, pero es una mala idea, porque en cuestión de segundos estoy a punto de correrme.

—Voy... a... —trato de balbucear, pero ya es tarde.

De pronto, mi cuerpo se reactiva y mi mente desconecta de la realidad. Entro en lo que mis amigas y yo hemos llamado muchas veces «la zona de no retorno». Como cuando un avión está a punto de despegar y traspasa esa línea a partir de la cual ya no puede frenar y tiene que volar, sí o sí. Me tiemblan las piernas mientras me azotan los vaivenes del orgasmo. Tengo que morderme los labios para no gemir como una loca y, cuando pienso que ya he acabado, Theo hace algo raro con la lengua que lo alarga todavía más. Unos segundos después, toda la electricidad que recorría mi cuerpo ha desaparecido y me doy cuenta de que he estado hiperventilando más de lo normal porque mi pecho sube y baja con rapidez.

Pienso en qué decir, pero no me salen las palabras.

—Siéntate en la esquina de la cama —me indica Theo.

El chico, completamente desnudo y empalmado, se pone de pie y camina hacia una cómoda que está junto al lavabo. La abre y saca una caja de cartón del tamaño de una impresora.

—Esta solo ha sido la primera parte... Quiero asegurarme de que me aguantes mejor en la segunda... —murmura, vertiendo el contenido de la caja sobre las sábanas azul marino.

Se me corta la respiración en cuanto veo su alijo de juguetes sexuales. Literalmente, Theo tiene de todo. La mitad de los objetos solo los he visto en internet y gran parte de la otra mitad no sé ni para qué sirven. Sin embargo, la mano de Theo se dirige hacia algo que conozco bien, aunque no por motivos sexuales, sino de volar en avión. Es un antifaz, aunque este es completamente negro y está hecho de un material parecido al cuero, como falsificado.

—Póntelo.

Obedezco al instante. De pronto, la habitación desaparece y tardo apenas unos segundos en darme cuenta de por qué la gente se tapa los ojos. Lo sé en cuanto el chico escorpio vuelve a la carga. Ahora, cada roce, cada respiración sobre mi piel, se vive con el triple de intensidad. Theo se tumba encima de mí y empieza a besar mi cuello con mucha delicadeza. De pronto, sin avisar, abre la boca y me muerde, haciendo que un escalofrío recorra mi pierna izquierda. Se me pone la piel de gallina.

—Ahora estate muy quietecita...

Theo se levanta como un resorte y lo escucho rebuscar un condón en algún lugar de la habitación. Reconozco el sonido con el que rasga el envoltorio y se lo pone. Vuelve hasta donde me encuentro y me pasa la mano por los labios interiores.

—Menos mal que estás mojada. Lo vas a necesitar para esto.

Escuchar sus palabras hace que casi se me salga el corazón por la boca de los nervios. El chico apoya su mano izquierda sobre mi cintura, y con la derecha parece que se guía para metérmela. No espero que sea delicado y hago bien, porque Theo no se anda con miramientos. Coge aire y me embiste de una vez, marcando su territorio. Se me escapa un gemido un tanto extraño.

La sensación es mucho más rara de lo que podía imaginar. De pronto, lo siento todo, como si su polla alcanzara lugares a los que nunca nadie había llegado. No sé si será por el tamaño o por el puto antifaz, pero me tengo que concentrar para mantenerme presente y no salir volando a una realidad paralela.

Theo aguanta poco más de treinta segundos en la posición del misionero y, después, me pone a cuatro patas. En cuanto la vuelve a meter, soy consciente de que mañana tendré agujetas en lugares de mi cuerpo que ni siquiera sabía que existían. El chico escorpio mantiene un ritmo constante mientras yo lucho por no salir disparada hacia delante de las embestidas que me mete. Con una mano, me azota la nalga izquierda y suelto un grito demasiado exagerado para lo que realmente ha sido. Theo lo repite en la otra y se echa hacia delante y me agarra del pelo, haciéndome una especie de coleta. Me mantiene así durante unos instantes, hasta que se cansa y lo suelta, lanzándome de nuevo hacia delante, y opta por rebajar un poco la intensidad. Me acaricia los lugares en los que me ha azotado, como si quisiera curarlos, pedirme perdón por hacerme daño. Me gustan tanto las caricias que deseo que me vuelva a pegar solo para que vuelva a repetirlas.

Mientras tanto, su polla sigue entrando y saliendo, ajena a todo lo que está haciendo con sus manos, y en ese momento me doy cuenta de que las caricias no eran tan inocentes como yo pensaba. Su mano cambia de recorrido y empieza a subir. Se acerca peligrosamente a mi culo y me da un ataque cuando se aproxima al agujero prohibido. Está a punto de meterlo cuando pego un grito, y no precisamente un gemido.

—¡Dónuts!

CAPÍTULO 21
♏

EL DE LA FIESTA DE HALLOWEEN

—¿Estás de broma? ¿Ya solo con eso dijiste «dónuts»?

Dejo caer los hombros mientras me echo hacia atrás en la *chaise longue*. No tengo ganas de ver las caras de mis amigos, aunque me las puedo imaginar como algo así: Olivia, con una sonrisita de diversión y suficiencia; Harry, con dificultades para aguantarse la risa, y Julia, con ojos de pena. Solo espero que ni Connor ni mi hermano estén escuchando nuestra conversación. Ni siquiera los esqueletos ni las calabazas que cuelgan a nuestro alrededor.

Siempre había pensado que era un tópico que los estadounidenses se motivaran tanto con las decoraciones de Halloween, algo que solo pasaba en las películas. Aunque, visto lo visto, me había equivocado. El lugar al que hemos venido a celebrar la noche más terrorífica del año está decorado como si fuera una *escape room* ambientada en una película de miedo. Los cristales de la puerta los han cubierto con telarañas, que también cuelgan por todo el interior del local. Los trabajadores llevan disfraces de diferentes personajes de Halloween: una bruja, un fantasma, un vampiro, un esqueleto... Hasta me ha parecido ver un zombi.

Incluso las bebidas que hemos pedido son temáticas: las han decorado con una especie de sangre falsa y las pajitas tienen pegadas pequeñas decoraciones de calaveras y murciélagos de papel.

173

—A ver, tampoco pasa nada. Te asustaste y ya está. Es normal la primera vez.

Julia intenta darme ánimos, pero más bien parece estar justificándome.

—Eso de primera vez suena tan... inocente —dice Harry—. ¡Eres como el bebé del grupo!

—No, pero ahora en serio, el BDSM es una primera vez constante. No te preocupes —interviene Olivia con un tono que no me termina de convencer. Parece estar pasándoselo demasiado bien a mi costa.

La música del bar cambia a una canción más cañera, pero mis ánimos siguen igual de bajos. Una camarera vestida del monstruo de Frankenstein se acerca para preguntar si queremos algo más, que tienen una oferta de *bloody marys* que se termina dentro de quince minutos.

—Pero, a ver, yo es que tengo muchas preguntas —insiste Harry—. ¿Por qué con este chaval que no conoces de nada para una primera vez así?

—Es parte de la diversión, imbécil —le suelta Olivia.

—Ya, pero es que igual Anna debería tomárselo con más calma, cariño —se defiende el chico.

Olivia se ríe con los labios apretados. Si no estuviera ahora mismo arrepintiéndome de haberlo contado delante de ella, me habrían dado ganas de levantarme y decirle cuatro cosas.

—Sabéis que estoy aquí delante, ¿verdad? —digo por primera vez desde que he terminado de relatar mi aventura fallida con el chico escorpio.

La miro en particular a ella. Por supuesto, se lo está pasando genial a mi costa. Con ese aspecto de chica mala y rebelde que tiene, se diría que le he hecho un favor entrando en su vida. Ahora tiene un saco de boxeo con el que desahogarse y parece que no paro de darle motivos para seguir golpeándome.

Lo único que me mosquea de Olivia es, realmente, su relación con Julia. ¿Cómo puede ser tan amiga de una persona tan inocente y dulce como la pelirroja? En realidad, ahora que lo pienso, no somos tan diferentes de las Supernenas: cada una distinta, de su padre y de su madre.

Con tanto jaleo, al final, lo más importante del día ha quedado en un segundo plano. La fiesta de Halloween a la que nos han invitado es una pasada, pero mi relato parece ser mucho más interesante que todas las decoraciones que cuelgan del techo y de las paredes. Después de defenderme, o, por lo menos, de intentarlo, miro a mi alrededor, pensando en que ojalá pudiera cambiar mi vida ahora mismo por la de cualquiera de los otros asistentes. Todos parecen felices, se lo pasan bien gracias al alcohol, la comida gratis y la música de fondo.

—Perdona, Anna, solo intentamos ayudarte. No sé, danos más información sobre ese chico.

—¿Qué chico?

En ese preciso instante, Connor aparece junto a Olivia y se deja caer a su lado a plomo. Las patas del pequeño sofá color magenta crujen peligrosamente. Ha optado por un disfraz sencillo, tanto que parece improvisado: unos pantalones rasgados, una chupa de cuero y sangre falsa por todas partes. Por lo menos es más propio de Halloween que el nuestro de las Supernenas, que no pega mucho con el ambiente de la fiesta.

—¿Mi hermana ha vuelto a ligar?

El que faltaba. Raül aparece por detrás, disfrazado de esqueleto.

—Por enésima vez, Connor, tu disfraz no es gracioso —le espeta Harry.

—¿Y el tuyo de Drácula gay no es ofensivo?

—¡Es una reinterpretación! No como tú, que vas de motorista muerto.

Connor se encoge de hombros.

—Tengo que admitir que fue idea de uno de mis chavales en el último entrenamiento de vóley —dice orgulloso.

—¿En serio? —le responde Harry—. Pensaba que habría sido idea tuya, pero veo que no me he ido muy lejos con respecto a la edad mental de quien lo ha sugerido...

—¡Ya vale, por favor! Estáis insoportables hoy, ¿eh?

Mi hermano se pone en modo policía mientras levanta las manos.

—Eso, volvamos al tema de antes. —Maldigo a Connor por haber dicho eso—. ¿Qué tal tu noche de sexo loco, Anna? ¿Te ha gustado la materia prima estadounidense? ¿O se te ha hecho bola?

Olivia sonríe.

—Justamente ahora nos estaba contando sus aventuras nocturnas.

—Vale, creo que me voy a la barra un rato —dice mi hermano.

—No, ya hemos terminado —le aseguro.

—De eso nada —sigue Olivia—, nos estabas contando cómo estaba a punto de meterte un dedo por el culo cuando...

—Yyyyy me voy.

Mi hermano se pone de pie y se marcha en dirección a la barra. Mientras todos me dan la matraca de nuevo, vuelve con una ronda de chupitos de tequila dobles. En cualquier otro momento habría dicho que sí, pero ahora mismo no quiero beber ni una gota más de alcohol.

—Entonces, ¿vas a volver a quedar con él? —me pregunta Julia.

Por fin una pregunta con sentido, aunque no tenga ni idea de qué responder.

—No lo sé. Es el chico escorpio, ¿no? En teoría, ya he cumplido habiendo follado con él, así que me puedo dar unas semanas de descanso hasta...

—¿Perdoooona? —Harry se pone de pie—. ¿Cómo que ya «has cumplido»? —Levanta cada vez más el tono, haciendo hincapié en la última palabra.

Oh, no. No, no, no.

—Se está follando cada mes a un tío del signo del Zodiaco que corresponde.

Las palabras de Olivia recorren el bar como quien lanza un cuchillo afilado hacia la otra punta. Por supuesto, tenía que ser ella. Maldigo el momento de bajón en que se lo conté, inocentemente, pensando que sería algo que quedaría entre Julia, Olivia y yo.

—No es exactamente así —intenta salvarlo Julia, pero ya es demasiado tarde. Mi hermano ha vuelto, y él y todos sus amigos ya lo han escuchado de sobra.

—Joder, ¿todavía seguís hablando de eso?

No debería habérselo contado a Olivia. De hecho, soy incapaz de recordar por qué narices le expliqué todo mi experimento del Zodiaco el día que fuimos a comprar estos estúpidos disfraces. ¿Para intentar conectar con ella? ¿Para no parecer una mojigata?

—Necesito que alguien me explique un poco de qué va esto, por favor —suplica Harry, mirándome a mí y después a Olivia. Me observa con expresión de disculpa, como si supiera que lo que está preguntando sobrepasa todo tipo de líneas rojas, pero su necesidad de cotillear le puede.

—Nada, que Anna tiene un pequeño reto del Zodiaco.

Olivia, divertida, comienza a narrar cómo funciona esta especie de experimento del que estoy cada vez menos convencida. Sin embargo, para mi sorpresa, todos se muestran bastante sorprendidos con la historia.

—Realmente, mamá y Martina te han vuelto loca. Menos mal que escapé de esa casa hace tiempo —es todo lo que mi hermano tiene que añadir.

—¿Y cómo sabes cuándo es el cumpleaños de cada persona? ¿Y si alguno te lo dice mal? —de pronto, Connor parece demasiado interesado en el asunto.

—Cariño, existen las redes sociales —le espeta Olivia, imitando el tono de Harry.

—Entonces, ¿el siguiente que te toca es Sagitario? —pregunta Harry, cruzándose de piernas—. No es por fardar, pero los hombres sagitario somos los mejores, muy atentos, detallistas... Literalmente ciento por ciento *boyfriend material.*

—¡Pero que todavía no ha terminado con el escorpio! —exclama Julia.

—Es verdad, que tiene que vivir su fantasía sexual BDSM —sigue Olivia.

Me estoy empezando a agobiar. Escucho la música cada vez más de fondo y siento que me estoy despersonalizando. De pronto, noto que mi mente abandona mi cabeza. Por unos segundos, soy una mera observadora de lo que está sucediendo a mi alrededor, de mi nuevo grupo de amigos que está decidiendo si tengo que volver a acostarme con el chico escorpio o si debería saltar al chico sagitario.

—Madre mía, se está poniendo blanca, creo que se va a desmayar —Connor dice por primera vez algo con sentido. Vuelvo dentro de mí y parpadeo muchas veces.

—No, no, estoy bien —aseguro, aunque ni yo misma estoy convencida de mis palabras.

—Vamos a cambiar de tema, anda —propone Julia.

En cualquier otro momento lo habría agradecido. Sin embargo, me sorprendo a mí misma cuando sigo queriendo hablar de ello.

—No, tenéis razón. Tengo que hacer este experimento mejor —les digo, intentando no balbucear. Las mejillas me arden y me pesan los párpados, pero puede que sea también del sueño y el cansancio acumulados de los últimos días—. Ya me lo propuse después de Jakob, el chico libra, pero no he hecho mucho caso a...

—¡Ostras! —exclama mi hermano, atando cabos—. Perdón, perdón. Ahora voy entendiendo cosas.

Harry le da una palmadita en la espalda.

—No pasa nada, tú a tu ritmo, cariño.

—Es que me cuesta mucho establecer conexiones emocionales con desconocidos...

Ya está, ya lo he dicho.

—Pero eso es normal —me apoya Julia—. De todas formas, tienes un mes entero para conocer al chico. No tienes por qué *probarlo* en la primera noche.

—¿Ahora lo llamamos *probar*? —se burla Olivia, imitando el tono que había utilizado Julia.

—Para el chico sagitario tienes que ir con calma, cielo. Podemos buscar varios candidatos y que los vayas conociendo poco a poco. ¡No hay prisa! Tienes hasta el 21 de diciembre para follártelo, y luego, ¡que Papá Noel te traiga de regalo un buen macho capricornio! Prohibido miembros por debajo de los veinte centímetros.

Harry consigue sacarnos a todos una carcajada. Me imagino a Papá Noel trayendo a varios hombres capricornio en el saco, envueltos en papel de regalo. Mi hermano todavía se siente un poco incómodo hablando de este tema conmigo delante, así que pienso en decir algo para quitarle hierro al asunto.

—¡Pero —se me adelanta Olivia— todavía te quedan tres semanas de Escorpio! ¿Qué vas a hacer, pasarlas sin estar con nadie?

Harry levanta el dedo y niega con la cabeza.

—De eso nada, monada —exclama—. Este es el plan: dejas pasar un par de días, escribes a Theo y terminas lo que empezaste con él.

Connor se ríe.

—Bueno, «empezar» es una palabra muy generosa, visto lo visto —dice.

La cara de mi hermano es un poema.

—¿Alguien más quiere comentar mi vida sexual? Para ir apuntando lo que opina cada uno; si no, se me olvidará. —Me sorprendo a mí misma tomándome con humor lo que está sucediendo.

Hasta Olivia sonríe.

—No, pero ahora en serio —añade ella, cogiéndome del brazo—. ¡Tienes que centrarte, tía, me parece increíble que estés haciendo esto! Cuenta conmigo para cualquier consejo de Tinder, Bumble o la aplicación que sea. Aquí tienes a una leo entregada con tu proyecto.

Me sorprende que sea precisamente de ella de quien provengan los ánimos. Una de dos: o dentro de Olivia hay una buena persona, o un demonio que solo quiere verme tropezar con la misma piedra diez veces más, una por cada signo que tengo pendiente.

—Es hasta comercial —dice mi hermano—. No me extrañaría que ya existiera un reto similar en TikTok, por ejemplo. Seguro que sería viral.

—¿No has pensado en abrirte un blog para contarlo? —pregunta Connor.

Todos nos giramos hacia él, sin saber si va en serio o está de broma.

—¿Un blog? —La cara de Harry es una mezcla de incredulidad y espanto—. Cariño, hoy por hoy un blog es el equivalente a vestir con taparrabos y comer carne cruda. Ah, no, que hay gente que lo sigue haciendo.

De nuevo risas. En el fondo, no me lo estoy pasando tan mal, y me alegro de estar aquí, en esta fiesta en la que no pegamos ni con cola, pero por lo menos tenemos comida y bebida gratis.

—Mi alma de periodista me obliga a documentarlo, así que he pensado en escribirlo todo, por ahora, en un cuaderno que he llamado *La chica del Zodiaco*.

La música cambia de pronto y suena una versión de la última canción de Lady Gaga. Harry, que se la sabe de memoria, comienza a tararearla.

—¿Y tú qué piensas, Julia? Estás muy callada.

—Eso —la animo.

Julia se encoge de hombros, como si no fuera con ella. Se ha puesto una peluca rubia que oculta su melena pelirroja y ahora parece una persona completamente diferente.

—Pienso como Olivia, creo que terminaría lo que has empezado con el chico escorpio.

—¿Veis? —Olivia se aparta el pelo hacia un lado. Ella, en lugar de usar peluca, ha decidido dejarse el pelo al natural, igual que yo.

—Exacto, nena —secunda Harry—. A disfrutar, que la vida son dos días, y después ya vamos viendo con el sagi. Y si no encuentras ninguno, te dejo que lo intentes conmigo, aunque los chichis me dan repelús, pero, bueno, todo sea por *La chica del Zodiaco*.

CAPÍTULO 22

♏

EL DE LA EXCURSIÓN DE TERCERO DE LA ESO

Me pego media hora de reloj mirando la pantalla del móvil. Theo lleva en el chat un buen rato, lo he visto en línea un par de veces. No sé qué hacer. ¿Cómo escribes a alguien a quien dejaste tirado con la polla fuera mientras gritabas «dónuts»? Me parece lo más surrealista del planeta.

Vuelvo a teclear una frase sin sentido y la borro corriendo en cuanto veo que se conecta otra vez. Espero a que se vaya y suspiro. ¿Por qué es tan difícil ligar? ¿Cómo lo hace la gente? ¿Hay algún tipo de truco del que no estoy al tanto o qué pasa?

En ese preciso instante me entra un mensaje, pero no es de Theo, sino de Harry. Nos recuerda que esta noche hay un pequeño picoteo en la galería de arte donde expone varios de sus cuadros; necesita saber quiénes vamos a ir. En el grupo de WhatsApp llueven las excusas. Julia es la única que no puede ir de verdad, porque ha salido de la ciudad. Sin embargo, parece que Olivia y mi hermano están mintiendo cuando dicen que tienen que trabajar. Connor ni siquiera responde. Dudo mucho que le interese el arte.

Todo el mundo sabe que no tengo ningún plan y me sabe mal por Harry, así que escribo que yo sí que iré. Enseguida me abre un chat privado, emocionadísimo. No sé qué se hace exactamente en este tipo de eventos, pero no me vendrá mal para despejarme y salir un poco de casa a hacer algo que no sea ir de fiesta y trabajar en cafeterías.

Le prometo a Harry que estaré ahí y cierro su chat, para abrir de nuevo el de Theo. No me apetece perder más el tiempo mirando cómo el cursor parpadea, esperando a que me lance a escribirle de una vez por todas.

> ¡Hola! ¿Cómo vas? ¿Te apetece que nos veamos uno de estos días?

Theo tarda exactamente veintiocho segundos en conectarse y leer mi mensaje.

Vaya, vaya. La fugitiva.

Pongo los ojos en blanco. ¿Qué esperaba? ¿Que no mencionara el tema?

> Perdona, me entró un poco de pánico el otro día.

Ya lo vi. No te preocupes, pero podrías haberme avisado, por lo menos, de que estabas bien o algo.

> Perdona.

Tengo la agenda muy apretada, señorita dónuts. Y no es por hacerme el interesante. Es que por estas fechas vamos a tope en el curro, la semana que viene me voy dos semanas a Chicago.

Estoy a punto de preguntarle en qué trabaja exactamente para viajar tanto. ¿No se supone que gestiona las salas vips de los clubes del mismo grupo empresarial? ¿O quizá hace algo más? Es entonces cuando me doy cuenta de que, literalmente, no sé casi nada sobre él.

> ¿Cuándo te iría bien quedar? Déjame que,
> por lo menos, te invite a un café.

¿De esta semana?

> Sip.

Pfff... Espera, déjame que mire
los horarios del finde.

Theo desaparece unos instantes. Aprovecho para cambiar de chat y preguntarle a Harry cuál es el código de vestimenta de la inauguración. No he traído mucha ropa, pero espero tener algo apropiado. Creo que me daría más vergüenza pasarme de arreglada que quedarme corta.

Malas noticias.

> ¿En serio?

Tengo viernes, sábado y domingo a tope,
y el lunes cojo el avión a Chicago.

Genial. Fantástico. Maravilloso.

Ya estamos a jueves a mediodía, así que no hay tiempo para vernos, porque proponerle quedar esta tarde sonaría un poco desesperado. Además, tengo el evento de Harry. Maldito puto cosmos, en serio. Supongo que este es mi castigo divino por entrar en pánico el otro día.

¿Hoy no puedes?

Releo tres veces su pregunta.
Bueno, por lo menos, ya sabes que no te odia.
Cierro la aplicación y pienso en Harry. No puedo dejarlo tirado, no ahora que ya he confirmado y que ninguno de nuestros amigos va a acudir. Mientras me paso la mano por la cara, me llega un nuevo mensaje de Theo.

???

Dame un momento, porfa.

Abro el chat de Harry y, sin pensarlo demasiado, le pregunto si puedo llevar un acompañante.

Mis nervios y yo bajamos del Uber en la misma puerta de la sala de la inauguración. Debería empezar a plantearme otro medio de transporte distinto o me voy a dejar lo poco que estoy ganando últimamente en viajecitos en coche. En cuanto llego a mi destino me doy cuenta de que el barrio es totalmente distinto de la zona a la que fuimos el otro día. Mucho más habitable, no como los del centro, donde solo hay oficinas y en los bajos se amontonan tiendas de lujo de las que nunca he oído hablar y cafeterías que venden un café normal y corriente por seis dólares.

Aquí se nota que hay otro ambiente. La gente camina con emoción. Un grupo de amigas con unas carpetas en las manos me adelantan, hablando entre ellas, mientras un padre y sus hijos, los tres en la misma bicicleta, pasan a mi lado por la carretera. Canturrean una canción sobre un mapache que busca comida en la basura y encuentra un anillo de compromiso, pero cuando se lo va a llevar a la mapache que le gusta, esta se ha ido con otro. No sé por qué, pero me siento identificada con el pobre animal.

La calle está llena de restaurantes. Los cotilleo de lejos, ya que he llegado justa de tiempo a la exposición, y atravieso las puertas de cristal. Enseguida, una ráfaga de viento frío me golpea de la nada. Los estadounidenses tienen un problema real con el aire acondicionado, en serio.

—¡Anna! ¡Cariño!

La voz de Harry me llama desde algún punto de la sala. Enseguida lo diviso, en una esquina, llamando mi atención con el brazo. Está rodeado de un grupito, supongo que también artistas que exponen hoy sus cuadros. Lleva una especie de vestido con el que parece, desde lejos, un árbol de Navidad. Cuando me dijo que había que venir arreglada pero no sosa, sino llamativa, no imaginé que se refería a algo así.

Camino hacia él, que se separa del grupo y viene hacia mí con los brazos abiertos. Me da un incómodo abrazo, ya que su vestido tiene una especie de coraza rígida.

—¿Qué te parece? —exclama.

Voy a abrir la boca para preguntar a qué se refiere, pero alguien me toca el hombro, interrumpiéndome. Harry se queda con la boca abierta.

—Hola, Anna —me saluda el chico escorpio.

—¡Theo! —Mi voz suena un poco más aguda de lo normal y se me desboca el corazón cuando lo veo. Viste, de nuevo, completamente de negro, pero esta vez se ha arreglado. No lleva chándal, gracias a Dios. Ha optado por un traje negro de rayas finas, un poco más claras, que le queda espectacular.

—Gracias por venir —le digo—. Theo, no sé si te acuerdas de mi amigo Harry, hoy expone...

Pero antes de que pueda terminar la frase, las luces se atenúan y una voz que suena por los altavoces de la sala me interrumpe. Comienza la visita guiada por todos los cuadros y Harry tiene que estar ahí, con el resto de sus compañeros, para explicar sus obras cuando le toque. Se disculpa con la mano y se va, dando saltitos de emoción con su extravagante vestido.

—No sabía que la temática del evento era la Navidad. Acaba de empezar noviembre, vale, pero... ¿no es un poco pronto?

Aprieto los labios para disimular una risita. Al parecer, no soy la única que piensa eso del atuendo de Harry.

—Anda, vamos —le digo.

Durante los siguientes quince minutos intento prestar atención a la visita y escuchamos a Harry comentar los tres cuadros que tiene expuestos. Sin embargo, en cuanto pasa su turno, no puedo evitar ponerme nerviosa pensando en lo que va a suceder cuando termine este evento. Menos mal que la sala está prácticamente a oscuras y solo se ilumina la obra de la que están hablando en cada momento.

—¿Y qué planes tienes para cuando llegues a Chicago? —le pregunto por lo bajito, mientras seguimos a los demás por la galería. Vamos los últimos, quedándonos cada vez más atrás.

—Aburrirme, la verdad. No me apetece nada viajar. En otra ocasión me habría ilusionado y todo, pero hay muy mal rollo entre algunos compañeros de la empresa, así que... supongo que me quedaré la mayor parte del tiempo en mi habitación. Solo acudiré a las reuniones obligatorias, por decirlo de alguna manera.

Mierda, no he conseguido sacarle más información. Ni siquiera sé qué tipo de reuniones son esas y creo que ya es demasiado tarde para preguntarlo.

—¿Y tú qué vas a hacer?

Me encojo de hombros.

—Trabajar, supongo —respondo lo primero que se me pasa por la cabeza, aunque la realidad es otra.

El trabajo ha sido muy escaso en las dos últimas semanas. En parte, lo agradezco, porque llevaba una racha un poco agobiante, pero me da miedo que se deba a que me he marchado, el cambio de horarios y la distancia. Al fin y al cabo, cuando me despierto, en España ya es la hora de comer, por lo que muchas empresas con las que colaboro ya han terminado su jornada laboral o están a punto de hacerlo. Si hay urgencias, me las pierdo, porque ya saben que no pueden contar conmigo.

—¿Seguro? Pareces un poco..., no sé. Ida. En otro planeta.

—No me hables de planetas ni de constelaciones, anda... —Me río.

Theo me sigue el juego y seguimos caminando, al final del grupo. Me siento como cuando estaba en las excursiones del colegio y los populares se ponían al final con su parejita para separarse del resto y darse la mano a escondidas.

—Parece que esto va para rato —me susurra Theo al oído—. ¿Nos vamos a mi casa?

Como si mi cuerpo hubiera decidido despertar, se me pone la piel de gallina en los brazos.

—No, no puedo. Quiero quedarme hasta el final para apoyar a Harry —le susurro de vuelta.

Theo pasa su mano por mi pelo, rizándolo con el dedo índice. Joder, que alguien lo pare, porque yo no puedo.

—Su parte ya ha terminado y después querrá quedarse para hablar con los asistentes y hacer contactos.

—Podemos irnos si quieres un rato, a tomar un café —propongo, intentando poner distancia entre nosotros.

Sin embargo, Theo no conoce ese concepto. En la oscuridad de la galería, mientras el grupo ya se ha alejado de nosotros, comienza a meterme mano por debajo de la falda. Me llegan imágenes de cuando me abrió las piernas en el reservado y me empiezo a marear.

¿Dónde está el maldito aire acondicionado cuando lo necesito?

La mano de Theo hace círculos alrededor de mi culo y lo aprieta como si le fuera la vida en ello. Sufro por las medias. Espero que no se enganchen, porque me han costado un pastizal. El chico escorpio sigue deslizando la mano, bajándola cada vez más y retirándola cuando está a punto de tocarme la vulva.

Suspiro. En este lugar tiene que haber cámaras, pero ahora mismo es lo que menos me importa. Me siento como si hubiera vuelto a tercero de la ESO y fuera una de esas chicas populares de las excursiones en las que estaba pensando antes. Cuando pasaban todas esas cosas de las que se hablaría en los próximos meses en clase y que, si te las perdías, te harían sentir completamente desplazada.

En un arrebato, me giro hacia Theo y le planto un beso en los labios. Él me lo devuelve, sujetándome del cuello, y ahí es cuando sé que no va a haber vuelta atrás. Mi beso es una forma de rendición frente al que puede que se vaya a convertir en mi signo favorito.

Qué traviesos son los escorpio, la verdad. Parece que va a ser cierto lo que dicen sobre ellos: tan solo una chispa es capaz de provocar un incendio.

—Vaya, vaya, cómo se enciende la niña.

Mi respuesta es besarlo con todavía más ganas. Joder, es que hay algo en él que me atrae demasiado. Ese misterio, esa oscuridad, me pueden. Me hacen tirar a la basura todos esos filtros y muros que he levantado en otras ocasiones con chicos diferentes. Con Theo es como si me diera igual lo demás, como si no existiera el mundo exterior. Está tan bueno y su actitud me pone tanto que solo puedo pensar en follármelo ahora mismo y en dejarme llevar de verdad, sin miedo.

Mis mejillas se tiñen de carmesí y comienzo a sudar.

—Si te empiezas a encontrar mal, podemos ir al baño...

Sonrío con picardía y el chico pilla el mensaje. Theo no espera a que responda. Quita la mano de mi culo y toma la mía, caminando en dirección contraria al grupito de gente que sigue el recorrido de la galería. Visto así, todavía queda más de la mitad de la visita por la exposición, de manera que tenemos tiempo de sobra.

Nos adentramos en la oscuridad, donde las luces ya no iluminan. Entramos a un pasillo donde se anuncian los baños. El chico escorpio va directo al que está marcado con una silla de ruedas.

—Más amplio. Y espero que más limpio.

Abre la puerta y me hace un gesto para que pase yo primero. Enciendo la luz. No es el lugar más apetecible del mundo, pero aquí estamos y esto es lo mejor que tenemos. Me aseguro dos veces de que el pestillo está echado y entonces me quito la ropa antes de que Theo me lo pueda ordenar, y veo una expresión de sorpresa en su rostro.

—No sé por qué, pero me da la impresión de que hoy no vas a decir «dónuts»...

—A ver si lo vas a decir tú —le suelto, y lo digo completamente en serio.

Me siento como una diosa cuando termino de desvestirme y Theo hace lo mismo, bajándose los calzoncillos. No era consciente de cuántas ganas tenía de volver a verle la polla hasta que lo ha hecho.

Theo viene directo hacia mí, me coge en brazos y comienza a besarme. Rodeo las piernas alrededor de su cintura y siento su pene peligrosamente cerca.

—Ponte un condón.

—¿Ya? ¿Así, directa?

—Sí —jadeo. Estoy tan mojada que hoy no me puede doler.

Las luces del baño se apagan por defecto cuando se termina la cuenta atrás del temporizador. Theo me baja al suelo y voy corriendo a encenderla de nuevo, pero no me deja. Enseguida me doy cuenta de que la luz que se cuela por debajo de la puerta es más que suficiente para, por lo menos, no chocarme contra una pared.

Escucho cómo rasga el envoltorio del condón y se lo pone enseguida, como si hubiera nacido sabiendo cómo hacerlo. Voy hacia él y me coge de nuevo entre sus brazos. Con un gesto de su cadera, su polla se mete sola.

Gimo en cuanto la siento dentro, de nuevo, como la última vez. La única diferencia es que por fin puedo disfrutarlo. Theo se deja llevar por el momento y yo también, mientras pone mi espalda contra la pared del baño. Está fría, pero me gusta el contraste y la sensación. El chico escorpio me mantiene así un rato hasta que disminuye el ritmo.

—Baja un momento —me indica, aunque es más una orden que una sugerencia.

Le hago caso enseguida. Al instante, veo cómo Theo se quita la chaqueta del traje y la deja caer en el suelo, creando una especie de minicama improvisada.

—Túmbate.

Apoyo el culo en la parte inferior y doy las gracias por no tenerlo muy grande. Theo se coloca sobre mí. Hago ademán de rodearlo con mis brazos, pero el chico me agarra de las muñecas y me sostiene contra el suelo para que no me mueva.

—¿Te vas a estar quietecita?

Asiento con la cabeza, sin caer en que no puede verme. La oscuridad en el baño es casi total. Apenas puedo distinguir sus ojos, solo veo una silueta negra que se deja caer sobre mí.

—No te oigo.

—Sí, sí —digo.

—Sí, Theo —recalca el chico escorpio—. Quiero que digas mi nombre, ¿de acuerdo?

—Sí, Theo.

—Así me gusta. Y ahora..., vamos a retomar lo del otro día.

Trago saliva, pero no estoy nerviosa. Todo lo contrario. Me siento expectante, con curiosidad por lo que va a suceder.

—Pero no tienes tus cosas..., Theo —digo, por llamar de alguna manera a su alijo de juguetes sexuales.

—No las necesito.

Theo sigue penetrándome como si le fuera la vida en ello. Coloca mis piernas sobre sus hombros y se toma su tiempo para ir metiéndomela poco a poco. Al principio lo hace de forma suave, insertando poco más que la punta. Me dan ganas de suplicarle que continúe, más rápido, más profundo. Pero Theo quiere hacerse de rogar. Sigue así, con un ritmo constante. Y, de pronto, se para. Toma aire y me da un empentón, metiéndomela entera. Se me escapa un gemido que parece más bien un grito, y por un momento me da miedo que me hayan oído desde la exposición. Theo la saca y temo que vaya a repetir de nuevo la jugada.

—No, por favor, no vuelvas a hacerlo.

No puedo ver la cara de Theo, pero me imagino una sonrisa pícara en su rostro.

—Di la palabra.

Sé perfectamente a cuál se refiere.

—¿Qué palabra? —me hago la tonta.

Ese comentario parece excitarle todavía más. Suspira y lo repite, penetrándome con toda su fuerza. Siento una mezcla de dolor y de placer al mismo tiempo. Madre mía con el escorpio brasileño...

Tras un rato jugando conmigo, Theo se coloca en una postura extraña. Escucho unos sonidos que no logro identificar.

—¿Qué haces?

El chico me ignora.

—Dame las manos. Junta las muñecas. Aquí.

Las guía en la oscuridad hasta que las tengo frente a su pecho, con los puños cerrados. No sé de dónde ha sacado una cuerda, pero el caso es que siento cómo me empieza a rodear las muñecas con fuerza, la suficiente como para sentirme atrapada pero no excesivamente dolorida.

Asegura dos veces el nudo y me coge de la cintura.

—Ponte a cuatro. Y estate calladita, que no nos pueden pillar —me susurra al oído.

Su voz y su acento medio brasileño me descontrolan.

Respiro hondo y me relajo todo lo que puedo mientras Theo empieza a jugar. Siento un líquido frío recorriendo mi cuerpo y sé que Theo ha venido preparado para la ocasión. Mi mente intenta seguir dándole vueltas a con qué me ha atado las manos, pero trato de evadirme. Dejarme llevar. Siento el frío suelo del baño en la mejilla, a pesar de que la tengo apoyada sobre su chaqueta. La verdad es que la luz apagada ayuda, quizá un poco más que el antifaz.

Dejo que Theo lleve las riendas. Que me coja del cuello y me vuelva a soltar sin previo aviso. Que me golpee en el culo, en el límite entre el dolor y el placer. Llega un momento en el que ni siquiera soy consciente de lo que está haciendo, solo quiero que siga, hasta que no puedo evitar soltar un gemido mientras me corro. Tengo un orgasmo tan raro que no sé en qué momento empieza y cuándo termina. Podría haber durado cinco segundos o cuarenta, porque pierdo completamente la noción del tiempo y del espacio. Se me olvida que estamos en un baño público, en una galería de arte, a miles de kilómetros de mi casa. No pienso en Carlos, ni en Jakob, ni en Valeria ni en nada más. En ese momento solo somos dos personas disfrutando de sus cuerpos y dejándose llevar.

Por eso sé, en ese preciso instante, que estoy segura de dos cosas.

La primera, cuando Theo me desata y enciende la luz, que el experimento está funcionando. Por fin.

La segunda, en cuanto miro al chico escorpio a los ojos, es que no puedo volver a quedar con él nunca más o me pillaré por él.

TERCERA PARTE

Sagitario

CAPÍTULO 23

♐

EL DE LAS VERDADES QUE DUELEN

Casi dos semanas más tarde, por fin vuelvo a reunirme con el grupo de amigos de mi hermano. Han sido unos días raros. La falta de trabajo me preocupa cada vez más y he estado a punto, en dos ocasiones, de mandar una solicitud de seguimiento en Instagram a Theo. Sin embargo, en el último momento, siempre me he echado atrás. No tiene sentido que lo haga y solo me va a provocar más daño. Necesito asumir que ya ha terminado todo y que no puedo engancharme a ningún chico, por muy magnético que me pueda parecer.

Mi hermano no se ha dejado ver mucho por casa. Por suerte, Connor tampoco, así que aprovecho para inspeccionar con detenimiento la mansión en la que viven. Empiezo a pasar más tiempo en la buhardilla, donde han montado una especie de biblioteca y sala de reuniones. A diferencia del resto de la casa, este lugar está decorado de una forma más antigua. Los muebles parecen ser de madera de las viejas, de las que cuestan una fortuna pero te aguantan mil años. No hay demasiados libros y están bien cuidados. La luz es tan bonita que no entiendo cómo no he venido más veces aquí desde que llegué a Los Ángeles. Ahora que los días se hacen más cortos, necesito aprovechar cada minuto de sol como si me fuera la vida en ello.

Me centro en mi café, de casi medio litro, y en los nuevos amigos que he hecho en estos dos últimos meses. Es curioso que haya encajado tan bien con ellos, como si estuviéramos destinados a entendernos a la perfección, a pesar de las ganas de llamar la atención de Olivia y del ego de Connor.

—En fin, menudo fantasma. ¿A eso lo llama BDSM? ¿A atarte con los cordones de los zapatos, apagar la luz... y ya?

Olivia pone los ojos en blanco cuando termino de narrar lo que sucedió el otro día en el baño de la galería. No debería haberlo contado con ella delante, pero es imposible encontrar un momento en el que no esté pululando por aquí, aprovechando para dejar claro que ella sabe muchísimo del tema y que yo solo soy una ingenua aprendiz que ha arañado la superficie.

—Tan típico de Escorpio... —le sigue la corriente Harry, que está casi más motivado con todo esto del Zodiaco que yo—. ¿Y qué harás cuando llegue Géminis? ¿Montártelo con dos gemelos? Joder, ahora que lo pienso...

—Yo quiero saber cómo será el chico leo —interrumpe Olivia—. Necesito que pase mi aprobación, al fin y al cabo yo soy la mujer leo del grupo.

—¡Y el cáncer, como yo! —exclama Julia.

Por suerte, la conversación cambia de tema y yo aprovecho para hacerle un gesto a Julia para que me acompañe a mi habitación.

—¿Qué te ocurre? —me pregunta en cuanto ponemos un pie en mi cuarto.

Cierro la puerta. Desde que las temperaturas comenzaron a bajar ligeramente, Raül y sus amigos suelen instalarse en el salón y me da miedo que se oiga todo desde aquí.

—¿Cómo sabes que me pasa algo?

Julia levanta sus cejas pelirrojas, como si no estuviera lo bastante claro. Hoy lleva el pelo recogido en dos moños, uno a cada lado, lo cual no impide que se le escapen varios pelitos naranjas que se encrespan en todas las direcciones.

—Vale, sí, estoy un poco confundida, pero ya se me pasará.

Los ojos de Julia insisten una vez más.

—¡Vale! ¡Quiero volver a quedar con él! Pero sé que no tengo que hacerlo o todo el experimento se irá a la mierda.

—Ya suponía...

Me dejo caer abatida en la cama. ¿Qué narices me está pasando? ¿Me estoy empezando a... enamorar?

—Es como que quiero volver a quedar con él, pero hay algo en Theo que me da mala espina. No sé, es como... el típico chico del que todas las madres tienen miedo. El que nunca querrían para su hija. Todo lo contrario a la imagen que dan los chicos libra, por ejemplo.

Julia sonríe con timidez.

—No quiero meterme donde no me llaman, pero, por lo que has contado de tu madre, creo que no querría prácticamente a ningún chico para ti.

—Excepto Carlos —le recuerdo.

—Buf.

Nos quedamos un rato en silencio. Miro el techo de la habitación como hice la primera vez que estuve aquí. Parece que fue ayer cuando aterricé en Los Ángeles en septiembre y ya está a punto de terminar noviembre.

—Ahora toca pensar en lo que está por venir, Anna. Que nos conocemos.

Y tanto que me conoce bien, porque, desde que regresé del evento de Harry, no he podido pensar en otra cosa que en volver a quedar con Theo.

—Pero... ¿tú crees que te gusta de verdad? ¿O simplemente te gusta cómo te hace sentir y ya? —sigue insistiéndome Julia.

Me encojo de hombros.

—Es que... —murmuro—. Hay algo dentro de mí que quiere volver a verlo, pero después percibo *red flags* por todas partes. Por ejemplo, ni siquiera se ofreció a acompañarme a casa, aunque fuera en el Uber, después de lo de Harry. Ni me ha vuelto a escribir desde entonces. Es como que siempre tengo que ir yo detrás de él proponiéndole quedar, pidiéndole por favor algunas cosas. Si no le doy las buenas noches, ni se acuerda de que existo. Vale, sí, no estuvo bien cuando me largué corriendo el otro día, pero... no sé. Estoy harta de tanto misterio y tanto... silencio. Es que esa es la palabra: silencio. Es como si estuviera quedando con una versión de él que he imaginado en mi cabeza y me da miedo obsesionarme con ella en lugar de con la persona de carne y hueso.

Tomo aire. Qué ganas tenía de soltarlo, de poder decirlo en voz alta.

—¿Ves? Ahí está tu prueba de que tienes que seguir adelante. Además, ya casi es 22 de noviembre, así que deberías dejar de pensar en él.

Me revuelvo en la cama. ¿Qué narices me pasa? ¿Es que ahora me estoy pillando por Theo?

—¿Y si le sugiero que quedemos una última vez para ver cómo se comporta? Vale, no, he dicho que no voy a ir detrás de él. Joder, ¡es que me hace dudar tanto! ¡Lo odio!

Julia suspira de nuevo. La paciencia que tiene conmigo...

—Anna, no quiero ser dura contigo, pero... está claro que Theo solo te quiere para lo que le interesa. Es un fantasma, como ha dicho Olivia. ¿No te das cuenta? Le daba igual la exposición de Harry y todo lo demás que tenga que ver contigo. Solo quiere follar y ya está.

—Eso no es verdad —lo defiendo—. La primera vez que lo vi en persona, después de hablar unos días con él por Tinder, no follamos. De hecho, me lo comió él a mí y no me dejó hacerle nada.

En ese preciso momento, la puerta se abre y entra Olivia. Por supuesto, sin llamar.

—¿Qué estáis haciendo aquí?

—Nada, hablar —responde Julia enseguida.

Sin embargo, estoy demasiado enfadada con el universo como para dejar así las cosas.

—A ver, Olivia, ¿tú qué opinas? —Julia se lleva las manos a la cabeza en cuanto ve que estoy a punto de pedirle a ella consejo amoroso—. Es sobre Theo, el chico escorpio. ¡Julia dice que solo quiere quedar conmigo para follar!

Olivia se aparta el pelo hacia un lado antes de hablar.

—Hombre, razón no le falta a Julia... Pero, de todas formas, ¿no trataba de eso el experimento?

—¿Ves? —dice ella, y es la primera vez que la escucho hablar en ese tono— Jo, Anna, es que no quiero que ese imbécil te haga daño.

—¡Pero es que no me va a hacer daño! No estoy..., ¿cómo decirlo?, emocionalmente involucrada con él.

Ahora son las dos las que se miran entre ellas. Me parece que no he logrado convencerlas, ni siquiera yo misma me creo mis propias palabras.

—Vale, os habéis compinchado para ir en mi contra, ¿o qué?

—No, Anna, pero es que, odio decir esto, tenemos razón. —Julia se sienta a mi lado en la cama y pone su mano sobre mi antebrazo—. Y, si no, convéncenos de lo contrario.

—¿A qué te refieres? —me levanto de la cama sin entender de qué está hablando.

Olivia se toca el pelo de nuevo.

—Pues a que no sabes casi nada de él, ¿no? —interviene ella, desde la otra punta de la habitación—. Por ejemplo, ¿por qué es medio brasileño? ¿Ha vivido alguna vez en Brasil o nació aquí? ¿Por qué se dedica al mundo de la noche? ¿Cuál es su color favorito?

—El negro —respondo enseguida, pero me doy cuenta de que he sonado ridícula. Ni siquiera sé si es cierto o si he contestado tan rápido para defenderme.

Las palabras de Olivia me duelen más de lo que me gustaría admitir. Por lo menos, Julia lo habría dicho un poco más suave.

—¿Ves?

—Tranquila —intenta animarme Julia—. Es normal, tampoco era tu intención conocerlo demasiado a fondo, ¿no?

—Pues... —intento buscar la respuesta a alguna de sus preguntas, pero no me sale. Me lo podría inventar, improvisarlo sobre la marcha, pero solo sería mentirme a mí misma.

Bajo los hombros abatida.

—No te preocupes —me dice Julia, acariciándome el brazo para darme ánimos—. Es solo un tío más. Y encima, escorpio. Piensa que lo peor ya ha pasado.

—Sí, y es normal enchocharte de uno de ellos. Son así. Créeme, Anna, soy un puto imán para los tíos problemáticos —añade Olivia.

Suspiro.

—Pero no todos los escorpio son iguales...

—Ya, pero tampoco lo serán todos los libra, ni los..., yo qué sé, los leo, como yo. Pero, sea del signo que sea, ese tal Theo es un gilipollas —dice Olivia—. Y, si no, mírate: no lo conoces prácticamente de nada y ya estás que no cagas por él. Seguramente, mientras estamos hablando aquí en tu cuarto, él estará follándose a otra y se...

—Ya vale, Olivia —la corta Julia.

La chica parece ofenderse.

—¿Qué? Es la verdad y alguien tiene que decírsela. Y tú eres demasiado buena para plantearlo así, sin pelos en la lengua.

Dejo que se sigan peleando un rato como si yo no estuviera delante y pienso que, en el fondo, cada una, con su manera de decírmelo, tiene razón. Quizá Theo sea una gran persona, pero no sé nada de él, excepto cómo es su cuerpo sin ropa y dónde trabaja. Me viene a la mente la imagen del envoltorio del tampón que vi en su papelera y trato de aferrarme a eso para recordarme que no soy la única chica de su vida.

Y entonces es cuando me doy cuenta de que él tampoco es el único de la mía.

—Vale, tenéis razón —murmuro—. Pero este experimento, del cual ya llevo dos meses, solo confirma que es cierto lo que dicen de los escorpio. O, por lo menos, de la gran mayoría.

Espero a que todo el mundo se vaya de casa para cenar algo rápido, darme una ducha y abrir mi cuaderno titulado *La chica del Zodiaco*. No sé por dónde empezar, así que lo hago con la misma frase que la última vez.

Dicen de los chicos escorpio que son misteriosos, oscuros, y que se guían por sus instintos. Como unas bombas sexuales de relojería, esperando que un par de polvos cubran todo lo que callan incluso cuando les preguntan si están bien.

No he conocido a muchos chicos de este signo como para confirmar mi hipótesis, pero, por lo menos, estoy convencida de que Theo cumplía con muchos de los clichés que se les asocian. Le gusta hacerse el misterioso, trabaja en el mundo de la noche y tiene algo, no sé qué, que hace que parezca que soy yo quien lo necesita a él. Theo tiene un magnetismo que me hizo sentirme especial, pero, en realidad, solo era parte de su táctica para engancharme. Ir, poco a poco, tejiendo su red a mi alrededor, hacerme creer que era única cuando su móvil estará todo el día sin batería de las decenas de chicas que tendrá por ahí colgadas de él. Esperando su mensaje, esperando ese subidón de adrenalina al ver su nombre en la pantalla.

No sé si esta atracción me ha dado a mí más fuerte por ser aries. En teoría, mi signo es despreocupado, dinámico..., no debería haberme afectado tanto. ¿O sí? ¿Es porque los aries, aunque nos gusta estar en todo y en las nubes al mismo tiempo, necesitamos en el fondo una cierta estabilidad? ¿O es simplemente que, tras mi relación con Carlos, me cuesta establecer vínculos no tan profundos con la gente?

Escribo estas líneas para intentar desengancharme un poco de él y confirmar que de adictivos no tienen nada, sino más bien lo contrario: los chicos escorpio te crean una falsa ilusión. Y, al final, decepcionan.

Olivia tiene razón, por mucho que me duela dársela: no he sabido nada de él, más allá de lo que él ha querido enseñarme. Pequeñas pinceladas aquí y allá, pero nada más. Y no porque no me haya interesado. De hecho, le he preguntado muchas veces, por chat, algunas cuestiones sobre su vida, pero siempre conseguía escaquearse y cambiar de tema. Desviar la atención. Los chicos escorpio se refugian en el silencio, lo único en lo que confían. Por eso tienen tan mala fama: solo hablan para picar con su aguijón en lugar de mostrar sus verdaderos sentimientos.

Según Google, hay distintos tipos de escorpio en función del mes en el que hayan nacido y los de noviembre son quienes se llevan la peor parte. Ni siquiera llegué a saber en cuál de los dos grupos estaba Theo.

Sea como sea, si reviso mi chat con él estoy convencida de que habré sido yo la que ha iniciado la gran mayoría de las conversaciones. Mientras él contestaba con apenas una línea, algo muy propio de su signo, yo trataba de rascar esa superficie misteriosa, ese halo que rodea a los de su especie.

El mundo de la noche en el que se mueve Theo parece estar hecho a medida para él: reservados, bares oscuros, luces led de colores, habitaciones desordenadas y dinero. Al parecer, los escorpio siempre tienen esta última palabra en la boca.

Si algo he aprendido de ellos, es lo siguiente:

1. Los escorpio siempre manipulan lo que dicen para que todo sea una verdad a medias. No te estarán mintiendo, pero siempre se guardarán un as en la manga.
2. Esa faceta misteriosa se desmantela enseguida. Suelen ser personas solitarias que prefieren ocultar ciertas partes de su vida para proteger su intimidad.
3. Y, por último, son muy fantasmas. Perro ladrador, poco mordedor...
4. Vale, sí, me he dejado algo por mencionar. Follan bien. Pero tampoco es para tanto. Han visto demasiadas películas.

CAPÍTULO 24

♐

EL DE LAS DIECISÉIS MONTAÑAS RUSAS

Cada día que pasa estoy más convencida de que Julia es la re-encarnación de Lucía en Los Ángeles.

Harry y ella me despiertan dando botes en mi cama un domingo por la mañana, cuando todavía no ha terminado de amanecer.

—¡Ya estamos en Sagitario! ¡Yujuuu! —exclama Harry, zarandeándome para que me despeje.

—Venga, desayuna y vístete, que tenemos un plan especial para hoy.

Normalmente, las palabras «plan» y «especial» me suelen gustar, pero tratándose de este grupo de locos me puedo esperar cualquier cosa.

—¿Qué pasa?

—Tú desayuna y ya verás, te espero abajo —dice ella.

—¡Sí! Pero que sea algo ligero, por si acaso.

Me revuelvo en la cama y trago saliva. No me importaría dormir dos horas más, o incluso cuatro. Todavía no me he puesto de pie cuando llaman a la puerta.

—Ya voy, ya voy, me estoy levantando.

—Soy yo.

Reconozco al instante la voz de mi hermano, pero, sobre todo, su tono.

—Pasa.

Raül entra en mi cuarto con cara de circunstancias y el teléfono en la mano.

—Es mamá.

Me espero lo peor. Alguien se ha muerto, le ha pasado algo a Martina, un tornado ha arrasado el barrio...

—¿Sí?

—Hola, hija, ¿cómo estás? ¿Por qué que no nos llamas? Si sabemos algo de ti es por tu hermano, y mira que es raro que él nos cuente cualquier cosa sobre su vida. Has estado desaparecida.

Otra vez ese tono que tan poco había echado de menos.

—Buenos días a ti también, mamá.

—Aquí es mediodía, pero bueno —refunfuña, como si fuera algo que debería saber nada más despertarme.

—¿Qué ha pasado? —Voy directa al grano. Si hay una mala noticia, prefiero que me la dé de golpe, como si me quitaran una tirita de un tirón.

—¿Qué va a pasar? Bueno, han sucedido muchas cosas, de las cuales te enterarías si me llamaras de vez en cuando. Pero es que ni un mensaje, Anna, ¡ni uno! Tu padre está disgustadísimo. No te puedes ni imaginar lo...

Dejo que siga hablando un buen rato, soltando todo lo que, seguramente, ya le ha contado a todo el vecindario. Que no he dado señales de vida, que si sigo trabajando... Y entonces suelta la gran pregunta, que es el motivo de su llamada.

—¿Cuándo vas a volver? No me gusta que estéis ahí los dos en un piso compartido, tan lejos de Valencia...

Raül me lanza una mirada cargada de pánico, que es en realidad una advertencia.

Trago saliva. Es demasiado pronto para lidiar con esto. El tono de mi madre me pone histérica, y todavía más por teléfono.

—No lo sé, mamá. —Opto por una respuesta sencilla.

—Pues tendrás que decírmelo, porque estamos ya comprando la comida para Navidad y...

Vuelvo a desconectar. Vale, mi madre no se refiere a cuándo voy a regresar, así, en general, sino que me está hablando específicamente de las Navidades.

Levanto la cabeza, pidiendo ayuda con la mirada a Raül, que aún no se ha marchado de mi cuarto y sigue frente a mí, escuchando la conversación.

—¿Tú que le has dicho? —le susurro, mientras mi madre sigue soltando improperios.

—Que sí que iré.

Suspiro. Joder, ¿Raül lleva unos tres años sin visitarnos y ahora, mágicamente, decide que es el mejor momento para regresar a su añorado hogar? No me puedo creer que me haya hecho una encerrona así.

—¿Anna? ¿Me estás escuchando? ¿Se ha cortado la llamada?

—No, mamá, estoy aquí.

—Bueno, pues ya me dirás qué vas a hacer.

Ah, que no lo tengo que decidir ahora.

—Sí, mamá, mañana te digo. ¿Vale?

—Vale. Y llámanos más, por favor. Aunque sea un wasap. Que si tengo tu nuevo número es porque me lo pasó tu hermano.

—Sí, mamá —repito.

—Bueno. Que vaya bien.

—Adiós.

—Adiós, adiós.

Le devuelvo el móvil a mi hermano.

—Podrías haberme avisado, ¿eh? —le suelto.

—Estaba loca. Un día más sin que la llamaras y se planta aquí.

Suspiro.

—Entonces, ¿vuelves a Valencia por Navidad? —Tengo muchas preguntas que hacerle ahora mismo, pero esta es la que más me quema en los labios.

—Supongo. Pero, vamos, cero presiones.

Bufo.

—No, para nada. Primer año que vas después de tanto tiempo y... ¿por qué no le has contado a mamá lo de tu casa? ¿Piensa que estamos en un piso compartido? ¿Qué más te da que sepa la verdad?

Raül se encoge de hombros.

—Da igual —le digo—, pero la próxima vez avísame con un poco más de antelación para poder pensarlo. ¿O es que quieres que le diga que vives en una mansión? ¿Con qué dinero estás pagando esto?

—¿Quieres ser tú la que se vaya a un piso compartido?

Nos quedamos en silencio. Sé que Raül se arrepiente de lo que me ha dicho, pero no lo va a reconocer.

—Puedes contestarle mañana, ya que has estado dos meses sin dar señales de vida —me echa en cara.

—Sí, eso haré.

Raül sale de mi cuarto hecho una furia y por poco da un portazo. Me levanto y me visto de mala gana, esperando que no se apunte a lo que quiera que Harry y Julia se traigan entre manos. Sin embargo, cuando bajo con un chándal corto y mis Converse ya bien atadas, me doy cuenta de que está ahí con todos.

—Venga, tardona, que vamos a pillar atasco a este paso.

—¿Adónde vamos?

—¡A Six Flags! —exclama Olivia emocionada.

—¡Se suponía que era una sorpresa! —la riñe Julia.

—¿Qué más da? —se defiende Olivia—. Así se va preparando mentalmente, además. Anna, ¿te gustan las montañas rusas?

—Eh..., sí.

—Six Flags es un parque de atracciones —explica Connor, como si le fastidiara tener que hacerlo.

—¡Ah!

—Muy bien, Connor. ¿Alguien más que quiera arruinar el día? —se queja Julia.

—¡Yo! ¡Me pido copiloto!

Harry sale corriendo por la puerta principal de la casa. Lo siguen Connor, mi hermano y después las chicas. Como soy la última, cierro con llave y me tengo que conformar con el único sitio que ha quedado libre, pero me quedo a cuadros cuando veo el coche en el que vamos a viajar.

—¿De quién es? —pregunto, aunque enseguida me doy cuenta de que Olivia se pone al volante.

No sé nada de coches, pero estoy segura de que este ha tenido que costar una millonada. Las ruedas me llegan casi por la cadera y tiene espacio para ocho personas, por lo que no vamos a ir apretados. Todo el coche es de color negro excepto el interior, que está recubierto de piel de color beis.

—Pon el navegador, Harry.

—Sé ir sin mirarlo, cariño.

Todos se ríen.

—¡En serio! Va, creedme.

—Bueno, yo lo voy a poner por si acaso —dice Connor, sacando su móvil del bolsillo.

Olivia enciende la radio y salimos en dirección al parque. La media hora larga de trayecto se me pasa volando, entre risas, bromas y saltarnos dos veces la salida correcta de la autopista. Cuando por fin aparcamos el coche, soy realmente consciente de lo grande que es este lugar. Al pensar en un parque de atracciones me imaginaba algo, como mucho, parecido a Port Aventura. Pero lo que tengo delante es totalmente distinto de lo que conocía hasta ahora. Mire a donde mire, hay una montaña rusa esperándome. En total, según Olivia, son dieciséis.

Compramos las entradas mientras Julia se queja de que ha entrado un nuevo animal en la protectora que los está volviendo locos. Es tan raro que no lo he escuchado en mi vida, soy incapaz de quedarme con el nombre. Me dejo llevar por el grupo en el interior del parque, que está abarrotado de gente de todas las edades. Connor insiste en ir directamente al fondo, donde están las mejores atracciones, antes de que las filas se alarguen demasiado.

—Yo ahí no monto ni loco —dice mi hermano al ver una montaña rusa con varios *loops*.

—¡Venga, va! —lo anima Olivia—. Si se monta Harry, que es un gallina, se puede montar cualquiera.

—¡Oye! —se queja.

—Si dice que ahí no se sube, ya te digo yo que no lo hará —le digo a Julia, para que abandone una partida que nunca va a ganar—. Lo conozco como si fuera mi hijo, siempre ha sido igual de cabezota.

—Tampoco hace falta insultar —me responde Raül.

—Calla, renacuajo —le digo en español.

Al final, mi hermano cumple con su palabra y nos espera abajo mientras todos los demás nos subimos. Los asientos van de cuatro en cuatro, por lo que Connor se ofrece a ponerse detrás, porque Harry no quiere ir solo.

Antes de que arranque la atracción, siento cómo la adrenalina se me dispara. Muchas veces se compara el amor con una montaña rusa, con sus subidas y sus bajadas. A mí, personalmente, me gusta más asemejarlo a ese momento en el que está a punto de arrancar. Ese subidón con el que esperas a que pase de cero a cien, esos nervios de no saber en qué momento lo hará. Y, después, pasada la primera fase, dejarse llevar. Dejarse sorprender. Disfrutar de las caídas, de las remontadas y de todos los giros que se hacen en tan solo unos segundos.

Mi relación con Carlos había sido, más bien, como ir en autopista a cincuenta por hora, siempre en línea recta. Pero, por suerte, ya me he bajado de ahí. Ahora quiero quedarme en este momento para siempre, como un Peter Pan que nunca quiere crecer. Un lugar que me haga sentirme feliz, libre y tranquila, en el que no me preocupe por que el viento me enrede el pelo ni por que me quede sin voz al día siguiente de tanto gritar. Simplemente vivir en continuo movimiento.

Vuelvo a la realidad en cuanto la atracción frena de golpe y se levantan los arneses de seguridad. Bajamos los cinco, nos reunimos con mi hermano y vamos a tres o cuatro atracciones seguidas en pocos minutos. Después de comer algo rápido, nos separamos en dos grupos. Olivia y Connor se van a ver un espectáculo de bailes con fuego, mientras Julia, Harry, mi hermano y yo nos quedamos en la zona de ferias.

—¡Venga, apunta bien! —le grita Julia a Harry mientras este sostiene un rifle más que trucado.

—¡No me distraigas! —le responde él con un tono más agudo de lo normal, y acto seguido falla el primer tiro.

El dueño de la caseta se encoge de hombros.

—Mala suerte, hermano. ¿Otra partida?

—Obvio —dice enseguida—, necesito ganar ese peluche arco iris sea como sea.

—Déjame a mí —se ofrece mi hermano—, tengo buen pulso. No sé si puntería, pero puedo intentarlo.

Los dejo peleándose entre ellos para ver quién es el siguiente en tirar y aviso a Julia por lo bajo de que tengo que ir al baño. En lugar de entrar en los que tengo justo al lado, decido caminar un poco más hasta los siguientes para disfrutar del ambiente del parque de atracciones. Ojalá tuviera algo así frente a mi casa para poder venir todos los días. La gente es feliz en estos sitios, a pesar de la clavada de dinero que les han metido por acceder al recinto. Todo son risas, bromas y buen rollo. Un grupo de adolescentes me adelanta, caminando tan rápido que parece que lleguen tarde a algún sitio. Por fin, veo un cartel de baños al fondo. Están tan sucios que doy gracias al universo por que todavía no me haya bajado la regla. Además,

¿por qué me ha tocado sufrirla si no puedo tener hijos de la forma... natural?

Me lavo las manos varias veces y me miro al espejo antes de salir. Apenas me reconozco. Estoy diferente; feliz. Tengo las mejillas encendidas y el rostro iluminado. Me brillan los ojos y se me han rizado los pelitos de la frente, como me pasaba cuando era pequeña y salía del colegio después de todo un recreo jugando al baloncesto.

Dejo atrás los baños y regreso hacia las ferias cuando me parece escuchar unas voces familiares. Me giro instintivamente hacia la izquierda y veo a Connor y a Olivia, bajo un árbol, resguardándose del sol. Modifico mi ruta para ir hacia ellos, pero noto algo raro. No están hablando como lo harían dos amigos, de forma distendida. Están discutiendo.

Me quedo quieta, sin saber qué hacer. Desde aquí puedo distinguir algunas partes de su conversación, pero no sé si debería escucharla...

—¿Es que no hay un día que nos quedemos solos que no puedas recordármelo? —le echa en cara Olivia.

Tiene los ojos llorosos y se ha recogido el pelo en una coleta, que no para de retorcerse con las dos manos.

—Solo quiero que me lo expliques —le pide Connor.

Los dos susurran algo que no llego a captar y él la coge de la mano. En ese momento, el ambiente cambia. Olivia se echa de nuevo a llorar y él la acerca hacia su cuerpo para consolarla. Le pone los dedos debajo de la barbilla, la levanta con cuidado y le da un beso en los labios.

Aparto la cara enseguida, como si hubiera presenciado algo que no debería, y regreso hacia las ferias. Con mucho esfuerzo, logro eliminar esa imagen de mi mente, pero lo que no consigo es quitarme una sensación nueva para mí, una mezcla entre sorpresa, envidia... y celos.

CAPÍTULO 25

♐

EL DE LOS TRES MOTIVOS PARA LLORAR

Siento las agujetas en cuanto abro los ojos, casi a la hora de comer. Me estiro en la cama y gimo de dolor. Las noto hasta en el cuello, probablemente me han salido de intentar mitigar los tirones que me daban en cada una de las montañas rusas que probé. Dios mío, dicen que ir de compras es como hacer un deporte, pero desde luego no han estado en un Six Flags.

Me meto en la ducha con el agua hirviendo, aunque no sé si sirve para algo, y agradezco no haber tenido ningún accidente durante estos dos meses que llevo ya en la ciudad. Ni me quiero imaginar lo que costará aquí ir al médico.

A pesar de la resaca emocional de ayer, me toca ponerme a trabajar, así que me permito descansar un rato tras hacerme un desayuno comida improvisado y después me pongo a ello. Abro el correo electrónico. Tengo varios mensajes, pero en ninguno ha entrado un nuevo encargo.

Suspiro. Tiene que haber algo que pueda hacer. Han pasado ya dos semanas desde la última vez que los clientes para los que trabajo me enviaron algo nuevo y no entiendo por qué. Los avisé de que me iba fuera, pero mi ritmo de trabajo no ha bajado tanto. Como mucho, por el cambio de hora, no estoy disponible cuando es por la mañana en España.

—Seguro que es eso... —murmuro, revisando bien que no me haya dejado ningún correo electrónico sin contestar.

Bajo al salón con el portátil y me dejo caer en el sofá.

Abro mi cuenta del banco, que tampoco está en su mejor momento. Después de la clavada de ayer, va a tardar una semana en recuperarse. Escribo un par de emails para recordar mi existencia, más que por otra cosa, y me quedo mirando fijamente la pantalla.

—El trabajo no se va a hacer solo, ¿eh?

Por supuesto, el que ha hecho ese comentario no es otro que Connor. Voy a responderle, pero ya ha salido por la puerta de casa. Justo detrás baja mi hermano.

—Me putomuero de agujetas —se queja— y me he quemado la nariz y las mejillas por no ponerme crema.

Me río.

—¿Agujetas de qué? Si no te montaste en casi nada.

Raül me saca la lengua. Abre la nevera y bebe directamente de la botella de agua durante un buen rato.

—¿Qué haces? —me pregunta, señalando con la cabeza el ordenador.

—Nada —respondo, y es la verdad—. No ha habido mucho trabajo en estos últimos días.

Mi hermano frunce el ceño.

—¿No se supone que esta es una de las épocas de mayor carga de trabajo?

—Ya...

Se sienta a mi lado, da un mordisco a un dónut y lo deja sobre la mesa. Así, tal cual. No puedo evitar que mi cabeza se vaya a Theo en cuanto pienso en los dónuts. Creo que es algo que me va a perseguir ya para toda la vida.

—¿Algún día me contarás por qué vives en esta casa y cómo narices la pagas?

—Algún día —me responde, tumbándose en el sofá.

Bajo la tapa del portátil.

—Pues cuéntame por lo menos qué pasa entre Connor y Olivia. Los vi ayer besándose en el parque.

—¿En serio? —Mi hermano parece más sorprendido que yo.

—Sí, ¿no lo sabías?

Por un momento me da miedo haberla cagado. Raül se ríe.

—Claro que sabía que estaban más o menos juntos, pero no que habían vuelto.

—¿Más o menos?

—Uf..., casi que prefiero contarte antes lo de la casa que lo de esos dos. Son más pesados... Se pasan el día cortando y volviendo. Al principio le preguntaba a Connor, ahora ya ni me intereso por el tema. Están así todo el día. Ha llegado un momento en el que ya asumo cómo están en función del estado de ánimo de Connor. Si está cabreado, sé que lo han dejado. Sin embargo, si está normal y no me vacila ni se mete conmigo, han regresado.

Me mentalizo de todo lo que mi hermano me está contando.

—¿Y cuánto tiempo llevan así?

—¡Uf! Por lo menos, un año. No, aguarda, más de dos.

No me esperaba esa respuesta. Echo la vista atrás, analizando si ha habido algún detalle que haya pasado por alto. Olivia se ha enrollado con algún chico de fiesta, pero nunca había ido a más ni ha vuelto a mencionar nada. La verdad es que sé más de la vida amorosa de Harry que de la de cualquier otro. Sin embargo, parece que todo el mundo conoce la mía.

¿Será Connor escorpio? ¿Y por eso Olivia se metió tanto con los de su signo?

—Es mejor no mencionárselo. Lo digo por si acaso alguna vez sale el tema con Olivia. Créeme, lo he aprendido a base de meter la pata —me recomienda mi hermano.

—¿A qué te refieres?

—La primera vez que Connor trajo a esta casa a una chica

que no era Olivia, hablé con ella un rato, por ser majo, nada más. Pensaba que era una amiga suya, así que, no sé por qué, mencioné la palabra «novia», haciendo referencia a Olivia. Por supuesto, la chica esa no era una simple amiga, sino un rollito que Connor tenía por ahí. No le hizo mucha gracia que descubriera el pastel de que Olivia existía y que por tanto ella no era la única mujer en la vida de Connor. En fin, que la cagué pero bien. No sé quién se cabreó más conmigo, si la chica o Connor. Desde entonces, no pregunto.

Conociendo a Olivia, me extraña que esté aguantando esta situación. Siempre ha sido la más echada para adelante del grupo, la más intransigente y exigente en cuanto a hombres. ¿Por qué recae, entonces, en una relación a medias con Connor?

—Entonces, ¿qué vas a hacer por Navidad? —Raül me cambia de tema a otro peor todavía.

Me encojo de hombros.

—No lo sé. Ni siquiera estoy segura de cuánto tiempo más me voy a quedar aquí.

—¿Por?

Hago el mismo gesto, aunque a mi hermano no le vale.

—Va, cuéntamelo.

—Te has despertado muy preguntón hoy, ¿no?

—Joder, me estoy preocupando por ti. Si quieres, hago lo mismo que cuando vivíamos con los papás y paso de todo y de todos.

—No, gracias —respondo enseguida—. La verdad es que me gusta más esta alianza que hemos forjado en las últimas semanas.

Me sorprendo a mí misma diciendo eso en voz alta, pero es la verdad. Raül y yo siempre hemos estado solos frente a mis padres y a Martina. Después de tanto tiempo, me alegro de que por lo menos nos hayamos unido en un frente común.

—¿Por qué quieres saber lo de Navidad? —le pregunto.

—Porque yo sí que voy a ir y necesito avisar de si se va a quedar alguien aquí.

—Avisar... ¿a quién?

Mi hermano traga saliva.

—A los de la limpieza, mantenimiento del jardín..., seguridad... Ya sabes.

No, no lo sé, pero prefiero no preguntar.

—Oye, tú... ¿eres rico, o algo así? ¿Cuánto estás cobrando en el trabajo?

A veces me da la impresión de que Raül es mucho más conocido de lo que creo, por lo menos dentro del mundo de la música, o que tiene un trabajo mucho más importante de lo que pensaba.

—Digamos que se mueve mucha pasta en este mundillo. Pero, dime, ¿vendrás o no? Habrá que comprar ya los vuelos en el caso de ir, antes de que se agoten.

Por supuesto que está forrado. Su principal miedo es que se agoten las plazas, mientras que el mío es el precio que puede alcanzar un vuelo en esas fechas.

—Es que... —Me cuesta abrirme, pero ahora mismo mi hermano es la única persona que puede entenderme—. No sé cómo va a estar la situación cuando vuelva. Además, mi cuenta bancaria está cayendo en picado. Y eso que ni siquiera te estoy pagando alquiler, ni gastos ni nada de eso. Imagínate si me fuera a vivir a un piso compartido, no podría apenas mantenerme. Tendría que buscarme alguna otra cosilla a media jornada.

—¿No hay trabajo de lo tuyo? —me pregunta.

Por lo menos, ver que sabe tan poco de mi sector me hace sentir un poco mejor por no saber nada del suyo.

Suspiro como única respuesta.

—Podría echarte una mano con eso. No debería ser un problema. Seguramente Olivia sea la que más pueda ayudarte, tiene muchos contactos.

Niego con la cabeza, aunque no digo nada en voz alta. Ahora mismo no quiero pensar en ella.

—Me he planteado volver a Valencia.

Raül espera unos segundos antes de contestar.

—¿Y ya? Pensaba que ibas a decir que volvías y que luego regresarías a Los Ángeles.

—No, no iba a decir nada más. No sé, creo que mi tiempo aquí ha terminado.

Nos quedamos de nuevo en silencio. No me gusta esta conversación, me hace sentir incómoda, pero precisamente por eso sé que he de tenerla.

—Por un lado, no quiero regresar a mi antigua vida, porque ya no me queda nada, excepto Lucía y algunas chicas más... ¿Dónde voy a vivir? ¿Me pongo a compartir piso de nuevo? Sola, ahora mismo, no me podría mantener a partir del quinto o sexto mes... ¿Busco un nuevo trabajo? A ojos de mamá, va a ser como si hubiera fracasado.

—¿Y qué más da lo que piense mamá?

—Ah, ¿en serio? —le respondo visiblemente mosqueada—. ¿Tú me vas a decir eso? En fin, da igual, no respondas.

No quiero volver a entrar en ese bucle otra vez.

—Haz lo que quieras, Anna. Yo solo te digo que, si te quieres quedar aquí, por mí no hay problema.

—Pero ¿cuánto te cuesta vivir aquí? ¿Pagas alquiler o hipoteca?

Raül suspira.

—¿Qué más te da? ¿Por qué estás tan obsesionada con eso? —dice con ese tono que tanto me exaspera.

—¡Porque has desaparecido tres años y ahora estás viviendo en una mansión en Los Ángeles!

El tono de nuestra conversación va subiendo cada vez más.

—Ya te he dicho que se gana mucho dinero en mi sector y hay muchas cosas que no puedo contarte porque he firmado contratos de confidencialidad. Pero, para que te quedes tranquila y dejes de preguntarme por el tema, te diré que trabajo produciendo discos de gente importante. Artistas que escuchas... probablemente varias veces al día en la radio. Y luego, además, hay muchos ingresos pasivos en esta profesión, pero no quiero aburrirte con eso —dice, mientras me ve bostezando. Noto las agujetas en el cuello cuando abro la boca—. Bueno, ya me dirás qué haces con lo de Valencia. Tengo que ir al estudio un rato. Pero piénsalo hoy mismo y me das una respuesta.

Mi hermano da la conversación por zanjada, dejándome sola en el salón. Se pone la chaqueta y, pocos segundos después, se marcha de casa. Cierro los ojos, intentando tomar una decisión. Una parte de mí sabe que si vuelvo me voy a arrepentir, aunque realmente ya no me queda mucho más que hacer por aquí. ¿O sí? A veces, siento que dentro de mí hay una voz que me susurra que no tengo por qué tener siempre un objetivo fijado, una meta a la que debo llegar. Es algo que me han inculcado durante tanto tiempo que al final me hace dudar de mí misma. Si dejo atrás todas las influencias que he tenido a lo largo de mi vida, ¿qué es lo que de verdad me gustaría hacer? ¿Escogería los mismos estudios? ¿Me habría quedado a vivir aquí una temporada?

Recuerdo cuando estaba en el colegio de curas. Uno de ellos, aunque no consigo acordarme de su nombre, siempre me decía que Dios me seguía en cada cosa que hiciera. Llegó un momento en el que me obsesioné con que me estaban vigilando y la actitud de mamá nunca me ayudó. No sé si su signo del Zodiaco tiene algo que ver. ¿Es normal chocar tanto con una virgo? ¿O es que, simplemente, es mi madre? Echo la vista atrás, pensando en cuántas veces hice cosas solo por el qué dirán los demás, nunca pensando en qué era lo que realmente quería. Y, por primera vez, siento que desde que llegué a Los

Ángeles sí que he conseguido tomar un poco las riendas de mi vida. He conseguido hacer lo que me ha ido apeteciendo, sin pensar en qué diría mamá o en qué pensarían mis amigas cuando se lo contara.

Quizá por eso tengo tanto miedo. Porque me estoy enfrentando a un territorio nuevo para mí. Un camino lleno de nuevas experiencias, pero también de minas que no están correctamente señalizadas. Un sendero que no es recto, sino que está lleno de curvas. Recuerdo lo bien que lo he pasado en Six Flags. Quizá yo soy más de montañas rusas que de autopistas en línea recta, más de caos que de orden, y no hay nada de malo en haberlo descubierto tan tarde.

Me dejo caer abatida en la tumbona del jardín. Siento un poco de frío, a pesar de que me he puesto pantalones largos, y me duele la cabeza a la altura de las sienes. Nunca había estado cansada de pensar.

Para el final del día ya he llorado tres veces por tres motivos distintos: la ausencia de trabajo, la indecisión de qué hacer en Navidades y pensar que he fracasado en la vida. Aun así, intento animarme recordando la metáfora de la montaña rusa.

Connor vuelve a casa pocos minutos después de que me tumbe. No me ve, porque estoy en el jardín, pero me fijo en que trae de la mano a una chica que no se parece en nada a Olivia.

Espero hasta que anochezca del todo y, por fin, tomo la decisión de volver a Valencia por Navidad. El resto ya lo veré en el momento, cuando esté en casa.

CAPÍTULO 26

♐

EL DE LOS CINCO CHICOS SAGITARIO

El cuarto día de la Sagitario *season*, a nada de que llegue diciembre, mi hermano organiza una fiesta en el sótano de su casa. Es una zona que todavía tengo poco explorada, así que bajo un par de veces durante el día para familiarizarme con ella, ubicar el baño y contar los escalones que hay para no caerme si bebo demasiado. Esta noche debo aprovecharla al máximo, ya que tiene una gran ventaja: estoy en mi «propia» casa si me empiezo a encontrar mal, tanto física como emocionalmente. Nada de baños sucios de discotecas ni taxis que te cobran solo por respirar.

Mis amigos están tan motivados con el experimento «La chica del Zodiaco» que me preparan una pequeña sorpresa para ayudarme con el siguiente signo. De hecho, ese es el motivo principal por el que se celebra la fiesta: se acerca fin de año y, al parecer, mi hermano y los demás tienen la tradición de hacer una apuesta un poco particular. Todos deben tener a alguien a quien besar en Nochevieja, cuando termine la cuenta atrás.

Teóricamente, el 31 de diciembre ya me tocaría un chico capricornio, pero, en palabras de Harry, es mi experimento y puedo hacer lo que quiera, así que mi reto este mes será encontrar a un chico y mantenerlo hasta esa noche. No valen polvos esporádicos ni dejarlo para el último momento: tendré que mantener una relación medio estable con alguno de ellos durante un mes, en el que vayamos quedando de vez en cuando para hacer actividades diferentes de follar, vaya, y así poder desarrollar un poco más mi experimento. Quizá podría establecer una serie de preguntas que hacer a todos los chicos de cada signo para estudiar las diferencias entre sus respuestas.

—Y como este es MI signo, y quiero que sea el mejor, he preparado una especie de concurso para esta noche —me dice Harry al teléfono, poco antes de la hora de comer.

—Miedo me das.

—No tienes por qué, no te preocupes, cariño, todo lo contrario. Es para garantizar que el experimento va lo mejor posible.

Pongo los ojos en blanco, aunque no me vea.

—A ver, cuéntame lo que has hecho.

Casi que deseo no haberlo preguntado en cuanto empieza a contármelo. Harry se ha compinchado con todo nuestro grupo de amigos para que cada uno traiga un chico que sea sagitario a la fiesta de hoy.

—¿También mi hermano?

—Sip.

Suspiro. Y no me ha dicho nada, el cabrón. Ni tampoco Julia, a quien se le da regular guardar este tipo de secretos.

—Estáis mal de la cabeza... —le digo antes de colgar la llamada. O sea, que se han montado una especie de *speed dating* por toda la cara, esta misma noche en el sótano de la casa de mi hermano.

—¿Es verdad lo que me ha dicho Harry? —le pregunto en cuanto me cruzo con Raül en la cocina.

—¿A qué te refieres?

—No te hagas el tonto, ya me ha contado lo de los cinco chicos sagitario.

Connor, que aparece en ese momento, se echa a reír.

—¿Tú también vas a traer a uno? —le pregunto, aunque es más una bronca que una pregunta como tal.

—Pues claro —responde—. Te va a encantar. De hecho, seguro que es el ganador. Deberíamos haber apostado por quién va a ser el elegido.

—¡No des ideas! A saber a quiénes habréis invitado...

—A ver, tú nos dijiste que el experimento consistía en encontrar a la persona que más clichés cumpla de su signo, ¿no? —pregunta mi hermano—. Pues eso es lo que he intentado hacer. He ido preguntando uno por uno a todos los hombres de la oficina hasta que he dado con el indicado... Por cierto, a uno de ellos le has gustado, tanto tú como todo este rollo del Zodiaco. Es una pena, porque es leo.

Queda tanto para el verano que ni siquiera me imagino ahora mismo con un chico de ese signo.

—Bueno, en mi caso no tenía mucho donde elegir, así que se ha hecho lo que se ha podido —se excusa Connor.

Madre mía. Me espero lo peor.

—En fin, sobre las ocho y media los conocerás, que es cuando vendrán todos.

La sonrisa que esboza Connor no me gusta nada. Nada de nada.

Miro el reloj instintivamente, aunque todavía quedan muchas horas para entonces. Me da pánico lo que hayan podido preparar estos cinco locos para esta noche. Por lo menos, hay bastante gente invitada aparte de los chicos sagitario, así que no seré el centro de atención.

Le pido a Julia que venga un poco antes a casa para ayudarme con la ropa, aunque tenemos un sentido de la moda muy distinto. Debo admitir que, en el fondo, estoy un poco emocionada por toda esta situación. Julia pone el último disco de Olivia Rodrigo de fondo y ambas actuamos como dos adolescentes de una película de principios de los 2000, sacando la ropa del armario como si luego alguien nos la fuera a recoger, probándonos mil cosas y maquillándonos la una a la otra. Al final, opto por un estilo un poco más atrevido de lo normal: un vestido negro ceñido con algunas transparencias en los hombros y unos tacones de vértigo. Creo que solo me los he puesto en un par de ocasiones, pero ahora que la fiesta es aquí mismo y me los puedo cambiar en cualquier momento, no me dan tanto miedo. De hecho, cuando los metí en la maleta fue precisamente para un momento como este, en el que me sintiera una diosa.

Antes de bajar a la fiesta, sobre las ocho y cuarto, insisto a Julia en que revisemos lo que dicen en Google de los hombres sagitario. Según uno de los primeros resultados de la búsqueda, sus signos más compatibles son aries, leo e incluso las propias mujeres sagitario. Interesante. Son amantes entregados que, a pesar de disfrutar de su independencia, lo dan todo en lo que al amor se refiere. Son extrovertidos, divertidos e inteligentes y siempre están atentos a lo que sucede a su alrededor, aunque parezca que viven en otro planeta.

—Harry cumple bastante estas condiciones. A saber a quién ha traído —digo, mientras me miro en el espejo por quinta vez.

Me he maquillado los ojos en el último momento con un tutorial de TikTok que no he sabido reproducir muy bien, pero es lo que hay. No se puede pedir más. En conjunto, me veo bastante aceptable. Parezco más rubia de lo que soy en realidad, al vestir completamente de negro.

—¿Lista? —me dice Julia.

—Sí, pero vamos a esperar un poco, ¿no? ¿Bajamos a menos cuarto?

—Es que tengo que ir a buscar a Bob, que me dice que está a punto de llegar.

Miro la hora en el móvil y me doy cuenta de que ya son y media.

—Vale, yo acudo dentro de un ratito. Voy al baño, me retoco el pelo y bajo.

—Pero si ya estás guapísima.

Me río.

—Pero a tu lado no tengo nada que hacer —le digo, y es cierto. Julia hoy está espectacular. Lleva un top de color granate, que hace vibrar su pelirrojo, y unos pantalones negros con lentejuelas. Se ha maquillado con un *eyeliner* también granate.

Julia sale de mi cuarto y en cuanto abre la puerta escucho voces en la planta de abajo, justo en el recibidor. Dejo que los nervios se apoderen de mí, pero los disfruto. No sé cuánto tiempo más seguiré con este experimento, por lo que me propongo, al menos, pasármelo bien esta noche y tomármelo en serio. Hoy tengo que escoger al chico con el que me besaré cuando suenen las doce campanadas. O, como hacen aquí, cuando termine la cuenta atrás.

Tomo aire mientras bajo la escalera que lleva al sótano. Escucho la música de fondo, pero en cuanto abro la puerta, el ambiente me embriaga de golpe. Mi hermano y Connor han instalado unas luces de colores que van moviéndose al ritmo de la música. Raül y sus amigos están en una esquina con una mesa de mezclas triple, pasándose los auriculares entre ellos y mirando un par de portátiles a los que están conectadas. Enseguida diviso a Julia, que está con Harry y dos chicos más. Camino hacia ellos.

—¡Anna! Este es Ali —me dice enseguida Harry, presentándome a su candidato—. Es el chico sagitario que va a ganar la competición.

Lo saludo con un abrazo, intentando no sonar muy tímida.

—Ah, ¿es una competición? —bromeo.

—Eso parece. Encantado de conocerte, Anna. ¿O debería llamarte ya la chica del Zodiaco?

—Anna está bien —insisto, mientras me fijo con poco descaro en su cuerpo.

Se nota que Ali pasa su vida en el gimnasio. Su cuerpo bronceado está rodeado de músculos bien trabajados, allá donde mire. Tiene unos brazos con los que podría levantarnos a Julia y a mí con cada uno sin problemas.

—Ali es un compañero de la redacción. Lo conocí porque pensaba que era gay y le tiré la caña, pero no, es un hetero básico más —me explica Harry.

—Y este de aquí es mi primo Bob —dice Julia.

Otro primo. Espero que sea mejor que el chico libra.

Me giro con una sonrisa en los labios e intento mantenerla mientras lo saludo con otro abrazo. Desde luego, Ali y Bob no tienen nada que ver el uno con el otro. El segundo parece más bien sacado de otro universo. Se lo ve incómodo en la fiesta. Viste con unos vaqueros y una camiseta de League of Legends y parece ser el más joven de aquí.

Agradezco que la música esté alta para rellenar el silencio incómodo que se crea entre nosotros.

—Bueno, pues ya os conocéis —dice Julia—. ¿Qué tal si os dejamos un rato a solas para que podáis hablar más?

—Sí, claro —balbuceo, sin saber a quién elegir primero.

Bob no me llama mucho la atención, pero si Julia lo ha escogido es por algo, así que le doy una oportunidad y comienzo por él. Vamos juntos a servirnos una cerveza, pero él va directo al Red Bull.

—¿No bebes alcohol? —le pregunto.

—Tengo veinte años, en teoría no puedo... —confiesa—. Pero, bueno, quién sabe. Quizá esta noche me suelto.

Y procede a reírse de una forma superdesagradable. Trato de que mi cara no comunique por fuera todo lo que estoy sintiendo ahora mismo por dentro. Nos sentamos en unas sillas altas mientras doy un largo trago a mi copa. Lo voy a necesitar. Pienso en la lista de preguntas que me gustaría hacerles a todos los signos y voy improvisando sobre la marcha.

—¿Te ha costado mucho que te convencieran para venir aquí?

El chico se encoge de hombros.

—Tenía curiosidad, la verdad. Y... ¿a qué te dedicas? —me pregunta.

Por lo menos, parece que tiene un interés genuino.

—Soy traductora *freelance*, especializada en documentos legales. Aunque últimamente no tengo mucho trabajo. —No sé por qué he dicho eso, así que cambio de tema enseguida—. ¿Y tú?

—Todavía no trabajo. Estoy estudiando, vivo con mis padres.

Ah, claro. Por supuesto.

—¿Quieres saber lo que estudio? —me pregunta, al ver que no respondo.

—Eh..., sí, sí, dime.

—¿No es obvio?

Uf. No estoy para jueguecitos, la verdad. ¿En qué momento Julia ha decidido traer a su primo friqui?

—¿Informática? —me aventuro, esperando haber acertado para terminar esto cuanto antes.

—Casi. Diseño de videojuegos. Pero en realidad me gustaría dedicarme a comprar y vender criptomonedas. ¿Sabes que hay muchos más tipos, además del bitcoin? Bueno, no sé si sabes lo que es una criptomoneda. Da igual, no hace falta que contestes, no quiero ser un pesado. Algún día, si quieres, puedes venir a mi casa y te enseño mi *set up*, donde hacemos torneos de LoL.

—Qué guay. —Doy otro trago a la copa. Cruzo miradas con Julia y trato de hacerle un gesto para que venga a salvarme, aunque no lo pilla y me levanta el pulgar en el aire, dándome ánimos.

—¿Y de qué conoces a Julia? —le pregunto distraída.

—Es mi prima.

—Ah, claro, sí, es verdad —balbuceo.

Debería esforzarme un poco más, pero el chico no me interesa demasiado. No creo que pudiera aguantar cinco semanas con él hasta Nochevieja. La química es inexistente y me atrae menos cincuenta.

—Bueno, voy a seguir dando una vuelta por la fiesta, ¿vale?

—¡Vale! —Bob se pone de pie de pronto, como un resorte—. Julia tiene mi número, por si lo quieres, que te lo dé ella. Puedo quedar casi todas las tardes. Por las mañanas tengo clase y por las noches juego partidas online, así que suelo estar libre después de comer.

—Genial —murmuro.

Bob se aleja con su Red Bull en la mano, del cual apenas le quedan un par de tragos. Voy a servirme una copa de vino para charlar un rato con Julia, que está decidiendo qué va a tomar.

—¿Qué tal ha ido? Qué rápido, ¿no? —me dice un poco decepcionada.

—Tía... —es lo único que me da tiempo a decir, porque la música sube de volumen y ya casi no puedo ni hablar. Muevo la cabeza de lado a lado y ella baja los hombros—. ¡Tiene veinte años! Es demasiado pequeño.

—¡Pero es muy maduro!

Le lanzo una mirada asesina.

—Vale, sí, era el único sagitario soltero al que conocía...

—Me podías haber avisado —grito, para que me escuche por encima de la música—. Se ha puesto a hablarme de criptomonedas...

—Uf... Lo siento. En serio, es que no conocía a más sagitario, pero no quería quedarme sin participar... Y ¿quién sabe? ¡Quizá conectéis! Todavía queda mucha noche por delante.

Julia suelta una risita culpable y yo prefiero no responderle. Nos apuntamos a una partida de futbolín que ya está empezada, una en cada equipo, y pasamos así un buen rato hasta que la música cambia a algo más bailable. Los altavoces reproducen a tope un mix de las canciones más famosas que están sonando ahora mismo, sobre todo en TikTok. Olivia y Harry se unen a nosotros.

Bailamos, reímos y hacemos el imbécil con los muebles de la bodega. Harry está a punto de tropezar cuando se sube a una silla con los tacones de Olivia y todas nos partimos de risa mientras él casi se queda sin dientes.

—Me falta un poco de práctica —se justifica, mientras a mí me cuesta encontrar oxígeno para respirar entre tantas carcajadas.

Veo que se nos acerca un grupo de chicos y bailamos con ellos un rato. Me pregunto cuál de ellos será sagitario. Descarto al rubio de ojos azules porque es demasiado tímido. Quedan otros dos, pero uno de ellos parece estar más interesado en Harry que en mí, así que opto por el de la derecha.

—¿Cómo te llamas? —le pregunto, intentando hacerme oír por encima de la música.

—¿Qué?

—¡¿Que cómo te llamas!?

—¡Ah! Soy Laurent. No hablo mucho vuestro idioma, soy francés.

No hace falta que lo jure, se le nota a kilómetros en el acento. También en la forma de moverse, incluso de bailar. Laurent es alto y delgado, un poco pelirrojo, y viste ropa que le va grande, como mínimo tres tallas.

—¿De qué parte de Francia?

—De *Normandie*.

—¡Ah, sí! —respondo, aunque ni siquiera sé poner Normandía en el mapa.

—¿Tú eres la chica de los horóscopos?

Tengo que reconocer que su forma de llamarlo me hace gracia.

—Sí, algo así. ¿Tú eres sagitario?

Él asiente enseguida.

—Soy amigo de Connor.

Abro mucho los ojos. Esperaba que Connor trajese a alguien... distinto. No sé realmente en qué sentido.

—¿De qué os conocéis?

—¿Qué?

La música no nos deja escucharnos bien, así que le hago un gesto con la mano para hacernos a un lado. Nos sentamos en un sofá que hay junto al billar y aprovecho para cotillear cómo va la partida.

—¿De qué conoces a Connor? —le repito, ahora que estamos más alejados de los altavoces.

—¡Ah! Éramos compañeros de residencia en la ciudad cuando él se mudó aquí.

—¿No es de aquí?

A Laurent le llama la atención esa pregunta.

—No, es de Carolina del Sur —me responde, como si fuera lo más obvio del mundo.

—No me lo había dicho, no hace mucho que lo conozco.

—Dos o tres meses, ¿no? Me dijo que vives con él. Y con tu hermano, que has venido de España a pasar un tiempo en Los Ángeles.

¿Cuánto le ha hablado Connor a Laurent de mí?

—Bueno, cuéntame cosas de ti, mejor —intento cambiar las tornas en esta conversación—. ¿A qué te dedicas?

—Doy clases particulares de francés, pero no me da para vivir, así que trabajo en McDonald's en el turno de noche.

Inmediatamente pienso en lo que diría mi madre al escuchar eso.

—Ah, qué bien. Yo soy traductora *freelance*.

—Sí, ya me lo ha contado Connor.

Sigo hablando un rato con Laurent, pero no puedo quitarme de la cabeza por qué sabe tantas cosas sobre mí. Es majo y por ahora no ha dado ninguna señal de ser un rarito o una persona tóxica, por lo que va bien. Pero quiero conocer a los otros tres. Ahora que mi segunda «cita» no ha sido un desastre, me apetece poner cara al resto de los chicos sagitario.

No tengo que esperar mucho para conocer al tercero.

—¡Hola! Perdona que te entre así de golpe —me dice un chico, el que estaba bailando antes con Harry—. Soy amigo de Olivia y me ha contado para lo que he venido, pero es que soy gay. Quería dejarlo claro. ¡Pero me encanta tu experimento! Sobre todo que estés haciendo cuadrar cada chico que eliges con el mes en que nos encontramos. Bueno, ya me entiendes, cuando digo mes, digo el período de cada signo... En fin, me gusta cómo piensas. ¡Creo que voy a hacer lo mismo! En fin, Harry ha traído a Ali, si quieres, le digo que venga un rato.

—¡Claro! —balbuceo, procesando la nueva información.

Me da rabia, porque ahora tengo una opción menos. Pero, bueno, siempre quedará Laurent. Desde luego, Bob no tiene nada que hacer, aunque solo sea por su edad. Madre mía, es que le saco ocho años...

Caminamos hacia donde está Ali, que acaba de terminar una partida de dardos. Choca las manos con su rival, a quien ha ganado.

CAPÍTULO 27

♐

EL DE LA ELECCIÓN AMAÑADA

De nuevo, me encuentro cara a cara con el musculitos de la fiesta. Nunca me han interesado los hombres tan mazados, la verdad. Ni siquiera me terminan de atraer, pero... no me cierro a nada.

—¿Qué tal? ¿Cómo va la noche? —me pregunta Ali.

—Intensa —reconozco—. No sé si estoy de fiesta o trabajando, la verdad.

Él se ríe, mostrando unos dientes blancos y perfectamente alineados.

—No me extraña. Buena te han montado tus amigos preparándote todo esto de los cinco chicos sagitario. ¿Ya tienes a tu favorito? —me pregunta.

—Todavía no os he conocido a todos. ¿Por qué lo quieres saber? ¿Tienes miedo de que no te elija? —me permito tontear un poco.

—Bueno, espero por lo menos ser un candidato a la final. Estos músculos tienen que darme algo de ventaja, ¿no?

Acto seguido, levanta los brazos y comienza a marcar los bíceps. Si yo tuviera pene y estuviera empalmado, estoy convencida de que ahora mismo se me bajaría. De hecho, aún voy a ir más allá: estoy segura de que se me metería hacia dentro, si fuera posible.

—¿Bailamos un rato?

Digo que sí por compromiso, pero lo único que quiero es que me trague la tierra ahora mismo. Joder, ¿por qué no puedo tener ningún flechazo con un chico? ¿Por qué todos tienen un pero? ¿O es que me he convertido en una persona demasiado exigente, como mi madre?

Tras varias canciones dando tumbos, al final tampoco lo paso tan mal con Ali y creo que seré capaz de hacer como que nunca he escuchado ese comentario sobre sus músculos. En el fondo, es divertido. Le va la marcha, como a mí, y con él me sale una faceta absurda y divertida que hacía tiempo que había enterrado. Creo que ahora entiendo por qué dicen que los aries y los sagitario nos llevamos tan bien. Tenemos el deseo de divertirnos, unas ganas de comernos el mundo que siempre nos hacen seguir adelante.

Todavía estamos bailando cuando siento una mano sobre mi hombro. Me doy la vuelta, esperando que sea Julia o mi hermano, pero se trata de Connor.

—¿Ya has conocido a Laurent? ¿Qué te ha parecido?

Me extraña que Connor se dirija a mí de una forma tan amable, casi con interés real en el experimento. Menos mal que después recuerdo que entre todos han hecho una especie de apuesta para ver con quién me quedo, aunque no sé qué gana el que lleve al mejor candidato. Probablemente, algo que no le interesa demasiado a Olivia, porque no se ha esforzado mucho por ser la ganadora.

—Bien, bastante simpático. ¿Por?

Connor se encoge de hombros.

—Me ha pedido tu hermano que te presente a su chico sagitario, pero quería comprobar que el mío es el mejor y que voy a ganar.

—Eso habrá que verlo —respondo enseguida—. Igual elijo a otro solo por joderte.

Suelta una risa nerviosa.

—Te veo capaz —me dice.

—No sabes cuánto.

Me hace un gesto para que lo siga hacia el otro lado del sótano.

—Anna, este es Colin. Colin, te presento a Anna. Ya está, mi trabajo ha terminado. Me piro.

Connor nos deja solos, uno frente a otro, y en cuanto lo miro a los ojos sé que no es mi tipo. En absoluto. Colin parece mucho mayor que yo, pero no es eso lo que me echa para atrás. Es el olor a tabaco. Cuando Colin me sonríe, confirmo que fuma como un carretero. Tiene los dientes demasiado amarillos, como si se fumara tres paquetes al día. Darle un abrazo para saludarlo se convierte en un deporte de riesgo para mis pulmones.

—Encantado de conocerte, Anna. ¿Cómo estás?

—Muy bien —respondo, aunque mi tono es más bien el de una persona que solo quiere salir de ahí—. ¿Y tú?

—Cansado, la verdad. No me gustan este tipo de fiestas, pero, bueno, lo que sea por tu hermanito. Menuda pieza, ¿eh? Desde que llegó, lo ha revolucionado todo.

Decido preguntarle por eso para evitar tener que hablar yo, pero al final Colin termina hablando de sí mismo todo el rato. Los siguientes quince minutos los paso escuchándolo hablar. Bueno, más bien, quejarse. Del tráfico del centro, de la contaminación de la ciudad, de los turistas...

Miro fijamente su bigote —porque, sí, tiene bigote— mientras pienso en lo diferentes que son todos los chicos sagitario entre ellos. ¿Es que realmente es tan complicado encontrar a uno que cumpla con todos los tópicos? ¿O es que precisamente es un signo tan polifacético que cada sagitario va a su bola?

—Pero todo eso del Zodiaco... —vuelve a la carga—, ¿lo dices en serio? Sabes que es todo mentira, ¿no?

Por primera vez, me interesa algo de la conversación. Intento picarlo, para ver hasta dónde puedo llegar.

—¿Y qué pasa si es verdad o mentira?

—O sea, entiendo que lo estás haciendo por las risas, no porque creas que realmente las estrellas deciden tu personalidad y todas esas chorradas.

Me encojo de hombros.

—Creo que sí que hay algo de verdad. No puede ser casualidad que casi todos los que nacen bajo un mismo signo tengan características similares.

A Colin parece cabrearle mi respuesta.

—¡Anda, vas en serio, entonces! Yo que pensaba que era todo para pasar el rato. En fin, cómo os comen la cabeza hoy en día en las redes sociales. Y en las revistas y todo eso. Una vez trabajé en una empresa que tenía una revista online, ¿y sabes quién hacía el horóscopo? ¡El becario! Cada semana se sentaba frente al ordenador y se inventaba doce historias distintas, muchas de ellas las copiaba y las pegaba de lo que iba encontrando por internet.

—Pobrecito —respondo.

¿Cómo puede una persona acumular tanto odio? Colin sigue despotricando, esta vez de la subida del precio de no sé qué frutas ecológicas que compra en el supermercado y cuyo nombre no he escuchado en mi vida. Aprovecho que sale a fumar y me escaqueo de la fiesta. Voy al baño y desbloqueo el móvil para mandarle un audio a Julia.

—Tía, qué desastre lo de los chicos sagitario. Si vieras el que ha traído mi hermano... Creo que, a su lado, Bob me gusta un poco más. Ahora en serio, no tengo ni idea de lo que voy a hacer. Ninguno de ellos me llama mucho la atención, pero si tuviera que elegir a mi favorito, estaría entre Ali y Laurent. Por cierto, ¿tú sabías que Connor era de Carolina del Sur? Bueno, supongo que sí, no sé por qué te he hecho esta pregunta. En fin, no sé si tiene mucho sentido que te mande este audio porque te podría decir esto en persona, así que lo voy a dejar.

En cuanto se envía, me doy cuenta de que las copas de vino que he ido tomando me han dejado un poco mareadilla. Pero no tanto como para emborracharme, lo cual es perfecto, porque así podré tomar una decisión mucho más coherente antes de que la fiesta se termine.

Regreso al sótano y bailo un rato más con Ali. Imito sus pasos de baile y cuanto más me pilla haciéndolo, más los exagera, para ver hasta dónde puedo llegar. Después, me tomo otra copa de vino con Laurent. Su acento me distrae un montón de la conversación, pero, conforme la fiesta va llegando a su fin, me da la impresión de que es el que tengo que elegir.

Le pido su número al final de la noche, cuando gran parte de los invitados ya se han ido, pero me dice que no me lo puede dar, que ya entenderé por qué. Acto seguido, se despide de mí con un abrazo y se va, chocándole los cinco a Connor antes de subir la escalera. Bob se ha marchado hace rato. Según Julia, tiene una partida online que no puede perderse y vive a más de media hora en coche. Ni siquiera se ha despedido y casi que lo prefiero así. El amigo de Olivia ha desaparecido con Harry. Solo quedan, por tanto, Ali y Colin.

—¡Ha llegado el momento de la ceremonia final! —Me sorprende ver a Olivia tan borracha, subida encima del billar con los tacones. Lleva una copa en una mano y una hoja en la otra—. Los cinco números de teléfono de los cinco chicos sagitario están escritos en este papel. Ahora, Anna, tendrás que elegir a uno de ellos y recibirás su teléfono. El resto de los números se romperán en mil pedazos y nunca más podrás contactar con ellos. ¿Entendido?

Dicho aquello, suelta un hipido y todo el mundo se ríe de ella. Si se viera a sí misma montando esta escena, se moriría de vergüenza. Sin embargo, tiene algo que hace que todo el mundo le preste atención cuando empieza a hablar, como si fuera el alma de la fiesta.

—Entendido —respondo.

Colin se frota las manos, como si estuviera nervioso. ¿En serio se cree que tiene posibilidades? Miro a Ali, que parece haberse tomado tres cafés. Cambia el peso de una pierna a otra y cuando se da cuenta de que lo estoy mirando me guiña el ojo.

—¿Cuál será el elegido? ¡Que suban los cinco participantes!

—¡La mitad de ellos se han ido! —grita Connor desde detrás de la mesa de mezclas. Está nervioso por ganar.

—Vale, pues que decida la chica del Zodiaco —me dice Olivia, apuntando con su copa hacia mí.

De pronto, una decena de miradas se posan en mí. Me muerdo el labio. En realidad, me da exactamente igual quedarme con Ali o con Laurent. Ambos han sido muy majos y me gustaría conocerlos mejor, a pesar de que Ali está demasiado obsesionado con sus músculos y Laurent parece un poco más paradito que el otro.

Decido escoger a Laurent, que es el que mejor me ha caído. Creo que puede surgir algo bonito entre nosotros y, por lo que hemos hablado, parece bastante agradable. Sin embargo, en el último momento, algo cambia. Una corazonada hace que mire hacia donde se encuentra Connor y mi instinto responde al momento por mí.

No puedo dejarlo ganar. Ni siquiera sé por qué. Hay algo que me impide mencionar el nombre de su candidato a pesar de que, ahora mismo, sea el que más me ha gustado. Una nube de dudas me rodea y todo empieza a darme vueltas, aunque quizá es culpa de las copas de vino que he ido acumulando a lo largo de la noche.

Tras unos segundos de indecisión, me preparo para comunicar mi veredicto. No puedo negar que disfruto viendo la cara de decepción de Connor cuando digo en voz alta el nombre de Ali.

CAPÍTULO 28

EL DE LA PRIMERA CITA

A lo largo del día, pienso varias veces en lo que habría pasado si hubiera quedado con Laurent en lugar de con Ali, pero me obligo a no darle más vueltas conforme se acerca la hora de nuestra primera cita. En el fondo, por primera vez, tengo ganas de que salga bien. De que las cosas vayan despacio. Ir dando todos los pasos poco a poco, conocernos y ver qué surge.

Esta mañana he comprado los vuelos a Valencia con mi hermano. Por lo menos, esa preocupación ya no la tengo. Tras estar hablando un rato con él, he decidido regresar, aunque solo para pasar las Navidades. Después, volveré aquí y ya veré lo que hago. Ahora mismo prefiero no pensar en el trabajo y en mi bandeja de entrada vacía, como si el servidor hubiera dejado de funcionar de un día para otro y por eso no me estuvieran entrando nuevos encargos.

—Estás muy guapa —me dice mi hermano en cuanto nos cruzamos por la planta baja. Está con Connor mirando algo en su portátil, pero este ni siquiera levanta la cabeza para mirarme.

—Y un poco nerviosa. ¿Se me nota? —le pregunto, mientras me crujo los dedos de la mano.

—Casi nada —se burla—. ¿Quieres que te lleve? Tengo que ir al centro en coche.

Niego con la cabeza rápidamente. Ojalá, pero voy en otra dirección.

—Qué va, hemos quedado en Santa Mónica —le digo—. Cogeré un Uber mejor.

—Insisto. Tómalo como una disculpa por haberte llevado a Colin a la fiesta. Me dijo que no tuvisteis mucho *feeling*...

Suspiro.

—Yo aún diría más: éramos totalmente incompatibles. ¿Estás seguro de que era sagitario y no libra?

Mi hermano se ríe, pero no me responde a la pregunta.

—En serio, te llevo en coche. Así llamamos a mamá y le decimos que vamos a ir.

La idea no me gusta tanto, pero por lo menos me ahorro varios dólares, que no me viene mal. En cuanto nos montamos en su coche, Raül pone el manos libres y llama a Martina.

—¿Por qué no a mamá?

Mira la hora.

—Estará durmiendo. Además, mejor que se lo diga ella.

—¿Sí? —responde la voz de nuestra hermana mayor.

—Marti, aquí estoy con Anna, ¿qué tal?

—Me acabo de despertar, ¿qué pasa? ¿Va todo bien? ¿Ha ocurrido algo?

Miro a mi hermano y pongo los ojos en blanco.

—No, tranquila —le respondo, elevando un poco la voz para que me escuche bien—. Oye, que te llamábamos para contarte que iremos en Navidades a Valencia.

—¿En serio? Ostras, mamá pensaba que no vendrías, Anna.

Raül está a punto de responder algo inapropiado, pero ya ha aprendido que estos temas es mejor no agitarlos.

—Bueno, pues allí nos vemos —dice mi hermano—. En casa de los papás, ¿no?

—Sí, como siempre. ¿Os quedaréis hasta Nochevieja?

—No —contesto—, estaban los vuelos carísimos a partir del día uno y Raül tiene que trabajar nada más volver.

—Vale. Se lo digo a mamá. ¿Lo estáis pasando bien?

—Sí, Marti. Bueno, te dejamos, que tenemos que coger el coche y no me gusta hablar mientras conduzco. Que descanses.

—Adiós, adiós —me despido segundos antes de que Raül pulse el botón rojo.

—Bueno, una preocupación menos —me dice él, mientras enciende el motor pulsando un botón. Salta una música a todo volumen y la baja enseguida—. Perdona, es que Connor conduce como si fuera un club andante.

Me quedo en silencio mientras salimos del barrio. Hacía tiempo que no lo veía así, con las luces encendidas. Muchos vecinos ya han comenzado a poner los adornos de Navidad y me imagino el festival de figuras y decoraciones en que tiene que convertirse la ciudad conforme se acaba el año. Aunque, en el fondo, también echo de menos Valencia cuando se acercan estas fechas tan especiales. No es tan grande ni tan espectacular como Los Ángeles, desde luego, pero tiene una magia que no he logrado encontrar en ninguna otra parte.

—Todavía no has estado en Santa Mónica, ¿verdad? —Raül me saca de mis pensamientos.

—No... Oye, perdona por cambiarte de tema, es que llevo un tiempo pensando en esto —le digo.

—Dispara.

Trago saliva. Quizá este no es el mejor momento para hablar de ello, porque ya estoy nerviosa por la cita. Sin embargo, prefiero mencionarlo ahora y quitármelo de encima.

—No sé qué voy a hacer después de Navidad. Desde que vine aquí, apenas me salen encargos. Voy un poco justa de pasta.

Mi hermano se queda en silencio, esperando a que diga algo más.

—Por eso —prosigo—, quería decirte que no sé si volveré a Los Ángeles después de Navidad. Igual me quedo una temporada en casa de Lucía —improviso. En realidad, ni siquiera lo he hablado en serio con ella, aunque se ha ofrecido en un par de ocasiones para que lo haga sin problema—. Otra opción es buscar trabajo aquí, pero tengo que mirar cómo va todo el tema de los permisos y el visado. No quiero buscarme problemas con la justicia, además. Enseguida van a cumplirse tres meses desde que llegué.

—Hostia, es verdad. Ni había pensado en lo de los noventa días de tu visado de turista.

Asiento, apretando los labios.

—Espera, entonces, ¿cómo entraste conmigo a Estados Unidos así, de pronto? ¿Embarcaste con el formulario ESTA? ¿No se supone que hay que pedirlo una semana o así antes de volar?

—Sí, claro, tenía ya el visado porque por la luna de miel nos íbamos a..., ya sabes.

—Es verdad —recapacita mi hermano—. Entonces, te quedan noventa días menos los que ya llevas aquí. Es cierto que tendrás que mirar alguna manera de regresar después de Navidades. Bueno, ahora no te preocupes por eso. Seguro que podemos buscarte algo entre todos. Pero que sepas que, si quieres quedarte, podría intentar hacerte un contrato en mi empresa y, ya sabes... —Mi hermano no termina la frase, pero ya sé lo que va a decirme.

Nos paramos en un semáforo y aprovecha para mirarme.

—Te lo agradezco mucho, de verdad —le digo, y es de corazón—. No sé qué habría hecho sin ti.

—Probablemente irte a cualquier país europeo y haber vuelto unos días después porque echabas de menos a tu hermano favorito.

—Sí, ya... Ahora en serio.

—Yo también te lo digo en serio. —El tono de Raül se vuelve más grave—. Está bien tener a alguien de la familia que sea normal, con quien poder hablar y esas cosas.

Hacemos el resto del trayecto en silencio. Y vuelven los nervios por la cita.

—Ya casi estamos llegando. Mira, es ahí.

Mi hermano señala un montón de luces que se adentran en el océano. Se divisa una noria gigante casi al final del muelle.

—Te va a encantar Santa Mónica. Yo también traje a una chica aquí para nuestra primera cita y no estuvo mal. Lo que pasa es que no terminamos de congeniar.

—¿Qué te pasa hoy que estás tan... hablador? —le pregunto cuando estoy a punto de bajarme del coche—. Estás en modo confesiones.

—Yo qué sé. Será el espíritu de la Navidad, que me ha pegado fuerte este año.

—Pues igual.

Me quito el cinturón, cojo mi riñonera y me preparo para bajar en cuanto el semáforo se ponga en rojo.

—Por cierto, ya que estamos así, tengo una confesión más que hacer.

—A ver...

—Colin no era sagitario. Lo siento, no pude encontrar a nadie más, pero me debía un favor del curro, así que...

—¿Por eso estaba de tan mala hostia? —Ahora me empiezan a encajar las piezas.

—No..., él es así siempre.

El semáforo cambia al rojo y aprovecho para bajar, a pocos metros de la entrada del muelle.

—Gracias por traerme, mentiroso.

—Lo siento por comprometer tu experimento, que lo pases bien con el verdadero sagitario.

—Venga, adióóós.

Bajo de un salto y cierro la puerta. No miro a mi alrededor y está a punto de atropellarme un señor en traje y patinete, seguido de dos bicis y una chica en patines.

—Joder... —murmuro mientras camino hacia la entrada del muelle de Santa Mónica.

Reviso por quinta vez los mensajes que he intercambiado con Ali, quien ya debería de estar esperándome bajo la señal de la Ruta 66, justo el punto en el que termina. Enseguida distingo entre la multitud a mi musculitos favorito.

—¡Ali! —lo saludo, levantando la mano entre el gentío.

Él se gira y me deslumbra con su sonrisa de dientes perfectos.

—¿Qué tal, Anna? Ya pensaba que ibas a darme plantón.

—Perdona, me ha costado encontrar el sitio. Nunca había estado aquí.

Nos saludamos con un abrazo, no tan tímido como la primera vez en el sótano de la casa de mi hermano.

—¡Pues esto es el muelle de Santa Mónica! Uno de mis lugares favoritos de la ciudad. El sol está a punto de ponerse, verás qué bonito se vuelve el cielo en cuanto se acerque el atardecer. Me han chivado que te gustan las atracciones, así que aquí tenemos varias, por si quieres montar. La verdad es que nunca he subido, también será la primera vez para mí.

Es un alivio que Ali esté tan hablador, porque, de pronto, me siento extrañamente nerviosa. Estoy teniendo una cita oficial, después de tantos tropiezos y complicaciones.

—¡Claro! El otro día estuvimos en Six Flags, ¡me encantó!

—Bueno, esto es un poco más... *vintage* que Six Flags —se justifica enseguida—, pero creo que te gustará.

Hacemos fila para montar en la montaña rusa mientras Ali me pregunta sobre mi vida: cómo es España, si se sigue toreando y si todos comemos paella y bebemos sangría. El tiempo se pasa volando a su lado.

—Yo vengo de una familia de siete hermanos.

—¡Siete! —exclamo.

—Sí, mi madre tuvo gemelos dos veces, pero se quedó con

ganas de ir a por la tercera pareja, aunque nunca llegó. Yo soy el penúltimo de la lista.

—Qué fuerte. Yo tengo dos y de pequeña ya me parecía que éramos muchos.

—Es por un tema religioso —me explica—. De todas formas, ninguno de mis hermanos ni yo hemos salido como ellos. Y mira que lo intentaron.

—Mis padres también nos llevaron a todos a un colegio privado religioso. Fue una pesadilla. Parecía un internado —le cuento, recordando aquellos años.

—¿Os hacían llevar uniforme?

—¡Por supuesto! Todavía lo estoy viendo, extendido sobre mi cama. Era de color verde y azul oscuro. Lo odiaba. —Me río.

Ali sonríe también.

—Seguro que eras de las que se subían la falda y se desabrochaban la camisa.

—Lo primero sí, pero con la camisa, imposible, porque nos hacían llevar corbata —confieso.

—¡Sí, claro!

Le cuento alguno de mis traumas, que todavía puedo rememorar después de tantos años.

—Recuerdo como si fuera ayer el día que entramos al colegio y los curas habían colgado, en el tablón de anuncios del vestíbulo, una lista de películas infantiles y juveniles que consideraban satánicas, para que nuestros padres no nos dejaran verlas. Mi madre, por supuesto, se negó a que yo fuera al cine a ver una de ellas. Lo primero que hice en cuanto tuve mi propio portátil fue...

—Verla, por supuesto —termina mi frase—. Sí, me lo creo perfectamente. Yo también lo habría hecho.

—Otro día nos dijeron que, si no íbamos a misa todos los domingos, Jesús nos castigaría presentándose ante el director y diciéndole que nos bajara un punto en la nota final —le cuento, y Ali está al borde de llorar de la risa—. En la asignatura de Ciencias nos saltábamos el tema de la reproducción para que no viéramos los dibujos del hombre y la mujer desnudos...

—No me lo puedo creer. ¡Y pensaba que los míos eran exigentes!

—Fue un infierno, pero tengo que reconocer que nosotros también les hacíamos la vida imposible a los profesores. Muchas veces los volvíamos locos.

—En la comunidad a la que pertenecen mis padres, no puedes tatuarte si eres miembro.

Inclino la cabeza, con miles de preguntas.

—¿Y si cuando entras ya tienes uno? ¿Te lo borras?

Ali se ríe.

—Parece que es broma, pero no. Es todavía peor: te «invitan» a tatuarte una cruz o algún motivo religioso para purificar tu cuerpo de la tinta satánica.

—No puede ser, no puede ser —me repito, imaginándome algo así.

Seguimos compartiendo recuerdos traumáticos de nuestra adolescencia hasta que me duele la tripa de tanto reírme. Después de la montaña rusa y de un par de atracciones más, hacemos cola para subir a la noria en la hora punta, momentos antes de ponerse el sol.

La fila avanza y la espera se me hace mucho más liviana a su lado. Por fin, llegamos al principio, enseñamos nuestros *tickets* y pasamos a una de las cabinas de la noria.

—Justo a tiempo —dice Ali, mirando por la ventana.

La vista es maravillosa. El sol se pone en el mar, creando miles de reflejos de todos los colores. Al otro lado, las ventanas de los rascacielos lo reflejan. Desde aquí, la ciudad parece todavía más grande.

—No me puedo imaginar lo que es vivir en un sitio así —reconozco.

—¿A qué te refieres? ¿A Los Ángeles?

—Sí, claro —murmuro.

Aquí arriba, el ruido pasa a un segundo plano. Siento que hemos entrado en una cápsula del tiempo, como si todo a nuestro alrededor se hubiera parado. Miro a Ali a los ojos y algo se me revuelve en el estómago.

—Tu pelo parece de fuego con esta luz.

Estira la mano para tocarlo. Tiene razón: la luz naranja me hace parecerme un poco a Julia. De la que, por cierto, hace un par de días que no sé nada. Ali juega con un mechón de mi pelo, intentando hacer un tirabuzón, y después se pasa a la mejilla. La acaricia con cuidado. Siento que tiene las manos frías y se me eriza el vello de la nuca.

Lo miro a los ojos y después a los labios, que se acercan poco a poco a los míos. Me dejo llevar y siento su beso como si fuera a cámara lenta. Sus dedos estarán congelados, pero sus labios, bastante carnosos, hierven, como si estuvieran deseando rozar los míos. Coloca su otra mano sobre mi cuello y sigue besándome, cada vez con más intensidad. Le devuelvo el beso de forma tímida. No esperaba que lo hiciera tan pronto, pero tampoco me molesta. Estaba nerviosa por si no le terminaba de gustar a Ali, pero creo que esto confirma que está interesado en conocerme un poco mejor.

Y, para mi sorpresa, yo también a él.

CAPÍTULO 29

EL DEL FUNERAL

Sé que algo va mal en cuanto bajo a la cocina y me encuentro a los amigos de mi hermano en silencio. Solo falta Julia.

Raül es el primero que da un paso hacia mí y me resume en una frase lo que ha sucedido.

—Ha fallecido el padre de Julia esta madrugada.

La noticia me deja con mal cuerpo.

—¿Qué...?

—Ha sido de repente. No estaba enfermo ni nada. Le ha dado un ataque al corazón, o eso parece.

Suspiro.

—Joder...

Miro la cara de mis amigos. Connor ni siquiera levanta la mirada. Parece hecho polvo de verdad. Me quedo de pie, quieta, sin saber qué es lo que ha de suceder a continuación.

—¿Cómo está Julia?

No pregunto a nadie en particular, pero todos me responden encogiéndose de hombros excepto Harry, que niega con la cabeza.

—¿Qué van a hacer? ¿Cuándo es el funeral y todo eso? —pregunto.

—Esta tarde, a última hora —responde Harry, con el móvil en la mano—. Estoy chateando justo ahora con ella, está destrozada.

248

—Dile que ahí estaremos —murmura Connor.

Nos quedamos de nuevo en silencio. Iba a desayunar algo, pero la noticia me ha cerrado el estómago. Me imagino cómo tiene que estar Julia en estos momentos. Una persona tan alegre, que no haría daño ni a una mosca, se ha llevado uno de los peores palos que te puede dar la vida.

—Joder, y yo no voy a poder ir al funeral porque tengo una sesión que no puedo saltarme, y encima tengo que llevarme el coche —dice mi hermano, dando un golpe sobre la mesa de cristal. Los vasos tiemblan peligrosamente.

—No te preocupes. Aunque no puedas ir, ella sabe que querrías estar ahí. A veces, con eso basta.

Todos nos giramos hacia Connor al escuchar esas palabras. Por primera vez en mucho tiempo, lo miro y no lo reconozco. Ya no está el típico chico chulito, bromista y respondón que he conocido estos últimos meses. Ahora está como apagado.

—Mi coche lo tiene mi hermana —dice Olivia.

—Le puedo decir a Ali que nos lleve en el suyo —digo enseguida, sin pensar.

—Pues sí... Él no trabaja esta tarde —dice Harry—. Yo le escribo, si quieres, o bueno, mejor hazlo tú.

—Vale —respondo.

Me sorprende que Ali sea la primera persona que me haya venido a la mente. Habíamos quedado esta tarde para nuestra segunda cita, pero está claro que las cosas han cambiado.

Le escribo enseguida para explicarle la situación y pedirle el favor de que nos lleve en coche y me asegura que pasará a buscarnos una hora antes de que empiece el funeral.

El resto del día parece pasar a cámara lenta. Cuando el BMW del chico sagitario aparca en la entrada de la casa, me manda un mensaje y salimos todos vestidos de negro. No sé si es apropiado ir a un funeral en vaqueros. Por suerte, no he tenido que ir a muchos en los últimos años. Pero es que no tengo otra cosa que no sean vestidos oscuros para salir de fiesta, con lentejuelas, encaje y demás accesorios desaconsejados para asistir a un funeral.

Me siento en el lugar del copiloto para darle conversación a Ali. Sin embargo, los ánimos están tan bajos que nadie dice nada en la parte de atrás del coche, por lo que prefiero no hablar. Dejo que la radio suene de fondo mientras nos alejamos del centro de la ciudad. Cuando llegamos al cementerio, enseguida distingo a la familia de Julia. Casi todos comparten con ella su misma melena pelirroja y encrespada.

Le doy un abrazo fuerte, esperando que transmita todo lo que ahora mismo no sé decir con palabras. Tampoco estoy segura de que quiera oírlo. Tiene los ojos hinchados y su típica sonrisa y su buen rollo parecen no haber existido nunca en su cara. Está realmente destrozada, pero consigue mantenerse entera y no llorar. Quizá ya no le quedan más lágrimas, como me pasó a mí después de cortar con Carlos, aunque esa situación y la que tengo ahora delante no sean comparables.

Al principio Julia no nos dice nada, pero luego habla un rato con Connor antes de que su madre, o su tía, venga a buscarla para colocarse en la primera fila de la misa. El lugar está hasta los topes de gente. Recuerdo las bromas que le hacen siempre a Julia de que tiene muchos primos. Me imagino que estarán todos ahí, incluido Jakob. El corazón me da un vuelco cuando recuerdo lo que pasó con el chico libra y lo mal que terminó. Trato de localizarlo entre la multitud, pero habrá más de doscientas personas.

Volver a estar en una iglesia me pone los pelos de punta. Y seguir la misa en inglés se me hace todavía más raro, aunque por suerte la entiendo al pie de la letra. Nos sentamos hacia el final de la capilla mientras le dan el último adiós al padre de Julia. Después, se llevan el ataúd, que ha permanecido cerrado durante toda la ceremonia, y ya está. No consigo volver a verla a solas. Han venido tantos familiares a acompañarlos que la dejamos estar con ellos y volvemos a casa en coche. En el camino de vuelta, aprovecho el silencio para escribirle un mensaje a Julia con todo lo que me habría gustado decirle en persona. No sé muy bien qué es lo mejor que puedes decirle a una persona que acaba de perder a su padre, pero intento dejarle claro que estoy aquí para todo lo que necesite.

Dejamos a Olivia y a Harry en su casa y recorremos los últimos minutos de trayecto solos Connor, Ali y yo. Cuando frena frente a la casa de mi hermano, Connor se baja, dándole las gracias con una palmada en el hombro. Por las luces que se van encendiendo y apagando, sé que ha ido directo a su habitación.

—Muchísimas gracias por traernos, de verdad —le digo a Ali por quinta vez.

—No es nada. Y no te preocupes por nuestra cita, ya la tendremos en otro momento. Porque... todavía quieres, ¿no?

Ali se cruje los nudillos. Está demasiado guapo con la camisa negra que lleva puesta, aunque parece que la va a reventar en cualquier momento con los músculos que tiene.

—Por supuesto. —Sonrío cuando lo digo y me acerco a darle un beso.

Es extraña esta sensación de tener que seguir amando y viviendo mientras a otros ya se les ha acabado el tiempo. De pronto, siento que algunas de las preocupaciones que he tenido últimamente ya no me molestan tanto. Y quizá me apetece un poco más tomar ese vuelo de regreso a Valencia por unos días.

—Cuídate mucho y escríbeme para quedar en otro momento, no quiero que vuelvas a España sin despedirme de ti, ¿vale?

Asiento y me acerco para darle otro beso. No sé si Ali es consciente de que a la vuelta de Navidades ya no debería estar con él, según el experimento, aunque en este caso vaya a hacer una excepción para poder besarlo en Nochevieja.

—Gracias otra vez, en serio.

Cojo mi bolso y miro instintivamente hacia el asiento de atrás cuando veo que se enciende una luz.

—Mierda, es un móvil.

Estiro la mano para cogerlo. Solo puede ser de Olivia, de Harry o de Connor, que son los que han viajado detrás. Toco el botón lateral para desbloquearlo y veo una foto de una red de voleibol con una bonita puesta de sol.

—Es de Connor, menos mal. Yo se lo subo.

—Vale, gracias, Annita.

—¡No me llames así! —le grito antes de cerrar la puerta del coche, con mi bolso en una mano y el móvil de Connor en la otra.

Ali arranca y desaparece enseguida mientras busco las llaves de la puerta principal. La abro. Todo está a oscuras, me alumbro con la linterna de mi teléfono y camino hacia la habitación de Connor. Tomo aire dos veces antes de llamar con los nudillos a la puerta. Dentro se oye una música indie de fondo.

—¿Raül? —pregunta, bajando la música.

—Soy Anna —elevo la voz por si acaso—. Te has dejado tu...

Connor abre la puerta antes de que pueda terminar la frase. Mi primer instinto es soltarle un «podrías haberte vestido» en cuanto lo veo aparecer por la puerta medio desnudo, con la toalla de baño atada a la cintura.

Joder, otra vez estamos con lo mismo.

—Te has dejado el móvil en el coche —le digo mientras se lo tiendo con la mano. Él estira la suya y, en cuanto separa el brazo del cuerpo, se le empieza a escurrir la toalla.

Sin querer, chillo y me tapo los ojos, dejando caer el móvil al suelo. Connor se sobresalta todavía más que yo y suelto un suspiro tremendo al ver que por debajo de la toalla lleva un bañador.

—Joder, qué susto me has dado —le digo, recuperándome todavía del microinfarto.

—Tranquila, no estoy en pelotas. —Me sorprende que Connor esté de humor para bromear.

—Me refería a tu móvil. No me habría hecho ni pizca de gracia tener que comprarte otro.

—Ya, claro.

Los dos sabemos que estoy mintiendo, pero prefiero dejarlo pasar.

—¿Adónde vas con un bañador a estas horas?

—A darme un chapuzón —me responde mientras apaga las luces de su cuarto.

Nos quedamos a oscuras hasta que enciende las del rellano de la primera planta.

—¿Te vas a quedar aquí toda la noche? —me espeta, y ahora su tono no me gusta tanto.

—¡Encima de que te he traído el móvil! —farfullo, y me voy a mi habitación hecha una furia.

Estoy tan cansada que podría tumbarme directamente, sin cenar, y quedarme dormida. Hasta que escucho el sonido inconfundible de Connor lanzándose a la piscina. ¿Este tío está loco? Pensaba que estaba de broma con todo eso de bañarse. Con el frío que ha hecho estos últimos días, no me puedo ni imaginar la temperatura a la que estará el agua.

Me entran tentaciones de mirar por la ventana. Tengo todas las luces apagadas, así que desde abajo no se me puede ver, estoy convencida. Cojo el móvil y me preparo para grabarle algún tipo de vídeo ridículo para compensar el que me hizo él con los aspersores, cuando me doy cuenta de que no se está dando un baño sin más.

Se está desfogando, nadando a toda velocidad de un lado a

otro de la piscina, como si el agua fuera su enemiga y se estuviera peleando con ella. Después, se queda quieto y es entonces cuando lo oigo.

Está llorando.

No hace falta mucha luz para reconocerlo, aunque en el jardín apenas hay cuatro o cinco farolillos solares encendidos. Ha apoyado los brazos en el borde de la piscina y tiene la cabeza enterrada entre las manos. No se le oye desde aquí, pero se distingue su espalda, curvándose cada vez que solloza.

Bajo el móvil y me planteo seriamente bajar y hablar con él, pero no quiero meterme donde no me llaman. Además, conociéndolo, supongo que lo mejor es dejarlo tranquilo. Dudo durante unos segundos más. Estoy a punto de cambiar de opinión, pero, al final, decido quedarme.

CAPÍTULO 30

EL DE LA EXCUSA DE MIERDA

El segundo domingo de diciembre cambia el tiempo de golpe, así que me pongo la bufanda más gruesa que he traído a Los Ángeles, un jersey de lana y unos vaqueros. Hoy es la cuarta vez que Ali y yo nos vemos, contando la fiesta, la primera cita y, por mal que suene, el funeral. Tengo ganas de poder pasar tiempo los dos juntos, ya que la última vez que coincidimos no fue, precisamente, una tarde divertida.

En esta ocasión, le había pedido a Ali que quedáramos en un sitio más tranquilo, donde pudiéramos hablar con calma y conocernos mejor, aunque ya llevábamos horas y horas acumuladas de chatear por WhatsApp. Ali insiste en que tengo que conocer la ciudad, aunque comience por las zonas más turísticas, por lo que quedamos en una cafetería cercana al Paseo de la Fama.

Cuando bajo del Uber, él ya me está esperando y miro el reloj por si acaso he llegado tarde. En efecto, voy con unos minutos de retraso. Veinte, concretamente.

—Qué puntual es mi chica —me dice, como si alguna vez hubiera sido una tardona.

Me da un abrazo rápido y me invita a sentarme frente a él.

—Dicen que llegar antes es ser impuntual y que lo bueno se hace esperar... —me justifico enseguida, haciendo mezclas entre varios refranes.

—Sí, Roma no se construyó en un día y todo eso, ¿no?

—Exacto.

Trago saliva mientras me quito la chaqueta y me acomodo. No me puedo creer que Ali me haya traído a una típica cafetería restaurante estadounidense, donde sirven batidos de casi dos litros con extra de nata montada. Me siento tentada de pedir uno, pero me da miedo el precio.

—¿Quieres compartir uno?

—¿Por qué me has leído la mente? —le pregunto, riéndome.

Tengo un presentimiento extraño en el estómago, que no sé si son los nervios o las ganas de comer algo. En estos últimos días he estado descuidando un poco las comidas, por lo que tengo un hambre feroz a cualquier hora. Ahora mismo me podría comer todo lo que me sirvieran y más.

—Porque los aries y los sagitario somos compatibles —dice enseguida.

—¡Me gusta esa respuesta!

—Ya lo sabía yo...

El camarero toma nota de nuestro pedido con una amabilidad desbordante.

—Gracias —dice Ali, tendiéndole la carta.

Él se ha pedido un montón de platos diferentes, lo único en común es que tienen una cantidad desorbitada de azúcar.

—Luego lo vas a quemar en el gimnasio, ¿no? —le vacilo.

—Un día podrías venirte —me invita—. Te gustaría. La gente allí es muy maja, como si fuéramos una familia.

Esa última frase me provoca un escalofrío.

—No soy mucho de gimnasio, la verdad —le digo—. O sea, me gusta el deporte, pero antes lo practicaba más. Ahora me da pereza y no tengo mucho tiempo.

—Bueno, puedes empezar poco a poco —intenta animarme—. Yo al principio solo iba media hora al día, o así. Al final, le acabas cogiendo el gustito.

—No sé yo si les cogería el gustito a las agujetas. Hace unas semanas, solo de estar en Six Flags, me dolía tanto el cuerpo que me morí de agujetas durante varios días.

Ali hace un gesto en el aire con la mano.

—Eso al cabo de dos semanas de gimnasio ya no te vuelve a suceder —me asegura.

—Pero es que no me llama la atención ningún deporte, de verdad. Como mucho, patinar, o así. Pero nada de deportes de equipo.

—Bueno, en eso estamos de acuerdo —dice Ali—. A mí también me gusta estar solo, conmigo mismo. Aunque te digo... Hay un tipo de deporte que no me importa hacerlo por parejas...

En ese preciso instante, cuando estoy a punto de ponerme roja de vergüenza, aparece el camarero con nuestros platos. Ali ha pedido tortitas, patatas fritas y algo más que soy incapaz de reconocer, además del batido que vamos a compartir.

Pido un vaso de agua del grifo para que la experiencia sea más leve.

Hablamos de todo un poco mientras Ali ingiere unas mil quinientas calorías, aproximadamente, como quien se toma un filete de carne con patatas fritas. Me habla sobre su familia, su infancia y el viaje a Europa que hizo en 2011 y que le gustaría repetir, pasando por España. Cuando me pregunta por mis padres, intento esquivar el tema de forma elegante. Tampoco me voy a casar con él, así que no tiene que saber la verdad.

Me cuenta historias de Harry, de cómo se conocieron en la redacción. De las veces que la habían cagado juntos con alguna noticia y se habían salvado el culo entre ellos. Me río con sus anécdotas y el tiempo va pasando, entre sorbo y sorbo del batido. Al final, se nos hacen las nueve y media de la noche.

—Bueno, no quiero entretenerte, que me imagino que mañana tendrás que trabajar.

Miro instintivamente el móvil.

—No te preocupes —le digo, aunque tampoco es que el lunes tenga mucho que hacer.

Enseguida se acuerda de que estoy pasando una mala racha económica, ya que se lo conté en nuestra última cita.

—Ay, es verdad. Lo siento, ha sido una frase de mierda —reconoce—. Es que no sabía si querías irte a casa o...

Sus palabras se quedan flotando en el aire. Me pregunto si son una indirecta que tengo que pillar o no, si esconden lo que realmente estoy pensando.

Joder, casi tres meses de soltería y todavía no he aprendido el lenguaje del amor. Bueno, mejor dicho, del sexo.

—¿Tienes algo que hacer? —me pregunta.

—Te diría que sí, pero mi plan de domingo era quedar contigo y nada más. Quizá ver Netflix tumbada en la cama.

—Si quieres, te acompaño.

Me gusta que Ali sea tan lanzado. Así no tenemos que perder el tiempo con idas y venidas.

—Directo al grano —le digo.

—Soy sagitario. El mundo me hizo así.

Nos miramos unos segundos en silencio y nos partimos de risa.

—¿A qué ha venido eso? —le pregunto.

—No sé, se supone que los sagitario somos impulsivos, ¿no?

—Yo ya no sé ni cómo soy yo misma, a veces —digo mientras nos ponemos de pie.

Cojo mi chaqueta y el bolso y salimos. Caminamos un par de manzanas porque Ali quiere enseñarme un mural que hay aquí al lado y después de un par de fotos subimos al Uber.

—¡Ostras, Anna! —me grita nada más subir.

—¿Qué pasa?

Ali se pone pálido y por unos instantes me asusta.

—¿Qué te pasa? ¿Qué pasa?

Su rostro pasa del blanco al rojo y se echa a reír como loco. Me pasa la mano por detrás de los hombros y me acerca hacia él para susurrarme al oído.

—¿Tú has pagado la comida?

—¡No! —exclamo, dejándolo casi sordo.

El corazón me comienza a palpitar con fuerza. ¿Acabo de hacer un simpa? En otro momento me habría muerto de vergüenza, pero ahora mismo, en un Uber de camino a casa con el chico sagitario, solo puedo reírme y dar palmadas en el aire. El conductor debe de pensar que estamos locos o borrachos, no sé qué es peor. Creo que se mantiene en tensión hasta que nos deja en la puerta de la casa de mi hermano.

—No hay nadie —le aseguro, aunque no me quedo tranquila hasta que giro la llave y veo que la puerta está cerrada con vuelta.

—¿Me haces un *house tour*? —me pregunta Ali en cuanto enciendo las luces—. El otro día casi no tuve tiempo de verla, ni siquiera el jardín.

—Eres cotilla, ¿eh?

Se encoge de hombros.

—Es que no estoy acostumbrado a ver estos casoplones —me dice—. Bueno, desde fuera sí, pero no he estado dentro de muchos.

—¿En serio? —Salimos al jardín y me froto las manos en cuanto siento de nuevo el frío de diciembre—. Pensaba que te moverías en círculos más...

—¿Más qué? ¿Selectos? Qué va. Aquí es muy difícil entrar en ese mundillo y casi que es mejor no hacerlo. He perdido a muchos amigos, y sobre todo amigas, porque se han obsesionado con el dinero y la fama. Ser alguien en Los Ángeles está sobrevalorado, créeme.

Pasamos por la cocina y subimos la escalera hacia el primer piso, donde está mi cuarto.

—Pero esta zona no es tan exclusiva, ¿no?

Ali gira la cabeza.

—Más o menos. A ver, no viven superestrellas. Pero sí gente con bastante pasta, como tu hermano.

Hago como que no lo he oído y abro la puerta de mi habitación, cambiando de tema.

—Y aquí es donde vivo ahora.

Me alegro de haber hecho algunos cambios en las últimas semanas, como comprar una nueva colcha y decorar las paredes con pósteres, plantas y algunos libros.

—Qué chula. Los techos son altísimos.

—La casa no tiene gimnasio, eso sí —lo pico—. No podrías vivir en ella.

—Bueno, me apañaría con algunas cosillas en el jardín. De todas formas, podemos hacer ejercicio en tu cama.

Ali va directo hacia mí. Me coge de la cintura y se lanza a besarme en los labios. Ahora que lo tengo tan cerca, le rozo la espalda con las yemas de los dedos y me doy cuenta de que está realmente duro. Dios mío, me muero por verlo desnudo, solo por el morbo de mirar de cerca sus abdominales.

En cuanto se quita la camiseta, todo pasa a cámara lenta. Parece que estoy viviendo una película porno en realidad virtual, porque los músculos de Ali están tan marcados que parecen de mentira. Tomo la iniciativa y lo ayudo a quitarse los vaqueros, y justo después comienzo yo también a desvestirme. Hace frío, por lo que me levanto a poner la calefacción. Aunque no creo que la necesitemos durante un rato.

Regreso a la cama en el momento justo en que se está bajando los bóxers. Me quedo a cuadros cuando veo lo que tiene entre las piernas.

Joder. ¿Es que no me puede tocar una polla normal? ¿Qué narices pasa en Los Ángeles?

No quiero ni saber cuánto debe de medir eso. No solo la

tiene larga, sino que parece que le han picado varias abejas y se le ha inflamado.

Esto va a doler.

—¿Qué pasa? —dice el chico sagitario.

Me ha debido de cambiar la cara, porque Ali me mira como si hubiera acabado de hablar en un idioma inventado.

—Nada, nada.

En el fondo, estoy convencida de que sabe perfectamente lo que está pasando por mi cabeza ahora mismo, pero prefiere hacerse el tonto. Me hace un gesto para que vaya hacia él y me tumbo en mi cama. Es raro hacerlo aquí, la verdad. Las últimas veces han sido en casas ajenas. Por lo menos, sé que estoy sobre unas sábanas limpias y que tengo todas mis cositas en el baño y me puedo dar una ducha nada más terminar.

Me acerco a él, que está sentado en la esquina de la cama, y me coloco sobre sus piernas, de frente. Ali empieza a besarme el cuello. Sube hacia mi oreja y después baja de nuevo en dirección a la clavícula. Me desabrocha el sujetador con una mano mientras con la otra me agarra del culo y de las bragas.

—Esto te sobra —me dice, bajándomelas también.

Tengo que arquearme de una forma extraña para quitármelas y, por fin, me quedo desnuda delante de él. Vuelvo a sentarme como estaba antes y siento su polla contra mi pierna izquierda.

—¿Quieres que te la meta? —me pregunta, deslizando sus manos por mis tetas.

—¿Ya?

—¿Cómo que ya?

—Me refiero, ¿tan rápido?

Él se encoge de hombros.

—Es que estoy muy cachondo.

Suelto una risita, aunque en el fondo estoy muerta de miedo por dentro. Así, tan rápido y sin preliminares, sé que va a doler. Sin embargo, pienso en lo que me han dicho mil veces Julia y Olivia.

—Los condones están ahí, en el primer cajón —le digo, señalando la mesita de noche que hay junto a la cama.

—Puf, ¿no tomas pastillas?

Me quedo en silencio, esperando que sea una broma.

—Es que me aprietan mucho los condones, no me gustan. ¿Podemos hacerlo rápido y la saco antes de correrme?

Abro mucho los ojos.

—Ni de coña. Además, existen unas cosas llamadas ETS, no sé si te suenan —utilizo un tono raro, pero me sale solo.

—Va, Anna, no seas aguafiestas.

La frase me sienta tan mal que no sé qué responderle.

—¿Nunca lo has hecho sin condón? —sigue insistiendo.

Lo miro a los ojos, como si no me pudiera creer lo que está pasando. ¿En serio? ¿Después de todas las citas que hemos tenido, de haber conectado tan bien, se va a ir todo a la mierda porque no quiere ponerse un condón? No sé si sentirme sorprendida o decepcionada. Más bien, un poco de cada.

—No, ni quiero. ¿Estás loco? ¿Lo vas haciendo por ahí sin condón con otras tías?

Ali suelta una risa que no me gusta nada. Estoy tan cabreada que me parece surrealista haber pasado de la atracción al asco en tan poco tiempo.

—Claro, nena. Esto es Los Ángeles...

—Como si es Japón, Ali. Eres un cerdo. Tanto músculo y tan poco cerebro.

Él se pone de pie y comienza a vestirse. En el fondo me está haciendo un favor, porque no sabía cómo decirle que se fuera. Hago lo mismo mientras sigue refunfuñando.

Me parece surrealista todo lo que acaba de suceder. Tanto que la Anna cachonda de hace cuestión de un minuto ya no existe y la ha sustituido la Anna cabreada. No entiendo la situación. ¿He pasado por alto alguna señal? ¿He hecho algún comentario que se haya podido malinterpretar?

—Yo paso, joder. Siempre igual, las tías sois unas sosas. Ni que os fuerais a quedar embarazadas por un metesaca y, si os quedáis, pues abortáis y punto.

No me puedo creer que haya estado compartiendo y gastando mi tiempo con un energúmeno así. Sus palabras me cabrean tanto que pierdo el control de lo que digo.

—¡Ni siquiera puedo tener hijos, imbécil!

Ali bufa.

—Además de maniática, disfuncional.

Termina de calzarse mientras se me cae el mundo a los pies. Ni siquiera sé por qué he dicho eso en voz alta, algo que ni siquiera mi hermano conocía hasta hace unas semanas. Me arde la cara, pero siento que las manos me tiemblan en una mezcla de frío y rabia.

—Lárgate de aquí ahora mismo —le suelto, señalando la puerta.

No sé cuánta autoridad tengo ahora mismo, en pelotas y en una casa que no es la mía. Por un instante, tengo miedo de que la situación se tuerza todavía más y Ali me haga daño de alguna manera. Por suerte, no tiene intención de pasar más tiempo conmigo.

—Tampoco pensaba quedarme —responde.

Todavía tiene la cara de dar un portazo a la puerta principal cuando se marcha. Me quedo en *shock*, tumbada en la cama. Tengo que darme una ducha, como si quisiera borrar todos los lugares en los que ha rozado mi cuerpo, y me hago una bolita en la cama hasta que me quedo dormida de tanto llorar, pensando en sus últimas palabras.

CAPÍTULO 31

↗

EL DE VALENCIA

Empiezo a creer un poco en el destino cuando llega el último día de la temporada de Sagitario y ya no quiero saber nada más de Ali. Meto cuatro cosas en la maleta de cabina mientras mi hermano me insiste en que deberíamos salir ya de casa si queremos llegar con tiempo al aeropuerto, que para los vuelos internacionales se ponen muy pesados. Al final, cojo lo esencial y la cierro. Total, la mayor parte de mi ropa, sobre todo la de invierno, sigue estando en casa de mis padres.

En el último momento, por si acaso, abro la maleta de nuevo y meto un par de cosas más, mis pertenencias de valor que tengo por aquí y los cargadores de todos mis dispositivos. Solo por si no regresara y decidiera quedarme en Valencia... o aceptar la oferta de trabajo de Raül, aunque todavía no sea nada en firme.

El tono de mi hermano se vuelve todavía más agresivo.

—¡Anna! ¡O bajas ya o me voy sin ti!

—¡Ya voy! —respondo, y esta vez es de verdad.

Compruebo que llevo el pasaporte y el billete y salgo de la habitación. En este papel que indica la hora de embarque y mi asiento se han ido los pocos ahorros que me quedaban. Por suerte, recuerdo que guardo algo en efectivo en casa de mis padres, por si decido volver.

Abajo están Raül y Connor, cada uno con una maleta en la mano.

—¿Te vienes con nosotros? —le pregunto.

Lleva puestas las gafas de sol, aunque hoy apenas hagan falta.

—Sí, al aeropuerto. Volaré a Carolina del Sur para pasar las Navidades con mi familia y a participar en un torneo de vóley.

—¡Qué guay! —respondo. Por lo menos, parece que alguien se lo pasará bien.

—Venga, nos vamos ya. Voy a poner la alarma, así que todo el mundo fuera.

Bajo la escalera y salgo de la casa. Connor y yo colocamos nuestras maletas en el coche mientras Raül termina de organizarlo todo.

—¿Dónde vas a dejar el coche? —le pregunto a mi hermano.

—Pues en el aparcamiento del aeropuerto, dónde va a ser...

—Vale, borde —le respondo en español.

Me empano mirando por la ventanilla hasta que llegamos al famoso LAX. A pesar de las insistencias de mi hermano, nos sobra tiempo, sobre todo a Connor, que tiene un vuelo doméstico y encima despega una hora más tarde que nosotros.

Comemos algo rápido en McDonald's y para cuando me doy cuenta ya es la hora de embarcar. Nos despedimos de Connor con un abrazo rápido y vamos a la fila. Mi hermano ha rechazado viajar en primera para que vayamos juntos, así que esperamos a que suba todo el mundo para pasar nosotros.

—48B y 48C —le digo en cuanto ponemos un pie en el avión.

—Genial. ¡Me pido pasillo!

Pongo los ojos en blanco. Mi hermano sabe de sobra que me pone nerviosa viajar ahí, pero sigue insistiendo en hacer la misma broma desde que tenemos siete años.

El vuelo a París se me hace eterno, sobre todo porque salimos con retraso y nos dejan solo media hora de escala antes de despegar rumbo a Valencia. Nos ponemos de pie en cuanto tocamos tierras francesas y corremos por el Charles de Gaulle hasta llegar al embarque, en el que, de nuevo, somos los últimos. En este vuelo vamos separados, pero después de cruzar todo el Atlántico, estas casi dos horas se me pasan rapidísimas. Para cuando el avión termina de subir y alcanza la altura máxima, enseguida tiene que comenzar las maniobras de aterrizaje. O, por lo menos, así me lo parece, porque el sueño se apodera de mí en cuanto cierro los ojos.

Me duermo sin saber muy bien qué hora es en España. Por la luz, parece estar amaneciendo, pero no me fío de mi instinto después de dar tantas vueltas por el mundo. Por suerte no tenemos que esperar a las maletas. Ventajas de viajar solo con equipaje de mano.

—Connor ya lleva seis horas en casa de sus tíos y nosotros acabamos de llegar —dice mi hermano, reprimiendo con poco éxito un bostezo.

—¿Nos ha venido a buscar Martina?

Él se encoge de hombros.

—Ni idea.

Salimos fuera, pero no vemos a mis padres ni a mi hermana por ninguna parte.

—Voy a cambiar la tarjeta SIM por la española, por si acaso me han escrito ahí.

Me quito el pendiente para abrir la ranurita de la tarjeta y espero a que se vuelva a encender el móvil, pero no me han llegado nada más que mensajes de amigos desubicados que no se habían enterado de que estaba en Estados Unidos y había cambiado de número.

—Nada.

—Yo tampoco —dice Raül.

—Pues cogemos el bus.

—Ni de coña, vamos en taxi —insiste mi hermano.

—Tú te has aprincesado mucho en Los Ángeles, ¿eh? —le suelto.

Me saca la lengua como respuesta y montamos en el primer taxi libre de la fila. Veinte minutos después, con tráfico incluido, pasamos la plaza de España y llegamos por fin a casa. Durante el camino escribo a Julia con mi número español para avisarla de que he llegado sana y salva. No hemos hablado mucho en los últimos días, pero quiero que sienta que estoy ahí para ella, aun a riesgo de parecer una pesada.

Raül paga el taxi y yo llamo al telefonillo del 2.º B.

—¿Quién?

—¡Nosotros!

—¿Quién es nosotros?

—Anna y Raül.

—El burro delante para que no se espante —oigo murmurar a mi padre, mientras se aleja el telefonillo de la oreja y nos abre la puerta de la calle.

—Menos mal que he podido pagar con tarjeta, porque se me ha olvidado coger euros —dice mi hermano, mientras subimos por la escalera al segundo piso.

—¡Ya están aquí! —exclama mi padre.

Ha venido a recibirnos a la entrada, solo él. Lleva un jersey navideño y las mejillas sonrosadas del calor que hace en casa por la calefacción central.

—¿Qué tal el vuelo? Lo he seguido con una aplicación hasta que me he quedado dormido.

—Bien, papá. Largo, como siempre.

Después, mi padre se nos acerca y me da un abrazo a mí y después a Raül.

—¡Pero si ha venido mi niño!

Mi madre aparece en el recibidor y corre a abrazar a Raül. Lo llena de besos sonoros mientras le agarra la cara con las manos, como si se le fuera a escapar.

—Hola, mamá.

—Cuánto tiempo sin verte. ¡Deberías venir más!

—Déjalos, que acaban de cruzar el Atlántico —dice mi padre.

—Y hemos hecho escala en París, casi perdemos la conexión.

—Ay, menos mal que ya estás aquí.

Mi madre entonces levanta la cabeza y me mira.

—¡Y has traído a Anna de vuelta! —No soy capaz de interpretar su tono de voz, si es de alegría o de resentimiento.

—Hola, mamá.

Me da un abrazo rápido y exclama:

—Tenemos una sorpresa para vosotros, venid, venid.

Cierro la puerta y me quedo atrás, pero camino por el pasillo hasta llegar al salón. No me puedo imaginar cuál es la sorpresa. ¿Un perro? No creo. ¿Una nueva televisión?

Entonces, veo a Martina y a Gaston en el sofá, que se están levantando al mismo tiempo. Raül ahoga un grito al ver a nuestra hermana.

—¡Estás embarazada! —suelto, como si necesitara decirlo en voz alta para creerlo.

—¡Sí! ¡Lo está! —chilla mi madre, y a continuación se echa a llorar.

Las siguientes tres horas en casa consisten en hablar de Martina y del bebé, de que ya se le nota la tripa porque está de casi cinco meses.

—¿Todavía no se sabe el sexo? —pregunta mi hermano.

—No, pero no falta mucho. Tenemos muchas ganas de que nos lo digan para poder ponerle ya nombre —dice Martina, mirando a Gaston.

Hay algo en sus ojos que grita lo enamorados que están el uno del otro y su expresión se me queda tan clavada que no puedo quitármela de la cabeza. En el fondo, los envidio un poco.

Gaston y Martina son tal para cual, como si hubieran partido a una persona por la mitad y se hubiera reencontrado y unido de nuevo. Me dan ganas de preguntarle a Gaston cuál es su signo del Zodiaco para poder ver si es compatible con el de mi hermana, pero prefiero no mencionar esa palabra, por si acaso.

El resto del día discurre tranquilo y pienso que no ha sido tan mala idea volver. Ahora, con el embarazo de mi hermana, tenemos monotema para todas las Navidades, así que espero que gracias a eso me dejen un poco tranquila y la atención se centre en el bebé. El segundo día lo paso fuera de casa, haciendo compras de última hora. Guardaba un fajo de billetes de veinte euros en efectivo en el último cajón del armario de mi cuarto, por lo que decido usarlo para comprar regalos y envolverlos de forma cutre sobre la cama. Me aparto seiscientos euros en billetes de cien. Esto, y lo poco que me queda en la cuenta, es todo lo que tengo ahora mismo.

Trato de mantenerme ocupada para no pensar demasiado, pero cada vez que llega la noche no puedo evitar pensar en todas las cosas que han cambiado desde que estuve aquí por última vez: la ruptura con Carlos y mis aventuras con los tres primeros signos del Zodiaco. Jakob, Theo y Ali. No sabría decir cuál de ellos ha sido el peor.

Me quedo dormida recordando la fiesta en la que conocí al chico libra y, cuando me despierto, por fin me he acostumbrado al horario español. Pensaba que me costaría más, pero al cabo de un par de días ya lo he pillado. Hoy es Nochebuena, así que todos echamos una mano para que la comida y la cena salgan lo mejor posible. Mi madre no se separa de Martina, a quien le ha puesto una silla en la cocina para que no tenga que hacer esfuerzos, y no para de decir lo buen marido que es Gaston por ayudarla con todo lo que necesita. En el fondo, a Gaston le gusta cocinar y es demasiado bueno como para decir que no, por lo que se deja explotar por mi madre.

—Creo que lo quiere más a él que a nosotros —bromea mi hermano, aunque no sé hasta qué punto.

—Tal cual —susurro de vuelta, secando a mano la vajilla que vamos a utilizar esta noche.

La comida y la tarde transcurren con normalidad. El árbol ya está lleno de regalos y las luces llevan encendidas desde primera hora de la mañana, esperando a que den las doce para abrirlos.

No paramos hasta que, por fin, nos sentamos a cenar, una hora después del discurso del rey.

—Pásame la salsa rosa —me pide mi madre, que no ha vuelto a dirigirme la palabra desde que llegué, salvo para darme órdenes.

—A mí también —dice Martina.

Mi madre enseguida se altera.

—Tú no puedes, que lleva alcohol. A ver si va a pasarle algo a mi nieto.

—Por un poquito no pasa nada —dice Raül.

—¡Qué sabrás tú de eso! —le espeta mamá.

—Venga, tengamos la cena en paz. —Mi padre trata de poner calma y nos quedamos callados. De fondo, solo se oye la televisión y el sonido del marisco crujiendo entre nuestros dientes.

Gaston interrumpe el silencio de vez en cuando para preguntar dudas sobre las tradiciones navideñas en España, a las que mi madre contesta con mucho gusto y una sonrisa en la cara. No es su primera Navidad con nosotros, pero como si lo fuera. A veces pienso que incluso lo hace para caerles bien a mis padres.

—¿Y no pasas las Navidades con tu familia? —pregunta Raül—. ¿O te vas en Nochevieja?

—Quería quedarme un poquito más con Martina hasta asegurarme de que estaba bien. Estos últimos días ha tenido muchos mareos y le dolía la espalda.

Su acento francés me recuerda al de Laurent, el otro chico sagitario, y me pregunto qué habría sido de ese signo si lo hubiera elegido a él y no a Ali por fastidiar a Connor. Al final, después de todo, ni siquiera llegué a saber qué se llevaba el ganador del juego. Nunca hablé del asunto con Harry.

—Pues has hecho muy bien —le dice mi madre—. No como estos gandules, que hay que tirarles de la oreja para que vuelvan a su casa, como si aquí los torturásemos. ¿Verdad, Antonio?

Mi padre asiente, llevándose una gamba pelada a la boca. Claro. Cómo no.

—También podríais venir vosotros alguna vez —le dice mi hermano, aunque sé que no va en serio.

—Sí, claro, ahora con tu hermana embarazada nos vamos a ir todos a esa ciudad de fiestas y perversión en la que vives solito.

Hasta mi padre se queda a cuadros cuando escucha las palabras de mamá.

—Por lo menos, la gente es simpática allí —digo para defender un poco a Raül.

—Sí, claro. Los que no son unos salvajes del Oeste con pistolas son maricones, paseando en bolas con la bandera arco iris delante de los niños...

—¡Mamá! —Esta vez es Martina quien levanta la voz.

—Tú no te alteres, hija, estate calladita —le espeta.

Veo que su cara se está encendiendo más y más. Se acerca una tormenta. Miro a Gaston, que está flipando con la situación pero no se atreve a decir nada.

—No puedes hablar así de la gente solo porque no piense como tú —dice Raül.

—Ya podríais dejaros de tonterías de ir a vivir fuera y buscar un trabajo de verdad —refunfuña ella.

Mi hermano suelta el cubierto, que cae sobre el plato dándonos un susto a todos.

—¿Quieres dejar de decir ya esas mierdas?

—Raül... —El tono de mi padre es severo, pero mi hermano ya está demasiado cabreado como para dar marcha atrás.

—Es que es la verdad —replica mi madre—. Si te fastidia es porque sabes que, en el fondo, tengo razón.

—Déjalo, Raül —le susurro antes de que monte un pollo.

—Y pensar que era yo el que quería venir, tendría que haberte hecho caso —me dice, más alto de la cuenta.

Mi madre suelta también los cubiertos y se pone hecha una furia.

—¿Ah, sí? ¿No querías volver? —me pregunta, apuntándome con el dedo.

—Vamos a dejarlo, por favor. —Martina intenta poner paz, pero ya nadie le hace caso.

—Precisamente por esto prefería quedarme en Los Ángeles —murmuro. Levanto las manos, señalando la situación.

—¡Pues no haber venido! Habríamos estado más tranquilos sin ti.

Las palabras de mi madre se me clavan como cuchillos. Esperaba una discusión en algún momento, pero no en la misma cena de Nochebuena.

—Sí, la verdad es que me lo podría haber ahorrado.

—¡Anna! —grita mi hermano, pero ya me he puesto en pie, dispuesta a largarme de ahí.

Sé que son mi familia y que se supone que los tengo que querer, pero todo tiene un límite y no pienso aguantar ni un segundo más aquí sentada, escuchando cómo me dicen de todo.

—Eso es, lárgate. Es lo que mejor se te da.

—Mamá, tienes que parar. No puedes... —la voz de Raül defendiéndome se va difuminando conforme me alejo.

Ni siquiera me doy la vuelta para despedirme de los demás. Salgo del salón y voy directa a mi habitación, hecha una furia. Todavía no he deshecho del todo la maleta, así que hago un revoltijo con mis cosas y la cierro enseguida. Cojo las llaves, el dinero en efectivo, mi abrigo y la tarjeta SIM de Estados Unidos, y me largo de ahí.

No dejo de llorar hasta que llego a casa de Lucía. Estoy a punto de llamar al timbre de su piso, el que ahora comparte con Santi, pero en el último momento, con la yema del dedo casi rozando el botón, me detengo. Ni siquiera sé si Lu pasa la Nochebuena en su casa. Además, aunque me abriera..., ¿realmente quiero estar ahí? No quiero aguarles la fiesta. Y, mucho menos, volver a convertirme en la «pobre Anna», la que va de lado a lado, perdida, llorando en los brazos de sus amigas, quienes tienen ya prácticamente toda la vida solucionada.

Me planteo irme a un hotel, incluso a un hostal, pero enseguida elimino la idea de mi cabeza. Es Nochebuena, por lo que los precios estarán por las nubes. Ahora mismo no me lo puedo permitir. Prefiero invertir el dinero que me queda en un vuelo a Los Ángeles, el más barato que encuentre, aunque despegue a una hora intempestiva.

—El aeropuerto...

Sí, he llegado a un punto en el que me estoy planteando pasar la noche ahí, despierta a base de cafeína y Toblerone. Corro hacia la parada mientras confirmo que hoy funciona la línea de autobús entre la ciudad y el aeropuerto. Por suerte, el 24 de diciembre es día laborable, así que todavía llego a tiempo para pillar el último. Cuando lo veo llegar, hasta el conductor se extraña de verme subir a esas horas. Me saluda con un «Feliz Navidad» despreocupado cuando le pago el billete y dejo la mente en blanco hasta llegar al aeropuerto. Una vez allí, pregunto por el siguiente vuelo a una capital europea que esté por debajo de los treinta euros y afortunadamente hay uno a las cuatro de la mañana en el que todavía quedan plazas libres.

Claro, nadie viaja en estas fechas a las tantas de la mañana... Excepto yo.

Aterrizo en Berlín un poco antes de que amanezca. Pregunto en todos los mostradores de aerolíneas estadounidenses para ver cuál me ofrece el mejor precio y al final no me queda otra que hacer escala en Atlanta y de ahí volar a Los Ángeles. No es lo ideal, pero me sale noventa euros más barato que el vuelo directo y no estoy para despilfarrar el dinero. Ya me lo cobrará el Uber que me lleve a casa de mi hermano.

Me embarga una extraña sensación de familiaridad en cuanto veo a lo lejos la mansión de mi hermano. De quien, por cierto, he estado ignorando los mensajes en las últimas horas.

Me paro en la puerta y rebusco las llaves en el bolso. Estoy segura de que tienen que estar en alguna parte, porque lo agito y suenan. Sin embargo, cuando meto la mano y tiro del llavero, me encuentro con que solo he cogido las de casa de mis padres. Las otras me las he olvidado en España.

No me lo puedo creer.

Se me cae el alma al suelo y por un instante rezo para que todo esto sea una pesadilla. Mi mente todavía no ha asimilado que en las últimas horas he pasado por Berlín, Atlanta y ahora Los Ángeles, y no puedo entrar en casa porque no tengo las malditas llaves. Desde luego, el cosmos me odia. ¿Es esto lo que pasa cuando eres aries? ¿Que tienes todo el día la cabeza en las nubes y se te olvidan las cosas más importantes en los peores momentos? Si es así, que jodan a la astrología.

—¡Joder! ¡Jodeeeer! —grito, sin importarme quién pueda escucharlo, ni el tipo de barrio en el que me encuentro. Me da igual que aparezca el coche de la seguridad privada de la zona para llevarme a comisaría. Sinceramente, como si me quieren detener ahora mismo. Por lo menos tendría un sitio donde dormir.

Doy una patada a la puerta de la rabia, y luego otra más, aunque no es nada propio de mí hacer esto. Me dan ganas de arrancar los dos cipreses, que alguien se ha molestado en decorar con empeño.

Es Navidad, así que todo el mundo estará en sus casas, pasándolo bien con su familia y sus amigos.

Y yo estoy aquí. Sola.

Como siempre. Al final del día, solo me tengo a mí misma.

Me dejo caer en la escalerita que lleva al portal y me echo a llorar, escondiendo la cara entre las manos. Siento que sigo cayendo en un pozo sin fondo, tan negro que no sé cuánto tiempo llevo sumergiéndome, cada vez más, en esta oscuridad.

Estoy sollozando tan fuerte que ni siquiera escucho la puerta de la casa abriéndose a mi espalda.

—¿Anna?

CUARTA PARTE

Capricornio

CAPÍTULO 32

☙

EL DEL CABEZAZO

Cuando escucho la voz de Connor, es como si el cielo me hubiera mandado un ángel. Lo miro, todavía sin poder creer lo que acaba de suceder.

No me imagino las pintas que tengo ahora mismo. Unas ojeras que me llegan al suelo después de tantas horas de viaje y, además, la cara hinchada de llorar. Tengo que parpadear varias veces para asegurarme de que no estoy teniendo una visión ni mi cerebro me está jugando una mala pasada.

—¿Qué haces aquí? —me pregunta.

Mira a nuestro alrededor, intentando buscar una explicación a su pregunta antes de que yo pueda responderle. Sin embargo, el Uber ya se ha marchado hace rato y aquí no hay nadie más que nosotros.

—He vuelto un poquito antes de tiempo —le digo, con la voz tomada.

Me pongo de pie, intentando recomponerme.

Aquí no ha pasado nada. No estoy de humor para escuchar las tonterías que puedan salir por la bocaza de Connor ahora mismo.

Cojo aire, lo suelto, repito.

—Anda, pasa, que tienes pinta de necesitar una ducha.

Estoy tan cansada que ni siquiera me fuerzo para responder algo ingenioso.

—Gracias —murmuro, mientras cojo mi maleta y entro en la casa de mi hermano.

Connor me acaba de salvar la vida, pero prefiero no decírselo para que no se venga muy arriba.

—Supongo que no quieres hablar del tema, así que puedo dejarte sola y que nos comportemos como dos perfectos desconocidos hasta que vuelva tu hermano. Que, por cierto, ¿sabes cuándo...?

—¿Qué te ha pasado en el tobillo? —lo corto.

Me acabo de fijar en que lo lleva vendado. No sé si es una ilusión óptica por culpa del vendaje, pero parece tres veces más grande de lo normal.

—Un esguince.

—Ah.

—En otra situación, te subiría la maleta, pero... —bromea Connor, señalándose el tobillo.

—Sí, ya.

Me limpio una lágrima que me cae en el último momento, intentando que Connor no la vea, y salgo disparada hacia mi habitación. Por primera vez en mucho tiempo, cuando veo mi cuarto, con todas mis cosas tal cual las dejé, me siento un poco en casa. Recuerdo la primera vez que entré aquí. La horrible colcha de color amarillo y morado fue lo primero en lo que me fijé. Como para no hacerlo. Ahora, tres meses después, la habitación parece otra. Las plantas, las láminas que había colgado en las paredes con ilustraciones que había comprado en una tienda de segunda mano..., todo creaba un entorno mucho más agradable. Más mío.

Con las últimas fuerzas que me quedan, deshago la maleta. En el fondo, me encuentro con el cuaderno de *La chica del Zodiaco*. Está intacto. En todo el viaje a España no le he hecho caso, así que lo abro por la última página que está escrita, y anoto «SAGITARIO» en mayúsculas. Necesito cerrar esa página para poder pasar al siguiente capítulo.

Dicen que los chicos sagitario son encantadores, divertidos y fogosos. Que les gusta entretenerse, aunque también disfrutan de esos momentos de soledad y de las discusiones filosóficas con las personas con las que tienen confianza. Y, además, suelen tener un hobby en concreto al que dedican la mayor parte de su tiempo, ya sea artístico o deportivo.

Sagitario es un signo de fuego mutable, lo que quiere decir, más o menos, en una palabra: caos. Aun así, son personas altamente positivas, con una visión optimista y atrevida del mundo, y que se permiten soñar a lo grande. Según la teoría, adoran a los animales y siempre defienden a los más débiles.

Pensaba que los sagitario eran un signo mucho más caótico y desordenado, pero ahora que he conocido a varios entiendo que esa definición se aplica a que no hay dos sagitario distintos, porque todos tienen en común que son un poco desastres.

Me da rabia haberme quedado a las puertas de acostarme con un sagitario, porque se dice de ellos que son muy activos en la cama. Les va más lo sexual que lo sensual, por lo que no pierden el tiempo en preliminares. Eso, desgraciadamente, lo he podido observar por mi propia experiencia. Y es que los chicos nacidos bajo este signo también pueden ser muy cabezotas. No son excesivamente responsables, pero les gusta cargar con responsabilidades que luego puedan sacar adelante y están acostumbrados a hacer varias cosas al mismo tiempo.

A pesar de que al final no he vivido una buena experiencia con el chico sagitario, voy a intentar quedarme con las cosas buenas. Los sagitario son atrevidos y lanzados, una cualidad que encaja mucho con los aries.

Ojalá hubiera elegido mejor en la fiesta, quizá habría podido tener más información sobre uno de ellos. Si algo he aprendido de las primeras citas con Ali es que siempre puedes contar con ellos, para lo que sea. Puede que sean impuntuales, pero solo si no se trata de algo importante. Por ejemplo, Ali estuvo ahí con su coche cuando lo necesitamos para el funeral del padre de Julia. Hizo de taxista y amigo y ofreció su apoyo moral a todo el grupo. Sabía estar en cada momento, a pesar de su personalidad bromista y activa. Creo que, como aries, eso es una de las cosas que más me gustaba de él: no se tomaba las cosas demasiado en serio, por lo menos las más superfluas, pero sabía cuándo no había que bromear.

Tengo claro que los chicos libra no son para mí ni tampoco los escorpio. No obstante, siento que con los sagitario puede que tenga algún tipo de conexión especial. Sin contar con que Ali terminó siendo un absoluto gilipollas, claro.

De todas formas, pienso en Harry, mi amigo sagitario, y lo que he aprendido de él. Parecen ser personas comprometidas, que saben encontrar el punto exacto entre el desorden y la productividad.

Quizá un sagitario no pueda aguantar una jornada laboral de nueve a cinco en una oficina, pero es capaz de salvar el mundo a partir de las dos de la madrugada. ¿O es que alguien conoce a un sagitario que tenga una rutina saludable de sueño?

No sé cuántas horas han pasado cuando abro los ojos. Connor está frente a mí, a escasos centímetros de mi cara, y me sujeta la frente con la palma de la mano.

—¡Ahh! —grito, presa del pánico, y me incorporo de un brinco.

—¡Joder! —se queja, llevándose las manos a la cabeza.

De pronto, noto un dolor muy intenso en mi mejilla y trato de reordenar en mi mente los acontecimientos de los dos últimos segundos.

—¿Qué estabas haciendo en mi habitación? —le espeto.

—¿Por qué me has dado un cabezazo? ¡Joder, menuda fuerza tienes en la cabeza!

—¡Eso no responde a mi pregunta!

Connor se frota la frente.

—Llevas casi un día entero durmiendo, ¡pensaba que estabas enferma!

—¿Y por eso entras sin llamar a la puerta como un secuestrador de niños?

—Oh, créeme, he llamado, pero tus ronquidos no te dejaban escucharme.

Este tío es imbécil.

—¿Qué hora es? —pregunto.

—¿No vas a disculparte por haberme lesionado de nuevo? Un golpe más y podría tener que pedir la baja definitiva de mi trabajo.

—Pf... —me burlo—. No sabía que eras tan flojo.

—Ni yo que te quedaras dormida escribiendo en tu diario.

Reacciono a sus palabras como si hubiera saltado la alarma de incendios.

No, no, no. Joder. ¿Dónde he metido la libreta?

Palpo la cama con urgencia hasta que encuentro el cuaderno junto a mis costillas. De hecho, me he quedado dormida encima de él.

—¿Cuánto has leído?

—Todo.

Me arden las mejillas y creo que no es por el golpe que nos hemos dado. Abro la boca para quejarme, pero no me salen las palabras. Pero ¿quién se cree que es?

—Pues nada, espero que lo hayas disfrutado.

Trato de disimular para que no se note mi enfado. Pero, si realmente ha leído todo lo que he escrito, estoy muerta. Esto me lo va a recordar hasta el final de mis días. Por no hablar de que se lo va a largar todo a mi hermano, si no lo ha hecho ya.

—Me ha gustado mucho. Te dejo para que sigas escribiendo, ahora que sé que no estás muerta. Habría sido muy incómodo tener que recoger tu cadáver con el tobillo así. Probablemente te habría arrastrado hasta llegar a la escalera y después te habría dejado caer.

—Qué gracioso.

—Tranquila, no te habría dolido nada. Como mucho, habrías llegado por partes al suelo y le habrías manchado un poco la casa a tu hermano. Pero ya.

—¿Has terminado de hacer bromas? Por saber cuándo tengo que reírme.

—No, podría estar así toda la tarde. Pero tengo cosas que hacer —se despide, dándome la espalda.

—Sí, tocarte los huevos viendo Netflix a todas horas.

—Mi doctora me ha recomendado reposo —se queja—, te va a tocar hacer de niñera.

—¡Contigo ya hago de niñera solo con aguantarte! —le respondo, pero creo que ya no me ha escuchado. O no ha querido.

Bostezo, me quito las legañas de los ojos y me doy una ducha rápida de agua templada. Todavía sigo cansada, parece que estoy resacosa, del viaje y del estrés por todo lo sucedido en las últimas horas. Las que no he pasado durmiendo, claro.

Después de ducharme, enchufo el móvil, que se me ha quedado sin batería, y lo enciendo para decirle a mi hermano que estoy viva. Después, hablo un rato con Julia y quedo con ella al cabo de una hora para tomar algo en el jardín.

—Y me he despertado hace nada —le digo, cuando termino de contarle toda la historia de lo que ha pasado en los últimos días en mi vida.

Las Navidades de Julia tampoco han sido para tirar cohetes. La ausencia de su padre, demasiado reciente, se ha notado al haber un plato menos en la mesa. Su familia ha hecho esfuerzos por animarse, pero ha sido complicado, sobre todo para su madre. Por suerte, al ser tantos, al final consiguieron distraerse.

—Jakob me preguntó por ti —me dice, dando un trago de su Pepsi.

—¿En serio?

Pongo los ojos en blanco.

—Sí, también estaba Bob, pero con él apenas crucé un par de palabras en toda la cena.

—Dios mío, al final va a parecer que estoy acosando a tus primos —le digo entre risas—. ¿Te imaginas que terminara con uno de ellos? ¡Seríamos familia!

Julia sonríe con dulzura.

—Para mí ya eres como de la familia, y eso que te conozco desde hace poco.

Sus palabras me calan más hondo de lo que puede imaginar. Cuando vienes de una familia disfuncional, como la mía, no estás acostumbrado a ese tipo de comentarios. Además, ninguna de las dos está en su mejor momento. Por lo menos nos tenemos la una a la otra.

—Para mí ya ha merecido la pena venir a Los Ángeles solo por conocerte —reconozco, y es verdad.

Julia se ha ido haciendo un hueco en mi vida, poco a poco, sin forzarlo. Hay amistades que se forjan a base de convivir todos los días, como pasa con algunos compañeros de la universidad a los que luego nunca vuelves a ver porque solo os unían seis horas diarias de clases y de exámenes. Sin embargo, mi amistad con Julia siempre ha sido diferente. Me aceptó como una más en el grupo desde el principio y ha estado ahí en los peores momentos, tras todos mis tropiezos con los distintos signos del Zodiaco.

Nos damos un abrazo que enseguida se ve interrumpido por el idiota número uno de la ciudad.

—Qué bonita es la amistad —se burla.

—¿Tú no tenías que reposar? —le espeta Julia.

—Eso.

Connor se encoge de hombros.

—Es que me aburro. Ya he visto todas las temporadas de *Brooklyn Nine-Nine* y de *Stranger Things*. No sé qué más hacer.

—Ponte una película navideña para niños —le digo, y Julia y yo nos reímos.

Connor se va refunfuñando algo que no entendemos.

—¿Cuál es el plan, entonces, a partir de ahora? —me pregunta ella.

Suspiro.

—Ni idea. Solo tengo hasta el 20 de enero para encontrar a un chico capricornio que preferiblemente no sea un imbécil.

—¿Has pensado en algo en especial?

Niego con la cabeza de lado a lado.

—Bueno, no te agobies por el tiempo —trata de reconfortarme—, todavía quedan un puñado de días de diciembre y luego casi tres semanas de enero.

—Ya... —murmuro, aunque no estoy del todo convencida.

En realidad, tengo ganas de estar sola.

—Me gustaría pasar un tiempo tranquila, sin tantas complicaciones. Siento que los tres primeros signos han sido una montaña rusa de emociones y ahora mismo no me apetece... empezar otra vez de cero.

—Bueno, ¡pero ahora te toca Capricornio!

La miro con la cabeza inclinada, sin saber muy bien a qué se refiere. Ella enseguida lo pilla.

—Me refiero —sigue Julia— a que los hombres capricornio, para eso, son mucho más serios. ¿No?

—No lo sé, la verdad es que no he investigado mucho...

Julia no necesita que le diga nada más. Desbloquea su móvil y se pone a buscar información sobre ellos en Google.

—Los capricornio están regidos por el fatídico planeta Saturno..., bla, bla, bla, son personas muy responsables, ambiciosas y exigentes. Aquí pone que en el fondo son, básicamente, como un oso de peluche, pero que la seriedad es para ellos como un muro que los separa del resto del mundo.

—Bueno... —murmuro—. Por fin un poco de paz. Menos mal.

—Sí, y tienen pinta de ser mucho más maduros que los signos anteriores.

CAPÍTULO 33

☍

EL DE LA FIESTA DE NOCHEVIEJA

Acudo sola a la famosa fiesta de Nochevieja. No tengo ganas de hablar con nadie, pero me fuerzo a socializar para no pasar sola la cuenta atrás de fin de año. En el fondo, me hace ilusión cuando el calendario marca el 31 de diciembre, aunque en realidad sea tan solo una fecha más. No sé por qué para mí siempre ha sido un momento especial. Contar los últimos segundos que quedan de año para dar la bienvenida al nuevo tiene algo que me hace sentir que hay cosas buenas por delante, y que dejo atrás un pasado que no tendré que revivir nunca más.

Espero que este nuevo año sea mejor que los últimos meses. Desde luego, ya trae consigo varias novedades, como que lo recibo soltera y en otro continente. En España ya ha llegado la medianoche hace rato, pero no he sabido nada de mis padres. Le he escrito un mensaje a Martina para desearle que empiece con fuerzas, ya que, para ella, este año es muy importante. Va a ser mamá.

No me visto de forma muy original: opto por unas medias negras con transparencias y un vestidito corto, del mismo color, con tirantes gruesos. Me veo demasiado pálida, así que me echo un poco de colorete en las mejillas y corrector en las ojeras. Al final, me animo hasta a pintarme la línea de los ojos, aunque en realidad es solo para pasar el tiempo. Sobre las diez y media, bajo al salón.

Mi hermano, que regresó ayer de Valencia, sabe cómo montar una fiesta. De eso no hay duda. Ha organizado un *catering* con una gran variedad de comidas de diferentes partes del mundo. Veo pasar a una camarera con una bandeja de sushi y en la isla de la cocina hay una bandeja gigante llena de tartas y de postres. Me llega el olor de comida mexicana, pero no logro ver dónde está.

Habrá más de cuarenta personas en la planta baja de la casa. Todas ellas charlan de forma informal, sobre la música de fondo, que es demasiado elegante para lo que Raül me tiene acostumbrada.

—¡Feliz año, cariño! —Harry viene corriendo hacia mí y me da un abrazo entusiasta. Lo había echado de menos.

—Pero si todavía falta un rato... —murmura Olivia de fondo.

Connor está sentado con ella, con el pie extendido para tener el tobillo en alto. Solo falta Julia, que, después de lo sucedido con su padre, pasará la cuenta atrás con su familia y se nos unirá más tarde. Hay más personas con ellos que no logro reconocer.

—¿Qué tal las Navidades? —pregunto en general, mientras me siento junto a Harry.

—Aburridas —responde Connor.

—Eso ya lo sé, tonto.

Olivia se revuelve en su asiento.

—No me puedo quejar —dice—, este año he sido muy buena, así que Santa Claus me trajo un Chanel.

Entiendo que se refiere a un bolso, porque no estoy muy puesta en la jerga de los ricos y pijos de la ciudad.

—Pues a mí me regalaron unas zapatillas de...

Dejo que la conversación fluya mientras recuerdo que los regalos que compré para mi familia me los he dejado en mi antiguo cuarto de Valencia. Yo, por supuesto, no he tenido ninguno. Raül no me había comentado nada, así que imagino que él tampoco había recibido regalos. Los de este año han sido para el bebé y poco más.

La fiesta discurre con tranquilidad y conforme se acerca la medianoche la gente se empieza a poner por parejas. Descubro que Harry ha traído a un tal Pete, un amigo con el que lleva quedando un tiempo pero al que no nos había presentado todavía porque no era «nada serio».

—Es el primer aries con el que salgo, me vas a tener que dar consejos —bromea, hablando por lo bajini para que Pete no lo escuche.

Olivia ha traído a un chico al que no conocemos de nada. Por un momento, me da la impresión de que lo ha hecho con un solo propósito: poner celoso a Connor, quien no tiene pareja para besar a medianoche. Por lo menos, no soy la única pringada. Hasta Raül ha venido con una chica de la que nunca he oído hablar, una tal Cristina. Es peruana y no habla mucho inglés, por lo que paso gran parte de la noche dándole conversación para no quedarnos muy solas.

Al cabo de un rato, los camareros comienzan a repartir copas de champán entre los asistentes.

Pero ¿cuánto dinero le ha costado esta mierda a mi hermano?

Alguien enciende la televisión y todos nos apelotonamos para ver la cuenta atrás. Se oyen voces que piden que nos agachemos, que no dejamos ver, y al final conseguimos, más o menos, que todos los presentes se sienten en el suelo y se pongan en un semicírculo. Harry se acerca a Pete y lo coge por la cintura. Olivia, que ya casi se ha terminado la copa de champán, se aferra a Jack, su pareja de esta noche. Cristina se va a buscar a mi hermano y Connor y yo nos miramos rápidamente.

—Vaya, vaya, rubia. Parece que solo quedamos tú y yo.

Pongo una expresión imposible de descifrar.

—Ni en tus mejores sueños, cojo.

Me tengo que contener para no darle un pisotón en el pie malo.

—Tranquila, que no voy a besarte a medianoche. Preferiría besar a un sapo de esos que a veces tiene Julia en su casa —me suelta.

—Y yo a un sapo con piojos —le respondo.

—Pues yo a un sapo con piojos y con sarna.

—Y yo a un sapo con piojos, con sarna y con garrapatas.

—Eso es biológicamente imposible —se queja Connor.

—Exacto, ya lo vas entendiendo —le respondo.

Connor abre la boca para añadir algo, pero se oyen gritos a nuestro alrededor. La cuenta atrás está a punto de comenzar. Todo el mundo se prepara, copa de champán en mano, para despedir el año. Me tomo unos segundos para reflexionar sobre todo lo que ha pasado y lo que está por venir. Lo sucedido con Carlos, la boda, el viaje a Hawái, lo que pasó con Valeria... Y mis tres chicos del Zodiaco: libra, escorpio y sagitario. Con cada número de la cuenta atrás para el nuevo año siento que voy dejando atrás a todos ellos, lista para empezar una nueva etapa de mi vida.

Sin embargo, cuando el reloj da las doce de la noche, no me siento diferente ni especial. Me bebo media copa de champán del tirón. Miro a mi alrededor, viendo cómo todo el mundo celebra que ya es, oficialmente, 1 de enero. Cruzo una mirada furtiva con Connor y, mientras todo el mundo se besa a nuestro alrededor, nos damos un abrazo rápido. Por un instante pienso que va a pasar algo diferente y se me acelera el corazón. Por suerte, se queda en nada.

—¡Feliz año, hermanita!

Raül y Cristina, que se estaban dando el lote hasta hace un segundo, se nos acercan. De pronto, el ambiente cambia y empieza la fiesta. Recibo un mensaje de felicitación de Julia.

¡Qué rápida!

Estaba pendiente para escribirte, jeje.

¿Cómo está tu familia?

Bien. Los ánimos han empezado
un poco bajos, pero solo ha durado
un rato. Ahora ya estamos mejor.
De hecho, por aquí están bebiendo
y gritando sin parar.

Pues igual que en casa de mi hermano.

¿Qué vas a hacer luego?

Llevo toda la tarde pensando en negarme, pero no puedo decir que no ahora. Si no salgo de fiesta por Los Ángeles en Nochevieja, seguro que me arrepentiré cuando tenga setenta años. Además, sé que Julia necesita desconectar un poco de su familia y hacer vida normal cuanto antes.

Salir contigo de fiesta, ¿no?
Ese era el plan.

Eso es lo que quería leer..., jeje.

Una hora más tarde, la fiesta sigue en casa de mi hermano, pero yo ya me marcho de aquí. El Uber de Julia y sus dos primas para en la puerta, me recoge y continúa su trayecto hasta algún punto de la ciudad que no conozco. A nuestro alrededor todo son rascacielos y me sorprende ver que, a pesar de ser el día que es, hay bastantes luces encendidas.

El olor a perfume caro me embriaga cuando entro en el bar. No es un club ni una discoteca, como a los que hemos ido otras veces, sino un establecimiento mucho más elegante. Se nota también en el precio: ningún cóctel baja de los veinte dólares.

¿Qué se supone que llevan? ¿Hielos traídos del Polo Sur? ¿Diamantes derretidos? ¿La pócima de la felicidad eterna?

—¿Por qué hemos venido aquí? —le pregunto a Julia, señalando el menú de bebidas.

Nos sentamos a una mesa que hay libre al fondo del bar y las primas de Julia se van un momento al baño.

—Porque es el lugar perfecto para encontrar a tu próximo chico del Zodiaco.

Miro a mi alrededor. El perfil de hombre más repetido que observo rondará los cuarenta años. Casi todos tienen barba, pero eso sí, perfectamente recortada. Se nota que se cuidan la piel, aunque eso no puede impedir que les asomen unas pequeñas arrugas junto a los ojos y en la frente.

Son demasiado diferentes de lo que he probado hasta ahora.

—Tú estás loca —le digo—. ¿Qué quieres, que me pille un *sugar daddy*?

La imagen que se me viene a la cabeza ahora mismo es para olvidar.

—¡Qué va! Para que sea un *sugar daddy* tiene que ser mucho mayor que tú, como veinte años o así. Aquí ninguno llegará a los cincuenta. —Mi amiga repasa de nuevo el local y cambia de opinión—. Bueno, quizá alguno sí..., ¡pero se conservan muy bien! Además, querías un hombre maduro, ¿no?

—¿Te gustan los hombres mayores? —Una de las primas de Julia, que ya ha vuelto del baño, se mete en la conversación, mientras la otra se sienta y no me quita ojo de encima.

—No, no.

—¡A mí sí! —exclama, aunque nadie le ha preguntado. Tiene casi el mismo pelo que Julia y se llama Heather—. Son mucho mejores, en serio. Dicen que en cuanto te vas con uno mayor, ya no quieres volver a saber nada de niñatos de tu edad, y es verdad. A ver, algún idiota siempre hay, como en todas partes, pero...

—Seguro que me toca a mí, con la mala suerte que tengo... —murmuro, pero se me oye igualmente.

—Anna está buscando un hombre capricornio —les explica Julia a sus primas.

A estas alturas, ya no me importa que lo sepa todo el mundo. Antes me cortaba más, pero ahora me resulta hasta interesante ver las reacciones de la gente cuando se enteran de mi pequeño experimento.

Heather parece entusiasmada, pero Clare, la otra chica, todavía más.

—A Clare le encanta la astrología. Cuando te digo que le encanta es que sabe muchísimo sobre el tema, así que le puedes preguntar cualquier cosa.

La otra prima, que todavía no ha abierto la boca, asiente con avidez.

—¡Sí! Me empecé a informar por hacer el tonto y al final me he dado cuenta de que muchos rasgos de los signos del Zodiaco son reales. Por ejemplo, yo soy virgo y sí, soy una loca de la organización, no solo en casa, sino de mi vida, de los tiempos que llevo... Heather, por ejemplo, es acuario. Ya sabes: independientes, creativas...

—No sé si Heather es muy independiente... —bromea Julia, aunque no entiendo a qué se refieren.

—Anna, ¿alguna vez te has hecho tu carta astral? —me pregunta Clare—. Si no, tengo que hacértela algún día e interpretamos juntas los resultados.

—¿Qué es exactamente eso de la carta astral? —Lo he escuchado mil veces, pero nunca he sabido de qué se trata.

—Es una carta que indica cómo estaba el cielo en el momento en que naciste y cómo influye la posición de cada astro en tu personalidad, y así. Por resumirlo mucho y fácil.

—O sea, como si fuera una foto del cielo.

—Sí, algo así.

—¿Y cómo puedes saber cómo estaba en ese instante?

—Hay aplicaciones y webs que te lo dicen con una precisión milimétrica.

Asiento, deseando escuchar más. Ahora quiero que me hagan mi carta astral.

—¿Y sabrías decir quién de los que están aquí es capricornio solo con mirar cómo se comportan? —le pregunta Julia a su prima. Parece que está ella más emocionada que yo con el siguiente chico de la lista del Zodiaco.

Clare se ríe.

—Qué va, eso es prácticamente imposible. Pero no es casualidad que te hayamos traído aquí esta noche.

Lanzo una mirada asesina a Julia.

—¿Qué te traes entre manos? —la acuso.

Me imagino lo peor, y eso que ni siquiera está aquí Olivia: que me haya preparado una cita a ciegas o alguna locura similar.

—¡Nada! Lo juro —dice ella, levantando los brazos en el aire—. Hemos venido aquí porque esta zona está llena de cerebritos y hombres con dinero, mucho trabajo y poco tiempo libre para dedicarlo a su familia, si es que la tienen... Seguro que hay por aquí algún soltero de oro esperando a recibir su beso de medianoche, aunque sea con unas horas de retraso.

No la cojo del cuello porque a) no quiero que me manden a la cárcel esta noche y b) es mi amiga. Sí, por ese orden.

—Tranquila, ya verás como te va genial con el hombre capricornio. Son todos bastante buenos y cariñosos, una vez que te haces a su frialdad inicial. Verás que no hablan mucho, pero no los presiones. No es que se lo estén pasando mal, simplemente son... así.

—¿A qué te refieres con eso?

Un hombre de unos treinta y muchos años nos mira fijamente, con una sonrisa de oreja a oreja. Tiene el pelo oscuro y una pequeña cicatriz en la mejilla.

—Eso, ¿qué os pasa con los capricornio? —lo secunda su amigo. Se recoloca las gafas y nos mira a las cuatro.

Julia exhala.

—¿Desde cuándo es de buena educación escuchar conversaciones ajenas? —pregunta, entre pícara y enfurecida.

—No lo sé —responde el primero—, vosotras habéis empezado.

—Qué excusa más mala para entablar conversación —les dice Heather.

—En realidad, los he obligado yo —dice el tercer hombre del grupo—. A ver si lo hago bien, vosotras me corregís: hola, me llamo Rick y soy géminis.

—¡Uf! —responde Clare al escuchar su signo.

—¿Por qué siempre la misma respuesta cuando digo que soy géminis?

—Es que es de los peores signos —le dice el chico de la cicatriz—. Yo soy Tom, por cierto, y este de aquí es Cameron.

El de las gafas redondas levanta la mano.

—Ahora es el momento en el que vosotras decís vuestros nombres —indica el chico géminis.

Dios mío, ¿así es como se coquetea a partir de los treinta? ¿Como si estuviera siguiendo paso a paso un libro de instrucciones? En vez de ligar parece que esté montando un mueble del Ikea: aunque siga estudiando la teoría, sé que voy a suspender la práctica.

CAPÍTULO 34

ༀ

EL DE LA OFICINA EN EL CIELO DE LOS ÁNGELES

Me despierta un sonido inconfundible: un nuevo correo electrónico ha entrado en mi bandeja de entrada de trabajo. Palpo la cama, intentando encontrar el móvil entre las sábanas, y entonces me doy cuenta de que me he quedado dormida toda la noche con la luz encendida y la ropa de fiesta. Apenas siento las piernas gracias a las medias.

—Joder —murmuro.

Con los ojos todavía pegados, giro en la cama, esperando volver a conciliar el sueño. Pero es imposible. Al final, termino rindiéndome. Me despejo en el baño y casi me da algo cuando siento el agua fría chocando contra mi cara. Menos mal que mi *eyeliner* es resistente al agua, porque si no, ahora mismo, parecería sacada de un videojuego de terror.

Mi móvil marca las cuatro de la tarde. Levanto la persiana, cambiando la luz artificial por la natural. Es un nuevo día, un nuevo año, y yo estoy con una resaca de la hostia. No sé si tomármelo como una buena señal o una mala. Vuelvo a mirarlo para ver quién me había enviado el correo electrónico y me despejo de golpe.

De: Cameron Wolf (cwolf@gold-wolf-corporations-usa.com)

CC: Paolo Fabbri (pfabbri@gold-wolf-corporations-usa.com)

Para: Anna Ferrer (anna_ferrer_trad@tumail.es)

297

Asunto: Reunión

1 de enero de 2024, 9:21 (PST) (UTC-8)

Querida Anna:

Fue un placer conocerte anoche. Quién sabe, quizás el nuevo año traiga nuevos y alentadores comienzos para los dos. Espero que estés recuperada del golpe y que la mancha en el vestido se haya podido ir sin problemas.

Tal y como hablamos, nos vemos hoy en el edificio GWC 2 a las 18 horas. Si finalmente no pudieras venir, por favor, avísame cuanto antes. Pongo en copia a Paolo, mi secretario, para que esté al tanto de cualquier novedad.

Si puedes, trae una copia de tu currículum. Puede ser en digital, si no tienes impresora a mano.

Puedes encontrarme en el teléfono que dejo en la firma, para cualquier cosa.

Saludos,
Cameron.

Cameron Wolf
Director del Departamento Legal de Wolf Corporations

A continuación, una lista de direcciones y números de teléfono terminan el correo electrónico, seguidos de una cláusula kilométrica de confidencialidad y protección de datos. Me doy cuenta de que no es el único mail que tengo por leer, así que abro el siguiente.

De: Paolo Fabbri (pfabbri@gold-wolf-corporations-usa.com)
CC: Cameron Wolf (cwolf@gold-wolf-corporations-usa.com)
Para: Anna Ferrer (anna_ferrer_trad@tumail.es)

Asunto: RE: Reunión.

1 de enero de 2024, 15:56 (PST) (UTC-8)

Querida Anna:

Esperamos su visita esta tarde con expectación. Un coche de empresa pasará a recogerla a las 17.20 h por su domicilio, si así lo desea.

Si es tan amable, por favor, responda con su dirección completa para poder realizar la reserva.

Gracias,
Paolo Fabbri
Asistente personal de Cameron Wolf

Necesito una segunda lectura para entender lo que está sucediendo. Gracias a las pequeñas dosis de información que encuentro en el correo de Cameron, voy recordando lo que pasó la noche anterior. Conocimos a un grupo de dos capricornio y un géminis, hasta ahí todo bien. No pasó nada especial, que yo recuerde. No, estoy segura. Bueno, Clare se marchó a casa con el chico géminis antes que nosotras, pero no tengo ni idea de cómo habrá terminado esa historia.

Intento recordar mi conversación con Cameron. Hablamos de trabajo, eso seguro. De hecho, fue el tema principal casi toda la noche. Me estuvo contando que tenía una empresa, que su equipo de abogados lo había dejado colgado durante las Navidades, y que los había despedido por incompetentes. Estaba buscando a otros y, en particular, necesitaba con urgencia a un traductor de documentos jurídicos para un acuerdo que está cerrando con una empresa de Barcelona. En cuanto le conté a qué me dedicaba, fue como un flechazo. Laboralmente hablando, por supuesto. Me propuso acudir a su oficina al día siguiente y no sé en qué momento me pareció bien ir el mismísimo 1 de enero.

Ah, sí: en el momento en el que estoy a un paso de la ruina económica. Vale, ahora lo entiendo todo.

Miro la hora otra vez. Creo que me da tiempo a parecer una persona mínimamente presentable y que tiene más de tres cifras en la cuenta bancaria. Mando un audio a Julia, a quien también le ha tocado trabajar hoy en el refugio. Me responde enseguida confirmándome toda la historia.

—A ver, yo no vi ninguna atracción así... a primera vista, por decirlo de alguna manera —me empieza a explicar ella—. Parecía más bien que estaba desesperado por encontrar un nuevo equipo jurídico que lo ayudara con no sé qué transacción con España. Pero, oye, ¿quién sabe? Igual tu chico capricornio no es ese, sino otro que conozcas en la oficina. Además, esa empresa es gigante. Seguro que está forrado de pasta y paga genial.

O quizás es todo lo contrario, que a veces quienes más tienen peor pagan.

—De todas formas, tú ve, a ver qué pasa, igual surge la pasión... —sigue hablando Julia—, el hombre parecía majo y tampoco era tan mayor. Si no recuerdo mal dijo que tenía treinta y ocho. ¿No? En fin, ¡ya me contarás! ¿Te imaginas que quiera ofrecerte un contrato? ¡Sería genial! De todas formas, siempre tienes a tu hermano para el tema del visado, ¿no?

Decido apartar ese tema de mi cabeza. Los problemas de uno en uno, por favor.

Me dejo caer sobre la cama mientras mi tripa ruge de hambre, aunque ahora mismo no comería ni una onza de chocolate blanco incluso si lo tuviera delante. Me paro a pensar en qué hacer, aunque ahora mismo no tengo mucho donde elegir. Cojo el móvil y escribo un mail a Paolo Fabbri para confirmarle mi dirección.

La siguiente hora se pasa más rápido de lo que me gustaría. Me obligo a beber medio litro de agua para reponer líquidos y me doy una ducha con pelo. Dejo que se vaya secando al aire mientras pienso en lo que me voy a poner. Si voy a unas oficinas, tengo que optar por un estilo un poco más arreglado, pero tampoco es que tenga gran cosa para elegir. Opto por unos vaqueros de color negro y una blusa azul. No puedo evitar acordarme de lo que me dijo Connor, así que cambio en el último momento a otra un poco más ajustada de un tono rosa pastel. Repito la misma rutina de maquillaje que anoche y, a las cinco y diez de la tarde, ya estoy lista para que pasen a recogerme.

Por suerte, no me cruzo con nadie por las escaleras, así que salgo de casa sin tener que dar explicaciones. No tengo que esperar más de cinco minutos a que venga el coche a buscarme. Un Mercedes negro se para frente a la casa de los dos cipreses. Me acerco a él, apretando el bolso contra mi cuerpo. El chófer baja a abrirme la puerta y me saluda por mi nombre y apellidos.

—Nos dirigimos al edificio número dos de Gold Wolf Corporations, señorita —me indica.

No es una pregunta, simplemente me está informando.

—Correcto, sí —respondo.

Me abrocho el cinturón y arrancamos casi sin que me dé cuenta. Es una pasada cómo es el coche por dentro. Tiene un espacio en el centro donde hay una mininevera y a través del cristal puedo ver unas pequeñas botellas de champán y otras bebidas que no reconozco con caracteres japoneses.

Trato de desconectar un ratito cuando, de pronto, me doy cuenta de que me he dejado algo.

—¡El puto currículum! —grito, y el chófer da un bote.

—¿Necesita que demos la vuelta?

Miro la hora en mi móvil. Son y diez, no llegaría a tiempo.

—No, no hace falta. Perdone.

Siento cómo las mejillas se me enrojecen. Seguro que lo tengo que tener por alguna parte del móvil, en algún mail antiguo en el que lo haya enviado...

Con la tontería, el viaje se me pasa en un suspiro y frenamos frente al edificio número dos.

—Muchas gracias —respondo al chófer, que me ha deseado suerte y me ha abierto la puerta.

Joder, podría acostumbrarme a esta vida sin ningún tipo de problema.

Miro hacia arriba y soy consciente en este momento del poderío que tiene Cameron Wolf. No había oído hablar antes de él, pero, desde luego, se ha ganado un hueco en la lista de los hombres más ricos de la ciudad, por lo que veo. Tiene un complejo de siete rascacielos y en todos ellos aparece su apellido y el logo de la empresa, un enorme lobo dorado con expresión decidida. Brilla tanto que parece de oro.

En la planta baja de cada edificio hay un panel con un número y directorio de pisos. Me acerco al número dos y subo unas escaleritas. A pesar de que estoy rodeada de estas masas de hormigón, el ambiente es distendido. Los ventanales reflejan el cielo de Los Ángeles, que cada vez se torna más anaranjado. Unos pequeños parquecitos adornan el complejo. Hay bancos, fuentes y zonas comunes donde los trabajadores descansan de su jornada laboral. A pesar de ello, todos parecen estar estresados.

Atravieso la puerta giratoria y me identifico en la entrada. Me dan una tarjeta de visitante.

—Piso once, primera puerta a la derecha.

Doy las gracias y voy directa a los ascensores. Agradezco que otra chica marque el piso por mí, ya que no tengo ni idea de cómo funciona la pantalla táctil.

—¿También vienes por la entrevista final? —me pregunta.

Está hecha un manojo de nervios. No para de mirarse al espejo para retocarse el pintalabios, asegurándose de que no tenga nada en los dientes.

—Eh..., no...

Subimos en silencio hasta llegar al undécimo piso.

—Buena suerte —le digo, pero ya se ha marchado corriendo. Veo que se mete en la primera puerta a la derecha y frunzo el ceño. Escucho unas voces de fondo.

—Disculpe, tenía una entrevista ahora a las cinco y diez. Llego tarde, lo sé, es que he tenido que dar una vuelta con el coche para...

—El señor Wolf no atiende reuniones una vez pasa la hora de inicio —responde un chico joven. Así, sin disculpas ni una pizca de compasión en su voz.

—¡Por favor! ¡He venido lo más rápido que he podido!

—Es cierto —me meto en la conversación—. Había fila en recepción para pedir las acreditaciones, por eso se ha retrasado, pero ha llegado a tiempo.

La chica me mira con una cara de agradecimiento eterno.

—Son normas del señor Wolf, no mías. No está en mi mano.

La chica baja los hombros y se marcha con los ojos llenos de lágrimas.

—Ha sido un gesto muy bonito el que ha hecho por ella. Soy Paolo —me dice en cuanto nos quedamos solos—. Siempre me avisan si se monta fila en la zona de acreditaciones para que lo tenga en cuenta, pero no me han dicho nada en la última media hora.

En ese momento, unas puertas enormes de madera se abren a mi izquierda. De pronto, con la puesta de sol a sus espaldas, aparece Cameron Wolf. Por su aspecto, nadie diría que la noche anterior estuvo de juerga en un bar y hoy ha madrugado para trabajar. Viste con un traje de color gris oscuro, con unas finas líneas negras apenas visibles para el ojo humano.

—Anna —pronuncia mi nombre con serenidad—. Te estaba esperando. Déjala pasar, Paolo. Y cierra mi agenda si tengo algo más hoy. Ya te puedes marchar.

—Sí, señor Wolf.

—Gracias. Pasa por aquí, por favor.

Cameron se hace a un lado. Camino hacia él, atravesando las puertas de madera, y entro en su despacho. Me cuesta unos segundos acostumbrarme a la luz del atardecer, el sol me da de lleno en los ojos y tengo que cubrírmelos durante unos segundos hasta que se acostumbran.

Este lugar es impresionante. No tengo palabras para describirlo. Es una mezcla de pasado y futuro: hay muebles antiguos que deben de costar un dineral, pero, al mismo tiempo, el despacho está lleno de aparatos tecnológicos de último modelo. El escritorio de Cameron tiene dos ordenadores de sobremesa de Apple, personalizados de color dorado, un iPad a juego y varios objetos más que no sé para qué sirven. En una zona más apartada hay una mesa de reuniones con una pantalla delante de cada asiento. Justo al lado, se despliega una gran variedad de bebidas y comidas, protegidas por vidrieras. Algunas están incluso refrigeradas, para poder abrirlas en cualquier momento. Junto a los ventanales que dan a la ciudad hay un par de butacas, separadas por una mesita auxiliar. Hay un libro boca abajo que no consigo adivinar cuál es.

¿Qué leerá la gente así en sus ratos libres? ¿Libros sobre cómo hacerse todavía más ricos? Quizás ni siquiera saben lo que significa tener una tarde libre para descansar.

Me quedo anonadada con cada rincón del enorme despacho. Cada vez que lo miro, descubro algo nuevo. Pero, sin duda, lo más espectacular son las vistas. Desde aquí se ve todo Los Ángeles y hasta se alcanza a divisar el muelle de Santa Mónica, con la noria, que ya está iluminada.

—Es increíble, ¿verdad? —Cameron me indica con la mano que me siente en uno de los dos sillones.

—Sí..., es una pasada.

—Lo cierto es que no terminas de acostumbrarte a estas vistas. A veces estoy trabajando y me quedo empanado mirando por la ventana. He visto pasar todas las estaciones, festividades y fenómenos meteorológicos... Y, aun así, la fusión entre la huella humana y la naturaleza siempre termina sorprendiéndome.

No sé qué añadir a sus palabras, así que me quedo en silencio. Cameron tiene un aura misteriosa. No como escorpio, sino más distante, más frío. Me da la impresión de que es el tipo de persona de la que nunca podría adivinar lo que está pensando. Quiero decir algo para cortar este silencio tan incómodo, pero Cameron parece estar tranquilo.

—¿Llevas aquí desde muy temprano?

Él asiente y tarda un rato en contestar.

—No suelo dormir bien, así que no me importa madrugar. Además, me gusta mi trabajo. Podría retirarme ya si quisiera, pero no quiero marcharme y quedarme en casa solo. Creo que me subiría por las paredes.

—Eres como yo, entonces —digo, y no sé si estoy atreviéndome demasiado—. No puedes estarte quieto.

—Sí, bueno, más que no poder estarme quieto es que me gusta tener siempre la mente en movimiento. ¿Me explico lo que te quiero decir?

—Perfectamente.

Ahora entiendo a lo que se referían las primas de Julia cuando me recomendaron quedar con un hombre mayor.

—Perdona, con las prisas no te he preguntado si quieres tomar algo. Aquí tengo una selección de bebidas y comida, pero puedo pedirle más a Paolo. Normalmente estoy en el despacho del edificio uno, pero hoy tenía la última ronda de entrevistas con tres candidatos finales..., ya sabes.

—No, gracias, estoy bien. Acabo de comer —miento, y rezo para que mis tripas no me lleven la contraria durante el rato que voy a estar aquí.

—¿Seguro?

Asiento. Un silencio extraño inunda el despacho. Siento que me sube el calor por las mejillas y no sé si es por la calefacción o por los nervios.

—Bueno, no te robo más tiempo, entonces. —Cameron camina hacia su escritorio, llevándose la mano al interior del traje. Saca un bolígrafo que debe de costar dos o tres sueldos mensuales de cualquier trabajador medio y empieza a firmar en unos folios—. Aquí tienes tu contrato. Me dijiste que te vendría bien para el tema del visado, así que no tienes que preocuparte más por eso. Llévatelo a casa y mira a ver qué te parecen las condiciones.

Me muerdo el labio. Joder, al final sí que le conté más cosas de las que recordaba. Intento actuar con normalidad, pero creo que se me nota la sorpresa en cada músculo de mi rostro.

—Muchas gracias. Sí, lo leeré con calma.

—Me estás salvando de una buena con todo esto, porque necesito urgentemente todas las traducciones para esta semana o la empresa se echará atrás. Así que me he permitido algunas licencias en el contrato, ya las verás.

Me muero de ganas de preguntar si podré trabajar desde casa, pero intento no parecer desesperada. Al fin y al cabo, ya tengo todo lo que necesito: estabilidad económica, un trabajo de lo que me gusta y borrar de mi mente los problemas del visado. Odio el trabajo de oficina, pero podría hacer una excepción sin problemas.

—Gracias a ti. Mañana mismo te envío un correo electrónico. Bueno, a Paolo.

Cameron Wolf sonríe de una manera que no reconozco: cálida, amable y tranquila.

—Perfecto, Anna. Hasta mañana, entonces. Que descanses.

CAPÍTULO 35

♑

EL DEL JEFE CAPRICORNIO Y LA SECRETARIA ARIES

Llego a casa con una sonrisa tonta que no sé si se debe al chico capricornio o a que, por fin, tengo trabajo. Releo los papeles de arriba abajo. El contrato en Gold Wolf Corporations es indefinido y mis tareas serían las mismas que cualquier encargo de un cliente recurrente. Además, no me pide exclusividad. Solo tengo que firmar un montón de acuerdos de confidencialidad y ya. Tengo que ir dos días a la semana a la oficina y el resto puedo trabajar desde casa con horario flexible. Es decir, un día puedo ponerme ocho horas frente al ordenador y al siguiente ninguna, con tal de que entregue los encargos antes de la fecha y hora marcadas. En fin, nada de lo que quejarme. Más bien todo lo contrario: parece demasiado bueno para ser real.

El salario no es gran cosa, pero teniendo en cuenta que son solo veinticinco horas semanales... Empiezo a echar cuentas. Tendré que hacer un montón de papeleo y abrirme una cuenta bancaria, pero no quiero pensar en eso ahora.

Con Raül podría haber apañado algo con el tema del visado..., pero me siento más cómoda haciéndolo así, por mi cuenta, sin tener que pedir favores a nadie conocido. Aunque es cierto que si me voy a quedar por aquí, me gustaría pagarle una parte del alquiler a Raül, aunque solo sea el equivalente a los suministros y los gastos en comida. La otra opción sería buscar un piso compartido, pero ahora mismo no me encuentro con fuerzas como para enfrentarme a ello.

Subo a la buhardilla en busca de un poco de tranquilidad, ya que Connor, que sigue en reposo por su tobillo, ha puesto una película de zombis a todo volumen. Aun así, incluso desde aquí arriba puedo escuchar el crujir de los huesos al romperse, los gritos y la sangre salpicando por todas partes. Al final, opto por ponerme cascos.

Reviso de nuevo el contrato por si he pasado algo por alto, aunque todo parece bastante decente. Releo el documento varias veces, intentando buscar algún pero, y no veo nada alarmante. Firmo en todas las hojas y lo escaneo con una aplicación del móvil. Después, preparo un mail todo lo serio y formal que puedo dirigido a Paolo para enviarle la copia firmada, y él me responde un minuto después para que nos veamos al día siguiente a primera hora.

Ya está. Es oficial. Por fin tengo un trabajo fijo.

Lo primero en lo que pienso es en contárselo a mi madre, pero no he vuelto a hablar con ella desde la escenita de Navidad. Escribo un mensaje a Julia y a Raül para decírselo y enseguida me responden diciendo que tenemos que celebrarlo de alguna manera.

Estoy tan emocionada que ni siquiera me enfado cuando descubro que Connor se ha terminado las uvas que me había comprado hace un par de días. Me cocino un huevo a la plancha y lo acompaño de una manzana, ya que por los nervios tengo el estómago un poco raro. Me voy a dormir pensando en que a la mañana siguiente seré, oficialmente, trabajadora de la prestigiosa Gold Wolf Corporations.

Aunque nunca antes hubiera oído hablar de esa empresa hasta que conocí a Cameron, vaya.

A la mañana siguiente, a las ocho en punto, el mismo chófer de ayer pasa a buscarme a la puerta de mi casa. Me abre la portezuela y me pregunto si esto será así todos los días o si se debe a mi pequeño tonteo con el jefe antes de despedirnos. De todas formas, podría acostumbrarme a esto sin ningún tipo de problema.

El camino a la oficina se me hace más largo, quizás por los nervios del primer día. Aunque, en realidad, es el segundo. El coche para frente a otro edificio diferente, el número 6.

—La esperan en la planta 27, señorita. —El conductor me abre la puerta.

—Gracias.

—Un placer.

Se levanta la gorra de su uniforme y regresa al vehículo, rodeándolo por detrás.

Me muerdo el labio inferior mientras miro hacia arriba. El edificio sexto es exactamente igual a los demás, con el mismo lobo dorado en la fachada.

¿Qué pasará con la gente a la que le tape la ventana? ¿Estarán trabajando todo el día con luz artificial?

Me dejo de tonterías porque no quiero llegar tarde y pido de nuevo la acreditación. Esta vez, me dan una permanente. Necesitan mi pasaporte para hacer unas gestiones, por lo que lo dejo en la entrada junto a mi contrato firmado. Una vez en los ascensores, ya he aprendido cómo funciona la pantallita táctil, por lo que pulso los números 2 y 7 y relajo los hombros. No me había dado cuenta de que los estaba apretando contra mi cuerpo hasta ahora.

El ascensor no para en ninguna planta más hasta llegar a la mía. Doy un paso al frente, decidido, y busco a Paolo. Tiene que ser un infierno para él estar cambiando cada día de edificio, si es que sigue a su jefe allá donde él va. Sin embargo, no parece haber nadie más aquí. La planta 27 se ve desierta. No se oye el típico sonido de fondo de las oficinas: las teclas de los ordenadores, las sillas crujiendo cuando alguien se recoloca, las conversaciones en voz baja... Es como si aquí solo estuviera yo.

Vuelvo a mirar el número de piso para asegurarme de que no me he equivocado.

—Hola de nuevo, Anna. Bienvenida.

La voz de Cameron Wolf me envuelve. Me giro, sin saber de dónde viene.

—Estoy al fondo del pasillo, el que tiene las lámparas encendidas.

Vale, me está hablando a través de unos altavoces. Joder, qué susto.

Sigo la voz de Cameron como si fuera a ciegas. Me descubro a mí misma disfrutando de esta especie de juego del escondite. ¿Qué es lo que se trae entre manos?

Sigo sus instrucciones hasta que lo veo sentado en un despacho. Este no tiene nada que ver con el de ayer. Es mucho más pequeño y, aunque sigue siendo acogedor, se acerca más a lo que podría ser el lugar de trabajo del jefe de una empresa normal y corriente.

Hay libros antiguos por todas partes y por un momento me da pánico ponerme a estornudar como loca por el polvo.

—Por aquí —me indica que me siente al otro lado del escritorio.

Lo miro un par de veces, dudando.

—Siéntate, quiero comentarte un par de cosas del contrato. ¿Qué te ha parecido?

Lo noto raro.

—Bien, lo he dejado ya firmado en la recepción. Me va genial tener unos días para trabajar desde casa, la verdad —intento establecer conversación con él para tantear el terreno. Ahora mismo no sabría decir si está enfadado, cansado o una mezcla de ambos.

Cruzamos miradas un instante. El Cameron de hoy no tiene

nada que ver con el que conocí en Nochevieja. Está desmejorado, con la mirada perdida pero al mismo tiempo fija en mí. Parece que me quiera desnudar con los ojos. No se ha afeitado esta mañana, por lo que unos pequeños pelitos le empiezan a asomar por ambos lados de la cara.

—Genial. Me alegro mucho de que estés contenta.

Una pequeña sonrisa cruza su rostro, pero tan solo dura un instante.

—Necesitaría saber qué días de la semana son los que haría en la oficina.

Cameron Wolf se queda en silencio.

—¿Sabes, Anna? En realidad, puedes entrar y salir cuando te dé la gana. Me gustaste mucho cuando te conocí en el bar y, honestamente, me salvas el culo con este encargo. Tan solo quería devolvértelo de alguna manera, sé que te preocupa el tema de la residencia en Estados Unidos y todo eso, así que quiero echarte una mano, igual que lo vas a hacer tú.

Trato de procesar toda la información en un par de segundos.

—Sé que esto va a sonar un poco raro, así que quiero ser claro contigo desde el principio. Me gustaste un montón cuando nos conocimos en Nochevieja —repite—. Me gustaría..., no sé, saber si te gustaría tener algún tipo de relación. Yo soy un hombre que no sale mucho, soy tranquilo y me gusta hacer planes calmados con la gente que valoro.

Oh. Dios. Mío.

—No sé si me estás pidiendo que tengamos una cita, que sea tu *escort* o que me desnude aquí mismo —le suelto. Lo digo sin pensar y por un momento maldigo a mi cabeza por hablar antes de meditar las cosas.

Madre mía. Adiós contrato, adiós visado, adiós todo.

—Me gusta tu respuesta. Podemos empezar por lo último.

Trago saliva.

—¿Estás de coña, no?

—Solo si tú te sientes cómoda. No quiero presionarte a hacer nada que no quieras. Podemos mantener esta relación estrictamente profesional y nada más... o pasarlo bien. Me gustó mucho escuchar tus historias sobre el Zodiaco y me encantaría ser tu chico capricornio..., si doy el perfil.

Pienso en la cara que pondrá Julia cuando le cuente todo esto.

Desde luego, esto es lo más surrealista que me ha pasado en la vida. Bueno, después de dejar plantado a Carlos en el altar en nuestra propia boda. Sí, eso fue bastante *heavy*, para qué mentir.

—Me gustaría saber qué puede ofrecerme un chico capricornio como tú —le sigo el juego.

Cameron sonríe y su actitud cambia. Relaja los hombros y sacude los brazos, como si quisiera aliviar la tensión acumulada.

—¿Sabes cuando el chico de *Cincuenta sombras de Grey* le dice a Anastasia que sus gustos son un poco peculiares?

Tengo que hacer un esfuerzo para no reírme.

—Sí.

—Pues algo así, pero sin dar vergüenza ajena al decirlo. Me encantan los juegos. Del cero al diez, ¿cómo de juguetona estás hoy?

Joder, este señor va a saco.

—Para jugar al Monopoly, un dos. Para ver qué te traes entre manos..., un siete.

—¿Solo?

Me encojo de hombros, haciéndome la dura.

—Quiero que estés en un nueve, como mínimo. Súbete a la mesa.

Cameron se pone de pie y da un golpe firme sobre el escritorio. No tiene nada que ver con el del despacho de la semana anterior, este es mucho más pequeño, pero creo que podrá aguantar.

—He dicho que te subas —insiste.

—¿Para qué? —No puedo evitar sonreír. Esto va a ser divertido.

Cameron se ríe.

—Para desvestirte. Me pones muchísimo, Anna Ferrer.

Vaya, vaya, con el capricornio... Tan serio y madurito...

Antes de que pueda abrir la boca para responder, Cameron Wolf empieza a desnudarse delante de mí. Se deshace el nudo de la corbata, como si lo estuviera asfixiando. Joder, en el fondo, a mí también me pone una barbaridad verlo quitándose ese traje. No pierdo detalle mientras se abre la camisa, botón por botón. Es profesional hasta para desnudarse. Lo hace con cuidado, dejándolo todo sobre la silla, perfectamente colocado, para que después no tenga ni una arruga.

Se queda en calzoncillos en cuestión de segundos. Dios, se le nota que va empalmadísimo.

—Dime que te gustan los juegos de rol... —me susurra—. ¿Podrías ser mi secretaria y yo tu jefe?

Noto un subidón de adrenalina por todo el cuerpo. Uf, no sé qué tiene Cameron que me aturde tanto. Desde fuera, jamás habría dicho que era un hombre tan pícaro.

—Bueno... —le sigo el juego—. Siempre y cuando no pierda mi puesto de trabajo...

—Uf, cariño, con esa carita creo que ahora mismo solo podría darte un buen aumento... y un azote.

Cameron se lanza hacia mi boca y lo recibo con un jadeo. Me besa con prisas, y no me extraña. Está tan caliente que podría derretir un glaciar. Verlo así hace que me den ganas de fastidiarlo más.

—No sé, jefe, no me gusta mi trabajo —intento sonar seria, pero se me escapa una risita—. Quiero cambiarme de empresa.

—No puedes... —susurra, completamente ido—. Ahora eres mía, eres de mi propiedad. Has firmado un contrato. Te quedarás aquí hasta que termines tus horas y vendrás al día siguiente o te daré un azote por debajo de la falda.

—Si haces eso, te denunciaré a Recursos Humanos —me defiendo.

Rodeo con mis brazos su cuerpo y lo pego más al mío. Está ardiendo.

En el fondo, esta conversación me está gustando demasiado, más de lo que querría admitir. Ver a Cameron tan metido en el papel me hace desear poner a prueba sus límites y los míos.

—¿Ah sí? ¿Me denunciarás también a Recursos Humanos si hago esto?

Cameron Wolf empieza a desabrocharme la camisa. La deja caer hacia atrás y yo me la saco del todo. Después, me arranca de un tirón el sujetador, rompiendo la costura.

Jo-der con el madurito.

Pasa su cara por mis tetas, la frota, cambiando de intensidad y dirección. Se enfoca en un pezón y lo succiona con la boca, y después va a por el otro. A estas alturas, mis bragas están ya como una presa a punto de reventar. Cameron baja las manos hasta mis rodillas y vuelve a subirlas de nuevo, escalando por mis muslos hasta llegar a donde empiezan las medias.

Me va a dar un ataque en cualquier momento.

—Cómo me pone que vengáis así a la oficina, como si fuerais colegialas...

Me despido también de mis medias, que salen disparadas hacia algún punto del despacho. Estoy demasiado cachonda como para preocuparme de que se hayan podido desgarrar. Me agarro a Cameron, devolviéndole el beso y siguiendo el juego. Ahora que sé lo que le gusta, lo voy a joder pero bien.

—Pero, jefe, yo nunca he estado con ningún hombre. No puedo dejar que me toque ahí abajo.

Cameron suspira de placer.

—Pues alguna vez tendrá que ser la primera, cariño.

El hombre capricornio me empuja hacia atrás y mi espalda cae sobre el escritorio. Me clavo varios objetos que no logro reconocer, pero me da igual. Estoy tan caliente que diría que sí a cualquier guarrada que me propusiera.

—Ya verás como te va a gustar y no te va a doler nada...

—Ahá.

—Dime que quieres que te la meta —susurra, mientras escucho que desgarra el envoltorio de un condón. Salgo un momento de mis pensamientos para suspirar de alivio por que no se vaya a repetir la situación que viví con el chico sagitario.

—Sí que quiero, pero... no sé si me va a doler.

Intento alargar la escena lo máximo posible, pero estoy deseando que lo haga. ¿Cómo es posible que no haya descubierto hasta ahora todo lo que me pone el juego de rol?

—Tranquila, cariño, estás en buenas manos.

Miro al techo mientras Cameron me agarra por la cadera. No me da tiempo a verle la polla, así que, que sea lo que tenga que ser. Me preparo para recibir una embestida, pero Cameron también quiere jugar al ver que estoy tan mojada.

—Cómo me gustan las chicas jóvenes... Siempre dispuestas a recibirme...

Cameron desliza dos dedos por mis labios interiores y me roza el clítoris. Siento una descarga de placer mientras me lo toca, haciendo circulitos, muy despacio. Joder, como siga así, me voy a correr tan solo con esto.

—Con este cuerpo creo que te vas a convertir en mi nueva secretaria favorita. ¿Crees que podrías hacerme un hueco en mi agenda todos los días para cuidarte así de bien?

—¿Solo uno? —murmuro.

Noto su cuerpo cada vez más cerca del mío. Con la mano que tiene libre, comienza a acariciarme la cara, pasándome los dedos por la boca y por las orejas. Después, me agarra fuerte del pelo.

Mientras tanto, sigue jugando con mi clítoris. Me tiembla todo. Por un momento, es como si nada más existiera a mi alrededor. La cabeza me da vueltas, estoy en un limbo del que no quiero salir nunca.

—Suplícame que te la meta...

Respondo con una mezcla entre risa y jadeo.

—Anna Ferrer, suplícamelo.

Escuchar mi nombre y apellidos acciona algo en mi interior.

—Por favor, jefe, no me haga daño...

Esas palabras son suficientes para prender el fuego de Cameron. Con los pezones duros y vestida tan solo con mi falda, me agarra por la cadera y me la mete de golpe. Suelto un gemido. Estaba preparada para una embestida así, por suerte. No la saca. La deja ahí, quieta, y la siento palpitar dentro de mí. O quizás soy yo, que me he convertido en una bomba de calor y todo mi cuerpo está convulsionando.

Cameron me agarra del cuello y pone su cara a pocos centímetros de la mía.

—¿Ves como no te iba a doler? —me dice, casi con rabia.

Se ha puesto rojo y todo. A un lado del cuello, tiene una vena tan marcada que parece que le va a reventar.

—Ahora quiero que te quedes calladita. ¿Estamos? Sé una buena secretaria y haz tu trabajo.

—Sí —gimo.

—Sí, jefe —me corrige él.

Cameron me coge del cuello y comienza a embestirme, sin piedad, sin mirarme a la cara. Solo tiene ojos para mi falda, que sube y baja con cada golpe que me da. La mesa tiembla al mismo ritmo que nosotros y por un momento temo que se vaya a romper y yo termine en el suelo con una grapadora clavada en la espalda.

Gimo como una loca mientras Cameron me aprieta cada vez más el cuello.

—He dicho que te estés puto calladita, ¿qué es lo que no entiendes?

Asiento como puedo, mientras dejo que haga conmigo lo que quiera. En algún momento de los siguientes minutos me corro, en silencio, apretando mi mano contra su antebrazo, que tiene sobre mi pecho. Aun así, termino, pero Cameron no para.

—Ahora otra vez. Córrete para mí.

—No voy a poder...

Él se ríe.

—A mí nadie me dice que no... y menos tú.

Cameron me coge en brazos y me levanta en volandas, con su polla todavía dentro de mí. Me deja caer sobre un sillón.

—Date la vuelta, a cuatro patas.

Lo obedezco, deseando ver cómo se desenvuelve en esta posición.

—Cómo me gusta esta faldita... —dice, mientras me la recoloca—. Voy a tener que ponerla como uniforme obligatorio para la oficina.

Suelto una risita inocente y dejo que Cameron me la meta así. Me quedo quieta, con la cara chafada contra el respaldo del sillón, hasta que Cameron se vuelve loco y se corre. Dice una serie de palabras que no llego a entender mientras me coge del pelo y me estira hacia atrás. Cuando termina, se aleja de mí y se deja caer sobre la silla del escritorio. Se quita el condón y comprueba que está bien.

Necesitamos un rato para recuperar el aliento. Comienzo a buscar lo que queda de mi ropa. Mi camisa, por suerte, no ha sufrido desperfectos. Me la abrocho con dignidad y recojo mis bragas. Mi sujetador y las medias, rotos, terminan en la papelera del despacho.

—Joder, niña, cómo estás —me dice Cameron—. Tenemos que repetir esto todos los días.

No sé si sigue roleando o no, pero desde luego mañana estaré aquí de nuevo, puntual, a primera hora, para ver lo que me espera. Todavía tengo el corazón desbocado cuando bajo a la recepción y recupero mi pasaporte. Llego a casa en silencio, voy directa a mi cuarto y, aunque lo intento, no puedo parar de pensar toda la noche en lo que ha sucedido.

CAPÍTULO 36

ᚦ

HOUSTON, TENEMOS
UN PROBLEMÓN DE LA HOSTIA

Doy un bote en la cama y miro corriendo mi móvil. Joder, todavía falta una hora para que suene la alarma. Odio mi reloj biológico.

Me desperezo y trato de conciliar el sueño, pero ya es tarde. Escucho gritos en la planta de abajo y me pongo en guardia en cuanto reconozco la voz de mi hermano. Lo primero que pienso es que nos han entrado a robar, pero entonces me doy cuenta de que está discutiendo con Connor.

Me pongo un jersey finito y bajo corriendo las escaleras.

—Date una ducha y métete en la cama, Raül —le aconseja Connor, intentando que el tono con el que se hablan no se les vaya de las manos. Sin embargo, ya es tarde para mi hermano.

—¡Dámelo ya! —brama mi hermano.

Se me pone la piel de gallina. He discutido cientos de veces con él, sobre todo cuando estábamos en la ESO, pero hace mucho tiempo que no lo escucho gritar así.

—Raül —le advierte.

—Connor —su tono sube más y más.

—¿Qué pasa aquí? —interrumpo su pelea de egos antes de que se tiren un mueble a la cabeza.

—Anna, será mejor que te vayas.

—Sí, vuelve a la cama.

Me sienta peor que me lo diga Connor que mi propio hermano.

319

—No os voy a dejar hasta que me digáis qué narices os pasa —insisto. Son las seis y media, pero ya me he despejado por culpa de sus gritos.

—Eso, Raül, cuéntaselo.

—Déjame en paz —le espeta.

Se acerca hacia él y por un momento me da miedo que le vaya a dar un puñetazo. En su lugar, mira a los ojos a Connor como si lo estuviera amenazando de muerte.

—Raül, ¿qué cojones está pasando? ¿Qué haces?

—Sube a ducharte y cállate —le repite Connor.

Raül le murmura algo que solo escuchan ellos dos y se da la vuelta. Comienza a subir las escaleras con desgana. Cuando pasa por mi lado lo paro con el brazo.

—¿Te has metido en una pelea? —le pregunto.

Mi hermano levanta la cabeza y apenas lo reconozco. El cuello de su camiseta está empapado, y no precisamente porque haga mucho calor. Tiene el pelo revuelto, sudado, y huele a una mezcla entre perro mojado y alcohol. Me evita, como si no quisiera mirarme a la cara por la vergüenza.

—Aparta la mano —me ordena.

—Dime qué te ha pasado de una vez.

Raül se moja los labios.

—Quita la puta mano, Anna. No te lo voy a decir más veces.

Conozco el tono que está usando, así que la levanto a regañadientes.

—Ya hablaremos mañana —le digo, y por un momento reconozco a mi madre en mis propias palabras.

Raül sube a su cuarto arrastrando los pies, con dificultades para mantener el equilibrio, y cierra la puerta de un golpe.

Connor y yo nos miramos en silencio.

—¿Qué? —me dice él.

—¿Qué le pasa? —repito por milésima vez.

Él se encoge de hombros.

—Está imbécil perdido, no le hagas caso. Lleva así ya desde ayer.

—Pero algo le pasará.

Suspira.

—¿Quieres dejarlo ya? Dios, por qué eres tan cotilla.

Sus palabras me enfurecen tanto que tengo que calmarme antes de responder.

—Porque..., no sé, ¿me preocupo por mi hermano? ¿Te parece un motivo suficiente para saber por qué está así de raro?

—Ya se le pasará, Anna. Déjalo, en serio.

Connor le resta importancia al asunto de una forma muy sospechosa, pero no tengo ganas de entrar en sus discusiones, así que regreso a mi cuarto. Ya no me voy a poder dormir, y menos con la música que mi hermano ha puesto a todo volumen en su habitación. En su lugar, hago tiempo separando la ropa sucia en dos montones, el de blanca y el de color, y me lavo el pelo con calma. Cuando salgo de la ducha, me miro al espejo, medio empañado, y pienso en hacerme un cambio de *look*. Quizá podría cortarme la melena o teñírmela de otro color. ¿Qué tal estaría de pelirroja?

Los minutos van pasando y para cuando me doy cuenta vuelve a reinar el silencio en la casa. Me visto con mi atuendo de oficina y me preparo para otro día más en Wolf Corporations. Esta vez tengo trabajo de verdad, así que voy directa a mi nuevo puesto y termino de traducir unos contratos, después reviso con un compañero unas traducciones del árabe al inglés que han quedado un poco extrañas y, por último, hago unas llamadas en español con una trabajadora de una empresa de Madrid para terminar de cerrar un preacuerdo. Para cuando me doy cuenta, ya es la hora de la comida. Paolo me llama por teléfono porque el jefe quiere verme, así que me levanto y camino hacia su oficina tratando de no llamar mucho la atención. Afortunadamente, la mayoría de mis compañeros se encuentran en la cafetería, disfrutando de su descanso para comer.

—Buenas tardes, Anna. ¿Cómo vas?

—Bien, ya hemos revisado Trevor y yo los contratos traducidos del árabe que tenían erratas y los hemos enviado...

Cameron sacude la cabeza.

—Me refiero a cómo vas tú, a qué tal estás.

Su pregunta me pilla por sorpresa.

—¡Ah! Pues... bien.

—¿Te gusta la oficina?

Asiento.

—Lo que más me gusta es la comida gratis —respondo enseguida. Sin embargo, Cameron suelta una carcajada.

—Tienes cara de preocupada, aun así. No quiero ser pesado, solo intento que estés bien. Si necesitas trabajar desde casa, puedes irte sin problemas.

—No, no, estoy bien. He tenido un pequeño percance con mi hermano esta mañana, pero nada más.

—Vale, no hace falta que me lo cuentes si no quieres. En realidad, quería hablar contigo para preguntarte si te apetecería hacer algo este fin de semana. ¿Cómo tienes el sábado? ¿O te va mejor el viernes?

No hay planes a la vista y me imagino que con el enfado de Raül no los habrá en lo que queda de semana.

—Estoy libre los dos días. ¿Qué tienes en mente?

Cameron se pone de pie y se acerca a mí.

—No sé, ¿prefieres que sea una sorpresa? ¿O quieres que te lo diga? No es nada turbio, no te preocupes.

Lo sopeso durante unos instantes. Me gustan las sorpresas, pero ya he cubierto mi cupo de buena suerte con desconocidos y no me fío de lo que haya podido planear Cameron.

—Prefiero saberlo, así me preparo, ya sabes, qué ropa ponerme y eso... —Utilizo el código de vestimenta como excusa y no es mentira del todo.

—Vale, había pensado que, bueno, podríamos ir a pasar una tarde a Malibú. Tengo allí una casa preciosa que apenas uso y está junto a la playa. Podríamos, no sé, dar una vuelta por la zona, pasar un ratito en la playa... Hay un restaurante buenísimo con vistas al mar. ¿Te gusta el marisco? Sirven unos platos impresionantes.

—¿En serio? Joder, vas a vivir la experiencia completa de Malibú: cena cara, paseo por la playa al atardecer y *sugar daddy* buenorro —suelta Olivia, pegando su taza de café a su barbilla.

—Qué pasada —dice Julia—, al final has tenido tú más suerte que Clare y Heather.

Resoplo, mientras Sol se acerca a mí y husmea con su nariz perruna la galleta que me llevo a la boca. Luna también la mira con deseo bajo la mesa del salón. Si es que se puede llamar así. El apartamento en el que vive Julia es una mezcla de muebles aleatorios, de diferentes estilos y colores que, sorprendentemente, pegan entre sí. Alguien llama a la puerta y Sol y Luna ladran a la vez, corriendo hacia la entrada.

—Ya está aquí la cena —anuncia Olivia.

—¡No me digas! —se burla Julia, intentando acallar a sus perros. Sol es enorme, le llega casi por la cadera. Tiene el pelo corto de un color marrón chocolate. Es una mezcla de varias razas gigantes que terminó en el refugio porque nadie quería un perro tan grande. Luna es muy miedosa y responde a cualquier estímulo metiendo el rabo entre las patas. Le falta un trozo de oreja de cuando la utilizaban para apostar en peleas de perros y ahora tiene tantos traumas que le ha costado más de dos años dejar de esconderse bajo una silla.

Julia abre la puerta mientras Luna ladra sin parar al repartidor. Tiene que disculparse por el alboroto mientras le da varios dólares de propina.

—Gracias, hasta luego.

—Espero que mi arroz no llegue frío, porque ha tardado un montón —se queja Olivia.

—¿Tú qué has pedido? —me pregunta Julia, dejando la bolsa en la mesa. Sol se lanza a olfatearla.

—Cerdo agridulce —le digo—, pero no creo que lo hagan tan bueno como en el restaurante chino que hay debajo de mi casa en Valencia.

Julia se sienta y deja sobre la mesa varios tenedores.

—¿Echas de menos España? —pregunta—. Yo echo de menos hablar español como cuando estuve en el sur...

Me encojo de hombros.

—No sé, hay muchas cosas que son distintas. Por ejemplo, la comida, precisamente. —Señalo mi ración de cerdo agridulce con la mano—. Siento que en Estados Unidos, o por lo menos aquí en California, puedes encontrar comida de cualquier rincón del mundo, pero no se cocina mucho en casa, ¿no? Me refiero a cocinar platos caseros, de esos que llevan horas de preparación, como hacían mis abuelas.

—Creo que en eso tienes razón —secunda Julia—, en el tema de la comida somos un poco distintos. Aquí las proporciones no tienen nada que ver con las de Europa, por ejemplo. Si no me equivoco, el tamaño grande de una bebida en España será como el pequeño o el mediano de aquí. Es una barbaridad la diferencia.

—Yo no me iría a vivir a ninguna parte, la verdad —añade Olivia—. Estoy muy bien aquí.

Seguimos comentando las diferencias entre nuestros países de origen mientras Sol y Luna no pierden de vista nuestra comida, esperando a que un pequeño trozo caiga milagrosamente al suelo para poder zampárselo. Una hora más tarde estamos tumbadas en el sofá, reventadas. Olivia propone ver una película en Netflix, pero estoy tan cansada que no me apunto al plan.

—Me voy a casa, he madrugado un montón hoy —les digo, recogiendo mis cosas.

—Eso, que tienes que coger fuerzas para el fin de semana —se despide Olivia.

Vuelvo a casa en un Uber, que solo tarda un minuto en pasar a recogerme, y trato de no pensar en la discusión de esta mañana entre Connor y mi hermano. En casa reina el silencio cuando entro por la puerta, así que subo a mi cuarto sin hacer mucho ruido. Por supuesto, el agua caliente tiene que no funcionar justo ahora, así que me conformo con una ducha helada rápida y me quedo dormida nada más tocar la cama, con los pies todavía fríos.

El resto de la semana transcurre sin más altercados. Escucho ruidos por la casa, pero los ignoro o, cuando bajo para tratar de coincidir con mi hermano, no llego a tiempo. El jueves por la tarde estoy convencida de que me ha tenido que escuchar llamarlo antes de cerrar la puerta principal. Como no ha contestado a mis mensajes del martes, decido no escribirle más. Hace ya mucho tiempo que aprendí que cuando Raül se pone en modo pasota es mejor dejarlo solo hasta que se le pase.

Además, ya tengo suficiente con lo mío. En mi cabeza no puedo dejar de pensar en Cameron Wolf. Por un lado, quiero tener esta cita y conocer más al chico capricornio. Por otro, no puedo quitarme de la cabeza la imagen de Raül completamente desaliñado y borracho, subiendo las escaleras sin mirarme a la cara.

Estoy a punto de cancelar unas horas antes, pero un mensaje inocente de Julia preguntándome qué me voy a poner hace que me anime a arreglarme para la cita. Le contesto enseguida.

¿Cómo se viste una persona en uno de
los lugares más pijos de Estados Unidos?

Uf, no lo sé, por eso te preguntaba. Jajaja.

Debería pedir consejo a Harry.

¡Ni se te ocurra! Se pondrá en modo
Cinna de *Los juegos del hambre*.

Dios mío, hace un siglo
que no veo esas películas.

Puedes verla esta noche con tu amado.
Aunque igual le da por vestirte de Katniss
y prenderte en llamas mientras folláis.

JULIA!!!!!!!!!!

Puedo imaginármela riéndose desde su piso, probablemente tirada en la cama son Sol y Luna a sus pies. Esa visión me anima y me pregunto si Cameron estará nervioso por nuestra cita. En realidad, como buen capricornio, me lo imagino tranquilo, sereno, manteniendo un semblante serio en todo momento durante esta semana de trabajo. Como he estado trabajando desde casa estos últimos días, solo puedo suponerlo, aunque algo me dice que mi intuición no va muy desencaminada.

Tras varios cambios de vestuario y un maquillaje ligero, opto por un vestido elegante y femenino. No tengo muchos zapatos entre los que elegir, así que me quedo con los que he llevado hasta ahora a la oficina.

—Así mismo —hablo con mi reflejo mientras me miro para

verme por última vez. El coche que me tiene que recoger estará aquí en cualquier momento.

Bajo las escaleras con emoción y salgo por la puerta en cuanto veo dos faros que se acercan a la entrada de la casa. La conductora baja la ventanilla.

—¿La señorita Anna Ferrer? —me pregunta, con un marcado acento mexicano.

—Sí, soy yo —respondo enseguida.

—Adelante, por favor.

Monto en el coche y cierro la puerta con fuerza. La mujer arranca, dejando atrás la casa de mi hermano.

—Llegaremos enseguida, pero si quiere que cambie la música, me lo puede decir.

—No, no hay problema. ¿Cuánto tiempo tardaremos? —le pregunto mientras abro Google Maps para buscar Malibú en el mapa. Ni siquiera lo ubico.

—Diez minutos, no más.

—Gracias.

Mi móvil sitúa Malibú en la costa, no muy lejos de aquí, pero dudo que tardemos menos de un cuarto de hora. Sobre todo por los atascos que se montan en esta ciudad, y más en fin de semana. Es entonces cuando le doy a calcular la ruta desde mi ubicación actual hasta la playa de Malibú... y me indica que está a una hora y veinte minutos.

El estómago me da un vuelco. Bueno, más bien, un triple salto mortal hacia delante.

Miro a mi alrededor, con las pulsaciones aceleradas. Los seguros del coche están puestos. ¿A dónde narices estamos yendo? Me giro hacia atrás por si acaso me he montado en el coche que no era y me estaba esperando otro, pero ya hace rato que hemos cambiado de calle y aquí todas parecen iguales. Además, la mujer sabía mi nombre.

¿Qué está pasando?

Trato de mantener la calma y pensar muy bien mi siguiente pregunta.

—¿A dónde vamos, exactamente? No recuerdo cómo era el nombre, no me sale... —me hago la tonta, improvisando. Un minuto más en este coche y moriré de un infarto.

La mujer mira el GPS mientras nos incorporamos a la autopista.

—A una nave de las afueras, no sé cómo se llama la zona. Me mandaron una ubicación por mensaje, nada más.

Cierro los ojos y me muerdo los labios por dentro. Houston, tenemos un problema. Un problemón de la hostia.

CAPÍTULO 37

☙

EL DEL PELO ARCOÍRIS

Nunca pensé que así sería como me moriría. O, por lo menos, como me secuestrarían. Me tiemblan tanto las manos que me cuesta desbloquear el móvil.

¿A quién llamo primero? ¿A mi hermana? No, está muy embarazada. Podría pasarle algo del disgusto y no quiero ser yo quien desencadene un parto prematuro.

¿A mis padres? Madre mía, no, no puedo hacer eso. Me lo recordarían toda la vida, si es que salgo de esta.

¿A mi hermano? A saber dónde está, llevo días sin cruzar una palabra con él.

Sí, Julia es la primera persona que se me viene a la mente. Le escribo varios mensajes, pero pasados diez segundos sin que me responda la llamo al móvil.

Nada.

Pruebo con Harry.

Nada.

Joder, ¿por qué no me coge el teléfono? Harry se pasa el día pegado a él como una lapa, no entiendo por qué...

En ese instante, me entra una llamada. De Cameron.

—Hola... —respondo, con los nervios a flor de piel. No sé si me voy a encontrar con una voz modificada al otro lado de la línea que me va a pedir un millón de dólares o algo así.

—Hola, Anna. ¿Cómo vas? ¿Ya en el coche?

La aparente normalidad de Cameron me inquieta. Aun así, apenas puedo escuchar su voz. De fondo se oye bastante jaleo.

—Sí, sí. Oye, ¿dónde nos vemos exactamente?

Trago saliva, pero tengo la boca seca.

—Es una sorpresa. ¿Te queda mucho?

Miro el GPS de la conductora.

—Creo que llego en cuatro minutos —le digo.

—Genial. Perdona que sea todo tan secreto. Llevo desde el miércoles preparando este momento y quiero que todo salga perfecto.

Por primera vez desde que he montado en el coche, me relajo. Bajo la cabeza. No me he dado cuenta hasta ahora de toda la tensión que estaba acumulando en el cuello.

—Vale, pues ahora nos vemos. Ya estás ahí, ¿no?

—Sí, sí —afirma—. Solo una pregunta...

A ver...

—Dime.

—¿Te dan miedo las alturas?

Pocos minutos después, el coche frena junto a una nave industrial en un polígono gigante. Decenas de farolas iluminan la zona, a pesar de que el sol todavía se puede ver en el horizonte, a punto de desaparecer. Cameron me espera a pocos metros del vehículo. Viste con un traje negro y corbata granate, fina, que le queda espectacular. Está más guapo que nunca. Se ha peinado con gomina y huelo su colonia antes de acercarme a él. Me saluda con un beso en la mejilla, poniendo con cuidado su mano en mi espalda.

—Buenas tardes —me saluda.

—Hola —respondo, sin parar de mirar a nuestro alrededor.

—Vamos, tengo que enseñarte algo.

El coche arranca y caminamos juntos hacia la nave.

—Quería haberte llevado a Malibú en uno de mis coches, pero en sábado el tráfico se pone horrible... Así que he decidido hacer un cambio de medio de transporte de última hora.

Lo sigo en silencio por la nave y montamos en un ascensor. Cameron pulsa el botón más alto, marcado con una gran letra H. Me miro de refilón en el espejo para asegurarme de que no tengo pinta de loca que pensaba que la iban a secuestrar hace apenas unos minutos. Las puertas se abren y siento un golpe de viento en la cara. Estamos en la azotea, de eso no cabe duda.

—Espero que no te dé miedo volar... —murmura él, pero sus palabras se las come el ruido de un motor. Frente a nosotros, un helicóptero negro agita su hélice, listo para despegar en cualquier momento. Un hombre se acerca a nosotros y nos tiende una especie de cascos gigantes. Me pongo el mío sin rechistar, todavía en *shock* por la situación.

—Acompañadme. Estamos a punto de salir.

Miro a Cameron, intentando descifrar su expresión, pero no se muestra preocupado, sino todo lo contrario: está en su salsa. Como si para él fuera lo más normal del mundo ir en helicóptero en cuanto hay un poquito de tráfico. Entonces veo el logo de la empresa en la parte posterior de la cabina y ya lo entiendo todo.

—¿Es tuyo? —le digo, pero no me escucha. Es imposible hacerse oír por encima de este jaleo.

La puerta del helicóptero se abre y nos sentamos en la parte de atrás.

—Buenas tardes, aquí Rayan. Seré vuestro piloto esta noche —de pronto, es como si volviera a recuperar el sentido del oído. La voz se escucha con total claridad gracias a los cascos.

—Encantado de volverte a ver, Rayan —lo saluda de vuelta Cameron.

Me giro hacia él, que se ha sentado a mi lado en la parte posterior del helicóptero. Es entonces cuando me doy cuenta de que todos tenemos un pequeño micrófono incorporado al casco y gracias a él podemos escucharnos entre nosotros.

—Igualmente, Rayan —digo.

El hombre que nos había tendido los cascos se sube en el asiento de copiloto. No hay más espacio en la cabina, solo entramos los cuatro, justos, como si estuviéramos en un minicoche.

—Hoy tendremos un viaje tranquilo. No hay viento y las condiciones meteorológicas son favorables —explica Rayan, mientras empieza a tocar botoncitos. La verdad es que preferiría que se callara mientras lo hace, no vaya a ser que....

—¿Has montado en helicóptero alguna vez? —Cameron me toma de la mano mientras me lo pregunta.

Niego con la cabeza, hasta que recuerdo que puedo hablar.

—No, y no sé si me va a gustar esto.

—Ya verás. Es como ser un pájaro artificial. Y más cuando atardece... Va a ser precioso, no te preocupes.

Trato de confiar en sus palabras. Total, ya está siendo el día más aleatorio de mi vida, así que no creo que pase nada por un poco de surrealismo más.

El helicóptero comienza a moverse de forma extraña mientras el copiloto habla por la radio. Entonces, se agita y siento que nos separamos del suelo. Cada vez más. Noto un hormigueo en los pies que me dice que ya no hay vuelta atrás, pero intento dejarme llevar por la adrenalina que recorre mi cuerpo. Entro en pánico cuando descubro que los helicópteros despegan ligeramente inclinados hacia delante y por un momento tengo miedo de que algo vaya a fallar y caigamos a plomo.

Sin embargo, cada segundo que pasa estamos más lejos del suelo. No me doy cuenta hasta que empezamos a girar de que estoy agarrada con fuerza al antebrazo de Cameron. Él muestra una expresión tranquila, como si hiciera esto todos los días. Yo no sé si echarme a llorar, reír como una desquiciada o morderme todas las uñas, una detrás de otra.

—¿Todo bien por detrás? —pregunta el piloto en cuanto alcanzamos una altura considerable.

—Sí —respondo con un hilo de voz, soltando el brazo de Cameron.

Relajo los hombros y me apoyo en el respaldo de mi asiento. Y, de pronto, se me pasa todo el miedo en un instante. Los rascacielos de Los Ángeles reflejan la luz del atardecer en sus miles de ventanas, como si fueran un faro de color naranja. No me puedo creer lo que veo. La imagen es mucho más espectacular que cuando estuve con Ali en la noria del muelle de Santa Mónica. Aquí, el mundo está bajo nuestros pies. Literalmente. A medida que cogemos más altura puedo distinguir los barrios de la ciudad que vi en internet. Al fondo las luces se apagan para dar paso a un parque lleno de senderos y al final de todo está la montaña con el famoso cartel de Hollywood.

El corazón me da un vuelco cuando lo veo, tan pequeño, a lo lejos. Como si fueran las letritas blancas de las sopas que me preparaba mi abuela. El helicóptero gira en dirección a Malibú.

—Mira, por esa zona vives, ¿no?

Cameron señala un punto determinado de la ciudad y yo asiento, sin hacerle mucho caso. Mis ojos van de lado a lado: las calles, que ahora parecen pequeñas rayas trazadas con tiralíneas; los rascacielos, que se niegan a desaparecer por más que nos alejemos... El negro del océano está moteado por pequeños barcos que navegan cerca de la costa. El sol está a punto de irse, pero la ciudad brilla con luz propia, negándose a descansar pese a que está terminando el día.

—Es... increíble —murmuro, y creo que es la tercera vez que lo digo en voz alta.

Cameron asiente.

—¿Estás más tranquila?

—No he estado nerviosa —digo enseguida y los dos nos echamos a reír en la parte de detrás del helicóptero. Hasta me parece escuchar al piloto y su compañero aguantarse la risa.

—Bueno, ya estamos a punto de llegar.

—¿Ya?

Aterrizamos con más vaivenes de los que me gustaría y no me repongo del viajecito hasta que nos dan el menú en el restaurante. Hasta ese momento no soy consciente de que debería haberme arreglado un poco más, porque aquí todo el mundo va vestido como si viniera de una boda. Aunque tampoco es que mi armario dé para mucho más, ni mi cuenta bancaria, por lo menos hasta que termine enero.

El camarero llama a Cameron por su nombre y apellidos y le ofrece un nuevo menú degustación que está todavía fuera de carta. Nos animamos a probarlo y, mientras llega el primer plato, compartimos una botella de un champán cuya marca no he oído en mi vida. Aunque no hace falta ser muy lista para saber que cuesta más que un mes de alquiler en el centro de Valencia, como mínimo.

El restaurante es precioso, todo decorado en colores neutros y beis con algún toque rosa dorado. Cada tela de los manteles, las servilletas, las cortinas... está perfectamente combinada. Nos sentamos en una mesa con vistas a la playa y un ramo de flores fresco entre Cameron y yo. Se escucha el sonido del mar por encima de la música clásica. De hecho, justo bajo la ventana, que ahora ya está cerrada, está la arena, y a pocos metros las olas rompen de forma delicada en la orilla.

—Adelante, dispara todas tus preguntas —me dice Cameron, llevándose la copa a los labios. No me había dado cuenta hasta ahora de que los tenía tan gruesos. Alrededor de la boca se le marcan unas pequeñas arrugas que aportan a su rostro una madurez que me encanta.

—¿Sobre el helicóptero? —pregunto—. Mejor no te cuento la paranoia que me he montado en el coche.

—¿Por qué?

Agito la cabeza, quitándole importancia.

—No, en serio, ¿qué ha pasado?

—Pensaba que me ibas a secuestrar o algo así cuando me han dicho que íbamos a una nave a las afueras, porque en mi móvil...

—Joder —me interrumpe él. La expresión le cambia de un momento a otro—. Lo siento muchísimo. Tendría que haberte avisado. Pensaba darte una sorpresa, pero... ya veo que casi hago que te dé un infarto en su lugar.

—No pasa nada.

—Sí que pasa. Joder, tiene que ser una mierda ser mujer —dice y enseguida se da cuenta de que se pueden malinterpretar sus palabras—. Me refiero a que tengáis que vivir con la inseguridad...

—Te he entendido, Cameron, no te preocupes —le digo, y sueno más borde de lo que pretendo porque en realidad estoy sorprendida por su comentario.

El camarero interrumpe el momento para traer el primer plato del menú degustación. Lo describe al detalle, pero no le presto atención porque estoy observándolo. Una mezcla de finas lonchas de pescados crudos rodean un vasito con un líquido naranja intenso.

—Ahora te toca a ti hablarme del helicóptero —le digo—. No sabía que... bueno, a ver, tienes ochocientos edificios con tu apellido en el centro financiero de Los Ángeles, pero... En realidad, tendría que haberlo imaginado. Ahora es cuando me dices que tienes dos *jets* privados, cuatro áticos junto a Central Park, una colección de setenta relojes edición limitada y varios millones de euros en efectivo debajo del colchón.

—Sabes que aunque la empresa tenga mi apellido no es mía, ¿verdad?

Por supuesto, no había pensado en eso.

—¿Es de tus padres?

—De mi hermana, en realidad —aclara Cameron—. Fue

ella quien la fundó, es una historia muy larga. Más adelante me dio trabajo. Pero, bueno, ¿tú tienes hermanos?

Noto el cambio de tema.

—Sí, dos. Una hermana mayor, Martina, y uno más joven que vive aquí. Se llama Raül. Trabaja en el sector de la música, es productor. Pero no me preguntes mucho más, porque es bastante reservado para esos temas.

—¿Alguna vez has deseado ser hija única? —Su pregunta me pilla por sorpresa. Y en el peor momento posible, ya que hacía tiempo que no discutía con mi hermano y pasaba tanto tiempo sin hablar con él.

Entonces, me viene la imagen de Martina a la cabeza.

—En realidad, sí. Pero no porque no los quiera, sino porque siempre me he sentido como una extraña entre ellos... Nunca he notado ese amor familiar, ¿me explico?

Cameron parece entenderme más de lo que pensaba. Nos retiran el plato vacío y el camarero rellena de nuevo nuestras copas de champán. Me llevo la mía a los labios, distrayéndome de la conversación con el burbujeo del gas en mi lengua.

—A veces, las familias son una mierda. Nosotros tenemos que dar la imagen de familia perfecta frente a nuestros acreedores para que no sepan que Wolf Corporations ha estado a punto de quebrar cuatro veces.

—¿Cuatro? —pregunto, y enseguida me arrepiento de haber utilizado ese tono. Varias personas nos miran con una expresión de rechazo—. Perdona. Pensaba que, no sé, os iba genial. Con todo lo que tenéis..., joder, el helicóptero.

—Eso es un favor que me ha hecho mi hermana cuando le dije que iba a quedar con una chica. Pero bueno, ahora la empresa va bien. Pero hemos tenido momentos más flojos. Vamos, que no tienes que preocuparte por tu puesto de trabajo. Ni por que vaya a hacer un simpa cuando terminemos de cenar.

Me río al escuchar su última frase. No sabía que Cameron hacía bromas. Lo tomaba por un hombre mucho más serio, a excepción de sus momentos de pasión desenfrenada.

Un par de camareros traen el siguiente plato del menú, que también está formado por mariscos. Menos mal que no tengo ninguna alergia rara, o no podría comer ni la mitad de la carta de este restaurante tan pijo. Empiezo por un crujiente de setas que corona la composición.

—Ahora fuera de bromas, ya están las cosas más tranquilas. Digamos que no nos hablábamos por movidas familiares, pero entonces su novio tuvo un accidente que lo dejó en silla de ruedas y a partir de entonces cambió su forma de ver la vida, se volvió más tranquila, pudimos resolver nuestras diferencias... Vamos, te estoy resumiendo varios años de idas y venidas, no te creas que esto ha pasado en unos meses...

Veo que a Cameron le cuesta continuar hablando, aunque intente ocultarlo. Trato de quitarle hierro al asunto.

—No es muy propio de un capricornio el abrirse tanto en la primera cita, ¿no?

—¿Esto es una cita? Pensaba que simplemente éramos folla-migos.

Me hago la ofendida.

—¿Somos amigos, entonces? —le sigo la broma—. Pensaba que solo éramos compañeros de trabajo.

—Vamos a dejar el tema antes de que tengamos que hacer un simpa de verdad para irnos a casa.

Aprieto los labios y abro mucho los ojos.

—Espero que no te quedes dormido en cuanto toques las sábanas —lo tanteo.

—Me voy a callar lo que estoy pensando porque tengo un estatus que mantener en este restaurante —responde.

Uf, espero que no se esté marcando un farol, porque me estoy poniendo cachonda en mitad de este restaurante de pi-

337

jos. Me empiezan a hormiguear las piernas y no creo que sea por el viaje en helicóptero.

—Escríbeme un mensaje, así no tienes que decirlo en voz alta —propongo.

—No tengo tu número, pero se me ocurre otra cosa.

Rebusca en el interior de su traje.

Joder, qué sexy le queda. Hasta ahora no me he dado cuenta de lo que me ponen los hombres trajeados.

Cameron saca una libreta plateada y una pluma estilográfica y comienza a escribir. Después de rasgarla contra el papel, arranca la hoja y me la pasa.

> En cuanto lleguemos a casa te vas a correr tantas veces que vas a ser tú la que te quedes dormida del cansancio.

Sonrío tanto que me duelen las mejillas. Le pido con un gesto que me pase la pluma y escribo debajo de su letra:

> Eso ya lo veremos. Te recuerdo que tengo trescientos años menos que tú.

Le devuelvo la hoja y la pluma. Espero que no le sienten mal las bromas sobre la edad. Me relajo cuando veo que suelta una carcajada.

> El primero que se duerma, se tiñe el pelo a la mañana siguiente.

> Trato hecho. Pero no solo de un color, sino como un puto arcoíris.

Cameron lee mi frase y sonríe con malicia. Pasamos el resto de la cena haciendo el imbécil, como dos niños pequeños rodeados de adultos demasiado serios para entender nuestro flirteo, hasta que llega la hora de ir a su casa a pasar la noche. En esta ocasión, él es el bombero y yo una vecina con cascos de cancelación de sonido que no se ha enterado de que su casa está en llamas. Me meto tanto en la narrativa que se nos hacen las cuatro de la mañana cuando por fin se apaga el fuego. Y, por supuesto, pierdo la apuesta.

Joder. Me toca pedir cita a la peluquería.

CAPÍTULO 38

౸

EL DE LAS TRECE LLAMADAS PERDIDAS

A la mañana siguiente, ni me acuerdo de que Cameron había llamado a un peluquero a domicilio para que cumpliera mi parte de la apuesta. Cuando me miro al espejo casi me da un infarto. Ya no soy rubia, para nada. Mi pelo es una mezcla de mechones verdes, amarillos, rosas y marrones que, por algún tipo de pacto con el diablo, o simplemente un gran puñado de suerte, me quedan espectaculares.

Empiezo a recordar lo sucedido cuando veo una silla en mitad de la cocina rodeada de toallas que antes eran blancas. Ahora parece que un unicornio ha vomitado arcoíris sobre ellas. Vuelvo a la habitación y trato de rememorar mis pasos. Llegamos, nos acostamos en su cuarto y después, en algún momento, me dormí, me desperté y pedimos comida a domicilio porque nos habíamos quedado con hambre tras las pequeñas porciones del restaurante. Por supuesto, habíamos tirado de McDonald's. No sé en qué momento había venido el peluquero. Ni siquiera soy capaz de recordar su cara ni si le pagamos. Espero que Cameron sí, porque yo salí ayer con treinta dólares en el bolso, ni más ni menos.

Me pongo la camiseta larga que me había traído a modo de pijama pero que ni siquiera había sacado del bolso y me cambio de bragas.

Echo un vistazo a la habitación de Cameron ahora que el

sol la ilumina por completo. Es realmente increíble. Tiene forma ovalada y unas diez ventanas rectangulares que dan directamente a la arena de la playa, igual que el restaurante. Hay cortinas por todas partes, cojines en el suelo y un condón usado en la mesilla de noche, lo cual lo hace un poco menos glamuroso.

Observo a Cameron durmiendo, ajeno a que lo estoy observando. Está completamente desnudo, tumbado boca abajo. Su cuerpo se mueve con suavidad cada vez que toma aire. Lo dejo descansar mientras voy a la cocina. Bebo casi un litro de agua del tirón y decido abrir la aplicación de notas conforme voy recordando la noche que hemos pasado juntos.

Dicen de los chicos capricornio que son reservados, serios y con un alto sentido de la responsabilidad. Creo que tienen un poco de razón, aunque muchas veces esa coraza esconde algún tipo de trauma en su pasado que les ha hecho guardar su personalidad en una cajita bajo llave, que solo muestran a aquellos que consideran merecedores de su intimidad.

Cameron Wolf ha resultado ser el perfecto capricornio, por lo menos para esta chica aries con la cabeza llena de pájaros. Quizá es que yo también he mejorado a la hora de seleccionar a los hombres de este experimento, o por fin he tenido algo de suerte. En Cameron no solo he encontrado un compañero de un mes, sino un amigo. Una persona con la que sé que mantendré el contacto, de una manera u otra, cuando pasen los meses, incluso cuando termine el experimento.

No sé por qué la gente tiene tanto miedo de los hombres nacidos bajo el signo de Capricornio. Me da la impresión de que no se han molestado demasiado en conocerlos, en entenderlos bien. No son personas serias y tradicionales, como pueden parecer desde fuera. Simplemente valoran la tranquilidad y la estabilidad, que es algo que no ha estado muy presente en mi vida en los últimos meses.

En una ocasión hablé con Lucía de este tema, precisamente. De como muchas veces, en las películas o en los libros, nos hacían pensar que una relación no era amor de verdad si no tenía altibajos. Que una relación sin discusiones ni reconciliaciones era solo una amistad con derecho a roce y poco más. Nada más lejos de la realidad. Al final, cada persona es un mundo y puede buscar relaciones diferentes en función del momento en el que se encuentre.

Desde que conocí al chico capricornio, he aprendido algo fundamental. El amor se puede presentar de muchas maneras, pero no tiene que doler. Si duele, no es amor. No es romántico compartir tu vida con una pareja «misteriosa» que te oculta cosas o te miente ni hay que idealizar estar sufriendo por si la persona que amas te está engañando. El amor puede ser explosivo, loco y divertido, pero también tranquilo. Y no hay nada de malo en eso. A veces, pienso que quienes temen a la tranquilidad es porque tienen miedo a encontrarse a solas con sus pensamientos, por eso buscan refugiarse en relaciones en las que les gusta más la caza que convivir con su presa.

Quizá incluso yo misma he pecado de esto en los últimos meses.

Termino de teclear en mi móvil y miro la hora. Son casi las tres de la tarde. Escucho movimiento en la habitación de Cameron y dejo el teléfono sobre la isla de la cocina para ver si ya se ha despertado.

—Buenos días, princesa —lo saludo, al ver que está incorporado en el colchón.

—Buenos días, arcoíris.

Me llevo la mano al pelo. Cuando lo vea Julia... No, más bien, cuando lo vea Harry, va a alucinar.

—¿Has dormido bien? —le pregunto, como si él fuera el invitado de la casa, y no yo. Está tapado hasta los hombros.

—De maravilla, sabiendo que gané la apuesta.

—Joder, habría matado por verte con el pelo arcoíris —le digo, dejándome caer en la cama. ¿Puede ser que todavía esté desnudo o ya se habrá tapado? —Podemos repetir la apuesta otro día, si quieres, aunque ya se nos están terminando los días de tu signo, chico capricornio.

Cameron Wolf sonríe y sé perfectamente lo que significa esa risita.

—No perdamos el tiempo, entonces.

Se destapa, dejando a la vista su erección.

Dilema resuelto, no se había vestido todavía.

—Vale, pero con una condición —le digo—. Hoy no me salvas tú a mí ni me mandas lo que tengo que hacer. Toca cambiar las tornas.

—¿Ah, sí?

Asiento y casi no me reconozco mientras me voy colocando encima de su cuerpo desnudo.

—Sí. Hoy yo soy la profesora y tú eres el alumno que viene a rogarme que lo apruebe.

Cameron estira la mano para coger un condón y se lo pone. No me ando con rodeos esta vez, pero en lugar de poner la mente en piloto automático y dejarme hacer, soy yo la que da las órdenes. Disfruto del momento, manteniéndome presente y haciendo lo que me apetece cuando yo digo, sin depender de Cameron. Él parece estar disfrutando de este cambio de roles mucho más que yo y tengo que reconocer que me encanta verlo sumiso, acatando todo lo que le digo sin rechistar.

Oigo de fondo que alguien me llama al móvil, pero lo ignoro. Lo último que quiero ahora mismo es pensar en mis amigos, que seguramente me estarán llamando para asegurarse de que sigo viva. Solo puedo pensar en esta sensación de coger las riendas de mi vida y hacer lo que me da la gana, sin tener que dar explicaciones a nadie. Veinte minutos sin preocupaciones ni sobresaltos. Solo placer, caricias y sudor.

No terminamos hasta que nos corremos casi a la vez, con el ruido de las olas por debajo de nuestros gemidos.

—Uf, si todos los castigos van a ser así... Voy a tener que

suspender todas las semanas para venir al despacho de la directora —murmura Cameron en cuanto nos separamos.

Sin embargo, una vocecilla dentro de mí me dice que esta va a ser la última vez que me acueste con el chico capricornio. Cameron tiene algo que me atrae demasiado, que hace que me quiera quedar y acomodar, y, aunque no es algo que descarte en el futuro, no puedo permitir empezar a enamorarme de un chico cuando solo llevo un cuarto del experimento. Es demasiado pronto y no solo por todo este tema de la chica del Zodiaco, sino por mi reciente ruptura tras varios años de relación. Me levanto de la cama antes de que me acostumbre demasiado a sus caricias en la cara y voy directa a darme una ducha.

Me asusto otra vez al mirarme el pelo en el espejo y no verme rubia, pero creo que me voy a acostumbrar pronto a este nuevo cambio de aspecto. Me visto enseguida y Cameron llama a la puerta del baño antes de que me dé tiempo a ponerme los zapatos.

—Anna, tu móvil está sonando todo el rato.

—¿Quién es? —pregunto, imaginando que se tratará de Julia o Harry. Quizá Olivia.

—Pone «Papá». Ha llamado un montón de veces ya.

Salgo del baño al instante. No es Martina, ni siquiera mi madre, que apenas me llama. Es mi padre, alguien que creo que lleva varios años sin llamarme directamente a mí. Siempre está de fondo en las llamadas y poco más. Casi le arranco el móvil a Cameron de la mano y me lo llevo a la oreja nada más desbloquearlo.

—Hola, papá, ¿qué pasa?

—Anna, por fin consigo dar contigo. Raül tiene el móvil apagado. Joder, no sé cómo decirte esto.

Por mi mente pasan miles de escenarios trágicos con tan solo escuchar su tono de voz. Martina ha tenido un accidente y ha perdido al bebé. Martina se ha caído por las escaleras y se ha golpeado la tripa. Martina ha abortado.

—Mamá ha tenido un ictus esta noche. Está muy grave en el hospital. Creo que... deberíais volver los dos cuanto antes a España. Esto tiene muy mala pinta, Anna. No te voy a mentir.

Mamá.

Ictus.

Volver.

La siguiente hora es un cúmulo de sensaciones que parecen pasar a cámara rápida frente a mis propios ojos, aunque me parece que, en realidad, lo está viviendo otra persona. Todo son llamadas: a Raül, que tiene el teléfono apagado; a Connor, que no sabe nada de él; a mi padre, para que me vaya dando actualizaciones y a Julia, porque ahora mismo necesito una amiga.

Me monto en el coche en piloto automático y Cameron conduce por encima de la velocidad máxima permitida. Lo hace en silencio, con la mirada fija en la carretera y los labios apretados, sin decir ni una palabra. Los dos tenemos el móvil en sonido para estar al tanto de cualquier novedad, pero nos dan un respiro durante todo el trayecto. Cuando llego a casa, veo el coche de Connor aparcado en la puerta.

—Nunca lo deja ahí —observo, asegurándome de que no haya nadie dentro.

Voy directa a la puerta de la casa y entro. Lo último que me espero es encontrarme a todo mi grupo de amigos mirándome con cara de pena.

Ya se ha muerto. Seguro que se ha muerto y no vamos a llegar a tiempo.

—¿Dónde está mi hermano? —pregunto, pero es casi un grito de desesperación.

Corro entre ellos hasta que lo encuentro tumbado en el sofá, medio inconsciente. Julia se pone a mi lado y me toca el brazo.

—Anna, ven conmigo, antes de que hables con tu hermano. Aún no se lo he contado, porque... no se encuentra bien.

No me gusta nada su tono. Me zafo de su mano, que cada vez me aprieta con más fuerza, y camino hasta el sofá.

—¿Qué te pasa? ¡Raül! —mi voz es más una exigencia que una pregunta.

Ahora es Connor el que se pone entre nosotros.

—Tu hermano ha vuelto a tener una mala noche. Queremos llevarlo al hospital, pero no se deja.

Lo miro a los ojos. Me devuelven la mirada un par de pupilas dilatadas. Hace varios días que no se afeita, pero los pelos no son lo suficientemente largos como para cubrirle un par de heridas que tiene en la cara. No soy ninguna experta, pero estoy segura de que son de haberse pegado con alguien.

—¿Qué has tomado? —le pregunto.

Raül agita la cabeza con dificultad.

—No, dímelo —le exijo.

—Anna, es mejor que lo dejes en paz. No está como para entender lo que le estás diciendo. No es la primera vez que lo hace —interviene Connor.

—¿Y tú lo sabías?

El silencio de Connor responde a la pregunta. Raül intenta decir algo, pero tiene la mandíbula rígida y apenas puede vocalizar. En ese momento, recuerdo que Cameron ha entrado en casa conmigo y está justo detrás de mí.

—¿Qué drogas ha tomado? —pregunta con un tono rígido en la voz—. Igual no le conviene tanto ir a un hospital según lo que se haya metido. Puede terminar en la cárcel.

—Normalmente solo toma cocaína, pero...

—¿¡Solo!? —grito. Julia se pone a mi lado, intentando calmarme, aunque no hay mucho que hacer—. ¿En qué momento ha estado pasando todo esto y nadie me ha dicho nada? ¿Por qué no me habéis avisado?

Me giro a mirar uno a uno a los integrantes de nuestro grupo de amigos. Algunos bajan la cabeza, otros se miran entre ellos.

—Tu hermano ya es mayor de edad, ¿vale? —me dice Connor, como si la culpa fuera mía—. No nos señales a nosotros.

—Yo no he señalado a nadie. —Mi voz cambia de repente y apenas me reconozco.

Cameron da un paso adelante.

—Ya vale. Así no vamos a llegar a ninguna parte —nos corta—. Anna y Raül se tienen que marchar cuanto antes a España. Vamos, yo os llevo ya al aeropuerto en coche. Venid conmigo.

—Yo cargo a Raül —se ofrece Connor.

—Que alguien coja una mochila con las pertenencias más importantes de Raül, sobre todo el pasaporte y cualquier otro tipo de documentación que pueda necesitar para viajar o entrar en España. Anna, tú lo mismo. Tenéis un par de minutos mientras lo metemos en el coche y pongo el GPS. Os espero fuera.

Cameron sale disparado hacia la puerta y Julia y yo corremos hacia las escaleras.

—Yo me encargo de tu hermano —dice ella—. Tú coge tus cosas y no te olvides del pasaporte.

—Tú tampoco —le recuerdo.

Entro en mi cuarto como un torbellino. Ni siquiera busco mi maleta. Cojo el bolso más grande que tengo y meto el portátil, mi documentación y todo lo que voy viendo por encima que me pueda resultar útil para el viaje. Un par de minutos más tarde, lanzamos todo al maletero del coche y me despido de Olivia, Harry y Julia con un abrazo rápido. Connor se monta con nosotros en la parte de atrás del coche, controlando a Raül, y salimos disparados en dirección al aeropuerto. El silencio reina a lo largo de los cuarenta y cinco largos minutos que tardamos en llegar a la terminal, y eso que Cameron conduce como para que le pongan varias multas más. No sé cómo la policía no aparece en ningún momento, pero doy gracias a todos los dioses que puedan existir por que no nos pillen.

Mientras Cameron aparca, me giro para asegurarme de que mi hermano está bien.

—No nos van a dejar pasar la seguridad así. Tiene las pupilas como dos bolas de billar.

El estado de mi hermano es deplorable. Ha empezado a hablar y a beber agua, pero le cuesta moverse y ponerse en pie.

—Pediremos una silla de ruedas. Os acompañaré por la terminal, no os preocupéis —se ofrece Connor.

—No puedes pasar si no tienes billete —le recuerdo, aunque es obvio.

—Da igual. Me compraré uno al destino más barato que haya y cruzo la seguridad con vosotros.

—Vosotros id a buscar la silla de ruedas, yo os compraré los billetes —se ofrece Cameron—. Dadme todos vuestros pasaportes.

Ni siquiera se me ocurre pararme a pensar en cuánto puede costar un vuelo transoceánico de última hora. Digo a todo que sí mientras miro el móvil cada tres segundos, por si acaso me ha llamado mi padre. Entiendo que es bueno que no haya novedades, así que espero que siga así durante un tiempo.

Media hora después, ya me he despedido de Cameron, esta vez dándole mi número para que podamos hablar y arreglar las cuentas de los billetes. Le prometo que lo mantendré al tanto. Nos saltamos toda la fila del control de seguridad gracias a la silla de ruedas y llegamos a la puerta de embarque cuando solo quedan veinte minutos para que la cierren.

—No me puedo creer la suerte que hemos tenido. Un vuelo que sale ya mismo y encima directo a Madrid —le digo a Connor. Tengo demasiados nervios acumulados y soy incapaz de sentarme, así que doy vueltas en círculo mientras el personal del aeropuerto se encarga de embarcar a mi hermano, todavía en su silla de ruedas. Por suerte, ya puede hablar y no tiene las pupilas tan dilatadas, por lo que nos evitamos cientos de preguntas incómodas.

—Sí, ha sido mucha suerte —asiente—. Oye, siento mucho todo esto. Me habría gustado contártelo de otra manera, sobre todo después de lo que pasó el otro día, pero...

—Ya hablaremos de eso cuando volvamos de España.

Connor no parece entender lo que estoy diciendo.

—Yo voy con vosotros —anuncia, como si fuera lo más obvio del mundo.

Inclino la cabeza hacia un lado.

—¿De qué estás hablando?

Connor se encoge de hombros.

—Quiero estar ahí por si... pasara algo. Con él. Bueno, con vosotros dos.

—Espera, no estoy entendiendo nada... ¿No habías comprado un billete a cualquier sitio solo para poder cruzar con nosotros?

Connor niega con la cabeza.

—No, le pedí a Cameron que me pillara uno a España en el mismo vuelo que vosotros.

—Connor, te lo agradezco mucho, pero no hace falta. Puedo encargarme yo a partir de aquí.

—Lo sé. —Ahora parece ser él quien está nervioso. Le brillan los ojos de una manera que nunca antes había visto—. Quiero estar ahí con los dos, pase lo que pase. Hay algo que no te he contado, Anna, y que necesito decirte antes de que aterricemos en Madrid.

El personal del aeropuerto realiza la última llamada para embarcar en nuestro vuelo, pero yo solo puedo escuchar lo que me cuenta Connor.

—Tu hermano no solo está teniendo problemas con las drogas, sino con el dinero. Iré al grano, Anna: si no paga lo que debe en los próximos cuatro meses, le embargarán la casa y todos sus bienes. Se quedará en la calle.

Lo miro a los labios y luego a los ojos, y de nuevo a los labios, sin poder creer lo que me está diciendo. Aunque no hace falta que se lo pregunte dos veces para saber que me está diciendo la verdad. Con estos temas no se miente.

Con un nudo en el estómago, nos damos un abrazo extraño y caminamos hacia la puerta de embarque. Montamos en el avión con los ojos llenos de lágrimas, aunque por motivos muy diferentes.

FIN